BSRC
北京斯拉夫研究中心
Beijing Slavic Research Center
Пекинский центр славистики
北京斯拉夫评论
BEIJING SLAVIC REVIEW
ПЕКИНСКАЯ СЛАВИСТИКА
第1辑
VOLUME I
ВЫПУСК 1

俄国文学史的多语种书写

THE NATIONAL HISTORIES OF RUSSIAN LITERATURE

НАЦИОНАЛЬНЫЕ ИСТОРИИ РУССКОЙ ЛИТЕРАТУРЫ

刘文飞 主编
Edited by Liu Wenfei
Под ред. Лю Вэньфея

人民东方出版传媒
People's Oriental Publishing & Media
東方出版社
The Oriental Press

编者的话

OT COCTABИTEЛЯ

EDITOR'S WORDS

每个民族都有其文学史，每一民族的文学史也可能在其他民族的语言中得到描述。因此，任何一种文学史均不仅仅是该文学自身的发展历史，同时在一定程度上也是它被接受和被阐释的历史。就这一意义而言，俄国文学史就不仅仅是俄国作家的创作总和，不仅仅是俄国文学史家的描述结果，它在一定程度上也是俄国境外的俄国文学史家们不断阅读和阐释的学术积淀。俄国文学作为一种具有世界影响的文学，在近一个半世纪的时间里始终是世界各文化大国文学研究的重要对象之一，然而，受语言和文化等因素制约，世界各国俄国文学研究者大多只能阅读用其母语或俄语、英语等“专业通用语言”写就的俄国文学史，而对中文版、法文版、德文版、意大利文版、西班牙文版、日文版和韩文版等等的俄国文学史知之甚少。为在一定程度上改变这一局面，北京斯拉夫中心、俄罗斯普希金之家北京分部、中国俄罗斯文学研究会和首都师范大学外国语学院于 2015 年 11 月 20—23 日联袂在中国北京举办了题为“俄国文学史的多语种书写”国际学术研讨会，来自世界各地三十余位俄国文学史家汇聚一堂，就各主要语种的俄国文学史书写的历史和现状、类型和风格等展开讨论，初步描绘出一幅俄国文学史书写的世界图景。这部文集便是此次会议的学术成果。诚然，这次会议和这部文集仅为一个起点，一个契机，我们希望世界各国的俄国文学史家能自此携起手来，在将来展开更加丰富、更为深入的同行交流和学术合作。

编者衷心感谢参与研讨会并奉献大作的以下学者：巴格诺教授，波隆斯基教授，普留哈诺娃教授，尼科尔森教授，门采尔教授，库埃罗教授，阿尔森契耶娃教授，金珍英教授，张建华教授，汪介之教授，刘亚丁教授，李志强教授；感谢在研讨会上发言的沼野充義教授、林精华教授、王志耕教授、夏忠宪教授、王立业教授、张冰教授（北师大）、黄玫教授、张冰教授（北大）等；感谢因故未能与会、却奉献大作的尼瓦教授、陈建华教授、张杰教授、利波维茨基教授和多勃连科教授。

刘文飞

2016 年 8 月于北京

ОТ СОСТАВИТЕЛЯ

У каждого народа своя история литературы, а у истории литературы каждого народа и зарубежное описание. Любая история литературы является не только историей ее развития самого, но и историей ее принятия и интерпретации, и в этом смысле история русской литературы смогла бы считаться не только совокупностью произведений русских писателей и суммой описаний русских историков литературы, но и результатами исследований ученых, занимающихся русской литературой за рубежом России. Русская литература как литература, имеющая мировое значение, является одним из главных объектов изучения для русистов разных стран мира в течение полутора веков и таким образом появились многочисленные истории русской литературы не только на русском языке, но и на английском, французском, немецком, испанском, итальянском, японском, корейском и китайском языках. Но, к сожалению, большинство русистов мира смогли бы почитать историю русской литературы только на родном языке или на «профессионально-академических» языках, как на русском и английском, а мало кто знает о положении историографии русской литературы в других странах. Чтобы изменить в некоторой степени подобную ситуацию, Пекинский центр славистики, Пушкинский Дом в Пекине, Институт иностранных языков Столичного педагогического университета и Китайская ассоциация по исследованию русской литературы совместно устроили Международную конференцию с темой «Национальные истории русской литературы» с 20-го по 23-е ноября 2015 г. в Пекине. Данный сборник статей является научным итогом нашей конференции. И сборник, и конференция, конечно, является только первым шагом для создания всемирной карты историй русской литературы и только началом для дальнейшего научного обмена и соотрудничества между учеными-коллегами разных стран мира по историографии русской литературы.

Составитель выражает свою искреннюю благодарность каждому автору данного сборника: проф. Всеволод Багно, проф. Вадим Полонский, проф. Жорж Нива, проф. Майкл Никольсон, проф. Мария Плюханова, проф. Биргит Менцель, проф. Энрике Ф. Куеро Хервилья и Наталья Арсентьева, проф. Ким Джин-Йонг, проф. Марк Липовецкий и проф. Евгений Добренко, проф. Чэнь Цзяньхуа, проф. Чжан Цзяньхуа, проф. Чжан Цзе, проф. Ван Цзечжи, проф. Лю Ядин, проф. Ли Чжицян и С.В. Краснова; сердечно благодарит проф. Мицуеси Нумано, проф. Линь Цзинхуа, проф. Ван Чжигэн, проф. Ся Чжунсянь, проф. Ван Лие, проф. Хуан Мэй, проф. Чжан Бин (Пекинский университет) и проф. Чжан Бин (Пекинский педагогический университет) и другим коллегам за их участие и выступления в нашей конференции.

Лю Вэньфэй

Пекин, Август 2016 г.

目录

СОДЕРЖАНИЕ

CONTENTS

001

编者的话

003

ОТ СОСТАВИТЕЛЯ

001

Представление о национальном своеобразии русской литературы в «Истории русской литературы»（《俄国文学史》中关于俄国文学民族特征的界定）

Всеволод Багно (ИРЛИ РАН, Россия)

弗谢沃洛德 · 巴格诺（俄国科学院俄国文学研究所）

013

Проблемы построения академической истории русской литературы конца XIX—первой половины XX века（19 世纪末至 20 世纪上半期学院版俄国文学史的建构问题）

Вадим Полонский (ИМЛИ РАН, Россия)

瓦季姆 · 波隆斯基（俄国科学院世界文学研究所）

037

百年中国的俄国文学史研究（Столетие китайского изучения по истории русской литературы）

陈建华（中国华东师范大学）

Чэнь Цзяньхуа (Восточно-китайский педагогический университет, Китай)

079

Наш подход в описании истории русской литературы и несколько размышлений по ее советскому периоду（我们的俄国文学史写作方法暨关于苏维埃时期俄国文学史的几点思考）

Чжан Цзяньхуа (Пекинский университет иностранных языков, Китай)

张建华（中国北京外国语大学）

093

文学史实与研究个性——关于《20 世纪俄苏文学批评理论史》的撰写（Истина историй литературы и индивидуальность исследования —о писании «История советско-русской литературной критики и теории XX века»）

张杰（中国南京师范大学）

Чжан Цзе (Нанькинский педагогический университет, Китай)

107

《俄罗斯现代文学史》编撰中的若干思考（Несколько размышлений в процессе составления «Истории современной русской литературы»）

汪介之（中国南京师范大学）

Ван Цзечжи (Нанькинский педагогический университет, Китай)

120

Россия и запад: два важных фактора развития русской литературы（俄国与西方：俄国文学发展中的两个重要事实）

Лю Ядин (Сычуаньский университет, Китай)

刘亚丁（中国四川大学）

130

Краткий абрис русистики во Франции（法国俄罗斯学简述）

Жорж Нива (Женевский университет, Швейцария)

乔治・尼瓦（瑞士日内瓦大学）

136

«История русской литературной цивилизации» Р. Пиккио и М. Колуччи и конец XX века（皮季奥和科鲁奇的《俄国文学文明史》与 20 世纪末）

Мария Плюханова (Университет Перуджи, Италия)

玛丽娅・普留哈诺娃（意大利佩鲁贾大学）

157

Историография русской литературы в немецкоязычных странах（德语国家的俄国文学史书写）

Биргит Менцель (Университет г. Майнц, Германия)

比尔吉格・门采尔（德国美因茨大学）

180

Итоги и перспективы обзоров русской литературы в Испании（西班牙俄国文学研究的成果和前景）

Энрике Ф. Куеро Хервилья и Наталья Арсентьева (Университет Гранады, Испания)

恩里克・库埃罗，娜塔莉娅・阿尔森契耶娃（西班牙格拉纳达大学）

210

Русская литература во время «сжатой модернизации». Мета-история русской литературы в Корее（韩国“压缩现代化”时期的俄国文学研究）

Ким Джин-Йонг (Университет Енсей, Корея)

金珍英（韩国延世大学）

221

Maurice Baring, D. S. Mirsky, and the Anglo-American History of Russian Literature（莫瑞斯・巴林、德・斯・米尔斯基以及英美的俄国文学史）

Michael Nicholson (University College, Oxford，UK)

米切尔・尼克尔森（英国牛津大学大学学院）

247

Д. С. Мирский и его «История русской литературы»

（德・斯・米尔斯基和他的《俄国文学史》）

Лю Вэньфэй (Пекинский центр славистики, Китай)

刘文飞（北京斯拉夫中心）

274

Рецензия на учебное пособие «Современная русская литература XX века (1950—1990-е годы)» Н.Л. Лейдермана и М.Н. Липовецкого（评列捷尔曼和利波维茨基合著的教学参考书《20 世纪当代俄国文学史（1950—1990 年代）》）

Ли Чжицян и С.В. Краснова (Сычуаньский университет, Китай)

李志强、克拉斯诺娃（中国四川大学）

283

Литература сталинской эпохи: Введение（斯大林时代文学导论）

Марк Липовецкий (Колорадский университет, США)и Евгений Добренко(Университет Шеффилда, Англия)

利波维茨基（美国科罗拉多大学）、多勃连科（英国谢菲尔德大学）

Представление о национальном своеобразии русской литературы в «Истории русской литературы»

Всеволод Багно

По-видимому, нет ни одной «Истории русской литературы», в которой тем или иным образом, в той или иной мере не было бы сформулировано представление о национальном своеобразии русской литературы. Не случайно об этом идет речь в первом абзаце предисловия к первому изданному тому авторитетной «Истории русской литературы» под редакцией Жоржа Нива, Ильи Сермана, Витторио Страды и Ефима Эткинда. В последнем томе этой «Истории» по замыслу авторов должен быть подвергнут анализу «специфический национальный характер русской литературы».[1]

Как ни удивительно это покажется тем, кто никогда на эту тему не задумывался, речь, как правило, идет о достаточно ограниченном круге особенностей и черт. В этой связи я могу привести мнение Е. Н. Купреяновой и Г. П. Макогоненко, авторов книги «Национальное своеобразие русской литературы», опубликованной в 1976 г.: «Авторы ограничили свои задачи рассмотрением

① История русской литературы XX век. Серебряный век. М.: Издательская группа «Прогресс-Литера». 1995. С. 7.

только одного, но самого фундаментального, с их точки зрения, аспекта интересующей их проблемы, а именно присущего русской литературе понимания человека и общества. /…/ Избранный авторами аспект условно может быть назван идейно-философским аспектом русской литературы. Потенциально он обнимает и все другие формы проявления ее национального своеобразия (эмоционально-выразительную, стилистическую и др.), но не исключает необходимости специального изучения каждой из них».[1] Знаменательно, что рассмотрением именно этого аспекта ограничивают свои задачи большинство авторов «Историй русской литературы», которые в той или иной мере касаются интересующего меня вопроса.

Я попытаюсь доказать, что этих наследуемых из поколения в поколение, из работы в работу базовых, основополагающих представлений было всего два, и они сосуществуют в мире вот уже почти полтора столетия.

Разумеется, систематическое изучение русской литературы, прежде всего в России, началось раньше. Здесь должны быть упомянуты и «История русской словесности» С.П. Шевырева,[2] и «Исторические очерки русской народной словесности и искусства» Ф.И. Буслаева,3 и «Опыт исторического обозрения русской словесности» О. Ф. Миллера,[4] и «История русской словесности»

---

① Купреянова Е.Н. Макогоненко Г.П. Национальное своеобразие русской литератур. Л.: Наука, 1976. С. 6.

② Шевырев С.П. История русской словесности. М.: Университетская типография, 1846—1860.

③ Буслаев Ф. И. Исторические очерки русской народной словесности и искусства. СПб.: Издание Д. Е. Кожанчикова, 1861.

④ Миллер О. Ф. Опыт исторического обозрения русской словесности. СПб., 1863.

А. Д. Галахова,[1] и «История русской литературы» А. Н. Пыпина,[2] и некоторые другие. Однако их достоинство заключалось скорее в накоплении фактов, а не в ярких, запоминающихся концепциях, пусть даже этим фактам противоречащим. Первое из этих представлений, о которых пойдет речь в моем докладе, нашло блестящее воплощение в знаменитой книге Эжена-Мелькиора де Вогюэ «Русский роман», которая вышла в свет в 1886 году.[3]

Книга Вогюэ вполне может быть истолкована как своеобразная *история русской литературы,* от ее истоков и до современной автору эпохи, хотя и в кратком изложении. Между тем сам автор ставил перед собой совершенно другую задачу: «В этой книге вы не найдете собственно истории литературы – всесторонне освещающей тему. Такого труда еще не существует в России, он был бы преждевременен и во Франции. Сам я испытывал подобное искушение и попытал бы счастья на этом поприще, если бы искал лишь одобрения ученого мира. Но цели мои — иные. В силу соображений литературного свойства (о них я скажу позднее) и мотивов иного порядка, о которых я умолчу, поскольку каждый может сам о них догадаться, я считаю, что нам всем надо трудиться на благо сближения этих стран путем духовного взаимопроникновения».[4]

---

① Галахов А. Д. История русской словесности. СПб.: Тип. Морского мин-ва, 1868—1875.

② Пыпин А. Н. История русской литературы. СПБ, 1898—1899.

③ Vogüé E.-M. Le roman russe. Paris, 1886. Книга до сих пор не переведена на русский язык, в 2005 г. авторское предисловие к ней было опубликовано в коллективной монографии «К истории идей на Западе: русская идея» (СПб., Издательство Пушкинского Дома; Петрополис. 2010. С. 504—534).

④ Вогюэ Э.-М. де. Русский роман. Предисловие. // К истории идей на Западе: русская идея. Там же. С. 504.

В 1880-е годы вопрос о национальном своеобразии русской литературы и ее воздействии на литературную жизнь Запада был неразрывно связан с вопросом о соотношении между русским реализмом и наиболее влиятельной западноевропейской литературой того времени, французской, точнее — литературой французского натурализма. Вогюэ одним из первых со всей определенностью этот вопрос поставил и попытался на него ответить. Французский писатель-католик, сыгравшей огромную роль в деле популяризации русской литературы и формирования нового представления о России, видит основное достоинство и бесспорное преимущество русского реализма в силе религиозного чувства, в том, что он пропитан «евангельским духом», согрет любовью к ближнему, состраданием людским несчастьям.

Другой особенностью русского реалистического романа он считает интерес к «мистическому смыслу жизненных явлений». Русские писатели, отмечает он, «изучают действительность так пристально, как не делал никто до них, кажется даже, что им неловко в этом замкнутом пространстве; и тем не менее, они размышляют над невидимым; описывая с крайней точностью знакомые всем вещи, они не забывают уделить особое внимание тому, что, как они подозревают, скрывается за ними».[1]

Книга писателя, озабоченного оскудением религиозного чувства в странах Западной Европы и подчеркивавшего «буддийские» корни русской духовности и творчества особенно ценимого

---

① Вогюэ Э.-М. де. Русский роман. Предисловие. Там же. С. 528.

им Льва Толстого, в сущности, выполняла ту функцию, которую не могли выполнять для европейской публики доктрины славянофилов, поскольку они воспринимались как пропаганда извне. «Славянская раса, — утверждал Вогюэ, — не сказала еще своего великого слова в истории, а великое слово, которое любая раса призвана сказать, — это только религиозное слово. Под внешними покровами своего православия она его ищет в добросердечии, присущем всем слоям общества».[1]

Уже в 80-е годы XIX в. и далее в значительной мере благодаря книге Вогюэ, которая пользовалась огромной популярностью, в центре дискуссий о русской литературе, которые велись на Западе, оказался вопрос о причинах и характере влияния русских писателей. Этот вопрос теснейшим образом связан с вопросом о сущности русской литературы, о чертах ее отличия от литератур Запада. Для европейского читателя конца XIX в. не в последнюю очередь благодаря Вогюэ своеобразие русской литературы (если собрать воедино наиболее распространенные суждения) заключалось в следующем: в напряженных поисках смысла жизни, отвечающих глубинным основам национального мироощущения, в неудовлетворенности теми представлениями о счастье, которые бытовали в западноевропейском романе, в активном сострадании человеку, поставленному в крайне тяжелое, унизительное положение, в удивительном богатстве внутреннего мира ее героев, в широте их интеллектуальных интересов.

---

① Vogüé E.-M. de. Le roman russe. Paris, 1886, P. 343.

Несомненно, что Толстой, Достоевский и Тургенев заинтересовали западноевропейского читателя выдвижением на первый план в своих романах нравственных вопросов. Русская литература на протяжении долгих десятилетий воспринималась во всем мире как литература, которая по сравнению с другими литературами проникнута бóльшим интересом к нравственной стороне человеческой личности, бóльшей тревогой за судьбу человека.

В той или иной мере на изложенные в этой книге взгляды опираются почти все авторы зарубежных историй русской литературы, но также и некоторых русских, созданных как до 1917 года, так и эмигрантских и современных. Большинство из них, ссылаясь на авторитет Вогюэ в интересующем нас вопросе или нет, сознательно или неосознанно, являются наследниками и продолжателями французского критика.

Вторая концепция, по убеждению ее авторов, прежде всего советских, но также значительной части литературоведов стран так называемого «социалистического лагеря», восходит к идеям В. И. Ленина.

Теоретической базой для работ советских исследователей о мировом значении русской литературы и ее национальном своеобразии служат статьи В. И. Ленина «Что делать?» и о Льве Толстом. Ленин отметил, что русский писатель «поразительно рельефно воплотил в своих произведениях — и как художник, и как мыслитель и проповедник — черты исторического своеобразия всей первой русской революции, ее силу и ее слабость».[1] «Его мировое значение как художника, — подчеркивал В. И. Ленин, — его мировая известность, как мыслителя и проповедника, и то и другое отражает, по-своему, мировое значение русской революции».[2]

В заключении к четырехтомной «Истории русской литературы», подготовленной Пушкинским Домом и изданной в 1980 — 1983 гг. тиражом 50.000 экземпляров, К. Д. Муратова писала: «Еще более повысилось значение русской литературы в канун первой русской революции — как для русского (значительно выросшего в своем числе), так и для зарубежного читателя. Весьма знаменательны слова В. И. Ленина в работе «Что делать?» (1902) о необходимости подумать о « том всемирном значении, которое приобретает теперь русская литература».[3] Ссылки на эти слова Ленина переходили из одной работы в другую.

Как и можно было ожидать, в ответах на интересующий нас вопрос, которые мы можем обнаружить в «Историях русской литературы», подготовленных в странах так называемой «народной демократии», будет много общего с аргументацией и выводами их советских коллег. Приведу мнение крупнейшего румынского ученого-гуманитария XX века, Тудора Виану, точка зрения которого, изложенная в его «Сравнительной истории мировой литературы» (1963) приводится авторами «Истории русской литературы», изданной в Бухаресте в 1968 г.: «О специфических чертах русской

---

① Ленин В.И. Полн. собр. соч. Т. 20. С. 20.

② Там же. С. 19.

③ Ленин В.И. Полн. собр. соч. Т. 6. С. 25.

литературы много говорилось уже с того момента, как она вышла на мировую арену, и все человечество услышало совершенно новый голос в поэтической симфонии мира. Новизна этого голоса объясняется, между прочим, и тем, что русские писатели XIX века жили жизнью своего народа, не только принимая в ней участие, что характерно для всех больших литературных эпох, но и стремясь внести свой вклад в разрешение множества конфликтов, появившихся в недрах старого строя. Тот, кто вдумчиво перечитывает сегодня Пушкина, Гоголя, Достоевского, Толстого, Салтыкова-Щедрина, Чехова и стольких других, видит, как в них формируется тот идеал и то стремление к действию, которое неминуемо должно было привести сначала к революции 1905 года, а затем к Великой революции 1917 года».①

В значительно меньшей степени эти взгляды отразились в работах, изданных на Западе. Д. П. Святополк-Мирский, автор одной из самых ярких историй русской литературы, явно выдает желаемое за действительное, утверждая: «Западные историки русской литературы обычно с самого начала оповещают своих читателей о том, что русская литература отличается от всех других литератур мира своей тесной связью с политикой и историей общества. Это просто неверно. Русская литература, особенно после 1905 г., кажется удивительно аполитичной, если вспомнить, каких колоссальных политических катаклизмов она была свидетельницей. Даже разрабатывая «политические» сюжеты, современные

---

① Istoria literaturii ruse. Bucuresti, 1968. v.1. P. 6—7.

русские писатели остаются по сути аполитичными — даже когда они заняты пропагандой (как Маяковский), она в их руках превращается не в цель, а в средство».[①]

Однако, как ни парадоксально, эти взгляды, впервые в полной мере были сформулированы и обоснованы в книге испанской графини Эмилии Пардо Басан «Революция и роман в России», изданной в 1887 г., т.е. через год после появления книги Вогюэ и не получившей распространения, кроме, конечно, самой Испании и стран Латинской Америки.[②] Не может быть никаких сомнений в том, что эта книга не была известна Ленину. Я писал об этом в кандидатской диссертации, защищенной в 1978 году, и в монографии, изданной в 1982 году.[③] Однако вопрос был настолько щекотливым (кто-то мог заподозрить меня в том, что я пытаюсь уличить вождя мирового пролетариата в плагиате), а я к тому же настолько деликатно его изложил, что приоритет испанской графини в столь важном вопросе остался не замеченным.

Более того, марксистская наука, как в СССР, так и в других странах, не подозревая об этом, скорее следовала за Пардо Басан, чем за Лениным. Советские литературоведы, которые впоследствии во всех своих работах повторяли слова Ленина и ссылались на его авторитет, писали о том, что русская литература, теснейшим образом связанная с общественной жизнью, *готовила* русскую революцию, между тем как, строго говоря, Ленин писал о

---

① Святополк-Мирский Д. П. Истории русской литератур с древнейших времен по 1925 год. Новосибирск. 2006. Т. 2. С. 2.

② Pardo Bazán E. La Revolución y la novela en Rusia. Madrid. 1887.

③ Багно В.Е. Эмилия Пардо Басан и русская литература в Испании. Л., 1982.

скорее о другом, о том, что Толстой в своем творчестве, будучи большим художником, *не мог не отражать* революционную ситуацию и надвигающуюся революцию. Между тем с точки зрения испанской графини русская литература и предвосхищала революцию, и *готовила* ее.

Выводы книги испанской романистки, никогда не бывавшей в России, не знавшей русского языка, коренным образом отличаются от выводов Вогюэ, книга которого была главным источником ее работы, и обусловлено это было тем, что концепция Пардо Басан рождалась под перекрестным влиянием французских литераторов и русских революционеров-эмигрантов, с которыми она познакомилась в Париже. Двоих из своих русских друзей назвала сама писательница — это Исаак Яковлевич Павловский и Лев Александрович Тихомиров. Из других русских источников следует упомянуть книги С. М. Степняка-Кравчинского «Подпольная Россия» и «Россия под властью царей».① Под влиянием их идей о предстоящем крутом переломе в жизни России, стоящей на пороге великих, еще не виданных в Европе событий, испанская графиня отмечает, что «никчемные листки западных конституций» были разорваны в России непрочитанными и, пророчествуя, утверждает, что «русская революция не удовлетворится тем, чем удовлетворились западноевропейские».②

Испанская писательница предложила совершенно неожиданный для Западной Европы 80-х годов XIX столетия подход к

---

① Багно В. Е. Эмилия Пардо Басан и русская литература в Испании. Л., 1982. С. 41—43.

② См.: Pardo Bazán E. La Revolución y la novela en Rusia. PP. 224—225.

определению национального своеобразия русской литературы. Своеобразием этого подхода является перенос центра внимания с внутреннего достоинства произведений знаменитых русских писателей на проблему отражения в русском романе общественной борьбы в России. Благодаря своим русским знакомым испанская графиня первой в Европе обратила внимание на непосредственную, причинно-следственную связь между русской литературой и набиравшим силу революционным движением в России. Писательница ставит перед собой задачу проследить формы отражения исторического развития и социальных идей в современном русском романе, не упустить из виду, что «по венам русской литературы текут социалистические и коммунистические идеи».[1] Более того, романы русских писателей, с ее точки зрения, как отражали предреволюционную ситуацию в России, так и участвовали в ее формировании.

Таков и концентрированном виде взгляд Пардо Басан на национальное своеобразие русской литературы. При этом как литература, так и «революция» вызывали у нее, представителя западной цивилизации, двойственное чувство, как неподдельного восхищения, так и тревоги.

Можно лишь удивляться тому, что, при всем многообразии подходов и оценок как классического русского романа второй половины XIX столетия, так и русской литературы в целом, ее периодизации и эстетических особенностей, судя по всему в осмыс-

---

① См.: Pardo Bazán E. La Revolución y la novela en Rusia. P. 102.

лении национального ее своеобразия исследователи во многом сохраняли верность двум ярким концепциям, двум «текстам-архетипам» » (именно «архетипам», поскольку книга «Революция и роман в России» Пардо Басан, строго говоря, не является «источником»), одна из которых возникла в полемике с позитивизмом и натурализмом, а вторая в свою очередь полемична по отношению к первой. В то же время очевидно, что сочинение Пардо Басан во многом уступает книге Вогюэ, выдающемуся литературному манифесту XIX века, как глубиной постановки вопросов, так и влиянием на умы нескольких поколений интеллектуалов и любителей литературы во многих странах мира. Однако столь же очевидно, что в России имя испанской графини также не должно быть забыто.

Проблемы построения академической истории русской литературы конца XIX—первой половины XX века

Вадим Полонский

Нынешний исследователь русской словесности сталкивается с характерным парадоксом: чем больше выходит в свет новых научных трудов по разным частным литературоведческим вопросам, тем отчетливее осознание общего методологического кризиса в современной фундаментальной филологии.

И в этом смысле литературовед начала XXI века отнюдь не оригинален. Еще в 1926-м В. М. Жирмунский вспоминал о той жажде решения масштабных теоретических проблем, которую немецкая филология 1910-х годов так и не смогла утолить у тогдашнего студента и будущего классика отечественного литературоведения: «Я приехал в Германию с теми научными запросами, которые наше поколение тщетно предъявляло в самой России к преподаванию науки о литературе: с интересом к широким синтетическим обобщениям в области философских, эстетических, культурно-исторических проблем. Вместо этого я столкнулся с исключительным господством филологических частностей, черновой работы собирания и регистрации мелких фактов, которая из своей нормальной подчиненной роли в историческом исследовании выдвинулась на главенствующее, если не единственное, место»[①].

Из этого порыва поколения молодых филологов начала XX века к «синтетическим обобщениям» родилась, как известно, большая «русская теория» в ее формалистских, бахтинских и прочих изводах, зачастую конфликтующих между собой, но равно устремленных к постановке масштабных проблем с подчеркнутой исторической составляющей. В попытках преодолеть традиционный биографизм и позитивистский социологизм в историко-литературных построениях и найти для них принципиально новое научное обоснование поколение Жирмунского, Эйхенбаума и Бахтина обратило взоры к наследию А.Н. Веселовского с его грандиозным планом замещения традиционной истории исторической поэтикой литературы, построенной по жанровому принципу. Однако, как известно, в России реалии советских лет отнюдь не способствовали успешному решению этих задач. На вершину ценностной шкалы научным официозом к 1930-м годам вновь был вознесен традиционный историзм, с которым нынешняя эпоха, пережившая «бурю и натиск» борьбы с советским наследием, до сих пор так и не может до конца разобраться.

① Жирмунский В. М. Из истории западноевропейских литератур. Л., 1981. С. 106.

Сразу оговорим, что сама по себе история литературы как научно-культурный жанр несет в себе известные ловушки, поскольку это феномен по своей природе в большой степени апорийный или по крайней мере внутренне антитетический, глубоко противоречивый. Прежде всего потому, что в силу необходимой селекции описываемого литературного материала, отбора значимого для выстраивания причинно-следственных цепей, история словесности одновременно фиксирует уже сложившийся, предзаданный ей канон литературной классики, неизбежно образующей шарнир историко-литературной конструкции, — и в то же время, рефлексируя над каноном, его пересматривает, корректирует, порой даже полностью переформирует. Параллельно фиксирует кодифицированное, обосновывает его и в то же время **пере**кодифицирует со всеми диалектическими сложностями и противоречиями подобного процесса. В этом смысле история литературы уподобляется академическим лингвистическим институциям по нормированию и кодификации национального языка, никак не будучи сегодня на это уполномочена и имея дело с куда менее верифицируемым материалом.

В то же время как порождение пресловутого историзма XIX века и его почвы — позитивистской гносеологии и методологии — история литературы претендует на сциентистский статус, а значит на верифицируемость и абсолютную объективность своих результатов, что просто фактически нереализуемо в силу известной уязвимости исторической методологии вообще, ведь недостижимо соблюдение базового условия, способного вполне оправдать сциентитские амбиции — а именно исчерпывающей полноты охвата источников, не говоря уже о невозможности выработки абсолютно объективных, верифицируемых и разделяемых всеми принципов логической взаимосвязи голых литературных фактов. Отсюда — неизбежное нарастание в гуманитаристике последнего столетия скепсиса по отношению к «позитивистским утопиям», будто бы недооценивающим имманентную конвенциональность любого исторического анализа, с закономерным итогом, к которому подвели и «школа анналов», и постструктурализм, и критика метаистории Хэйдена Уайта, да и многие другие — «аксиомой», утверждающей дискурсивно-риторическую, условно-игровую, тропологическую (построенную на метафорах, метонимиях и проч.) природу исторического анализа.

Собственно в литературоведении мы со следствием этих закономерностей сталкиваемся постоянно. Показательно, что наибольший скепсис в отношении перспектив создания научной истории литературы и, к примеру, ее ближайшего родственника — образцовой научной биографии писателя, выказывают ученые, наиболее глубоко погруженные в эмпирию источников, высококлассные знатоки архивного материала. Скажем, Н. В. Корниенко неоднократно высказывалась о том, что научная история русской литературы XX века сейчас просто не может писаться и очередь до нее дойдет разве что через столетие, когда будет освоен основной корпус соответствующих архивов и иных пока не актуализированных источников. О том же регулярно говорят и наиболее опытные и погруженные в документальную эмпирию составители летописей жизни и творчества писателей-классиков, парируя энтузиастическим призывам к созданию их эталонных научных биографий. И это вполне естественно, поскольку соблюдение строгой сциентистской логики должно нас подвести к простому тезису: идеальная реализация задач по созданию академической истории литературы и научной биографии писателя неизбежно деконструирует сами эти жанры, поскольку, во-первых, потребует разрушить средостение между, так сказать, референтом и денотатом, а во-вторых, обнаружит недостаточность достигнутого результата. Идеальная биография писателя есть собственно полнота его жизни в фактах внешней фиксации, так же как идеальная история литературы, наверное, есть полнота литературного процесса в фактах опять же его внешней документальной фиксации. Но ведь даже если бы охват этой полноты был для ученого достижим, он никак не отменяет тех внутренних закономерностей творческих процессов и разнообразных бликов «человеческого, слишком человеческого», которые прямой внешней фиксации все же не подлежат и иронически подтачивают фундамент самых внушительных замков историко-сциентистской мысли.

Я обозначил лишь самые очевидные коллизии, осложняющие попытки разобраться с подходами к построению истории литературы в современной науке. И, разумеется, такое положение вещей имеет не только российское, но и общемировое измерение. Одним из показательных последствий современной девальвации масштабных фундаментальных научных проектов стал так до сих пор и не преодоленный кризис парадигмы традиционного историзма, которая со времен позитивистского XIX столетия полагала построение научной истории литературы эвристическим и ценностным пределом, к которому закономерно стремится любой филологический труд. Едва ли не последняя по времени из наиболее обоснованных и всеохватных попыток выработать адекватную методологию, способную восстановить в правах литературный историзм, была предпринята германской рецептивной эстетикой школы Ханса Яусса уже более сорока лет назад[1]. Примечательно, что оба источника, синтезированные в этой концепции, — марксизм и формализм, — имели самое непосредственное отношение к русской науке, превращая ее в основной резервуар инструментальных решений для мировой литературной историографии. Эти две составляющих рецептивной эстетики обозначили разнонаправленные и в то же время взаимодополняющие векторы осмысления эволюции литературы: один из них рассматривал словесность как проекцию процессов, протекающих во внеположенных ей системах (в данном случае — социально-классовых), другой был сосредоточен на изучении имманентных, внутренних законов развития сугубо художественного феномена («приема»). Но и методология Яусса при всей своей основательности так и не привела к созданию новаторских историй литератур — по причинам, которые требуют отдельного пространного обсуждения.

На рубеже XX — XXI веков, в эпоху «пост-новых» теорий, литературный историзм в западной науке зачастую восприни-

① Jauss H.R. Literaturgeschichte als Provokation. FrankfurtamMain, 1970.

мается либо как средство тоталитарно-идеологического цементирования живой и ускользающей литературной органики либо как нечто просто бессмысленное и практически бесполезное: в программах европейских и американских университетов обычно отсутствуют сквозные и системные историко-литературные курсы, и потому, скажем, попытки российских филологов на международных конференциях поразмышлять о проблемах литературной историографии порой вызывают у западных коллег чувства искреннего недоумения.

В России в последние годы также стали общим местом концептуальные размышления о потере постсоветским литературоведением универсального методологического ключа, применение которого — процитирую введение в первому тому имлийской «Истории литературы Италии» (2000) — «не просто предполагало, оно требовало создания литературных историй, ибо конечное объяснение любой духовный феномен находил только в истории, через проявляющиеся в ней объективные закономерности. <…> Сейчас <…> понятие истории как процесса серьезно скомпрометировано, вызывает сомнение существование каких-либо общих исторических закономерностей, а история литературы как научный жанр представляется не отражением реальной действительности, а лишь языком описания, вполне условным»[1].

И все же в отечественной науке в целом отношения с историей словесности складываются по сценариям далеко не однознач-

---

[1] История литературы Италии. Т. I: Средние века. М.: ИМЛИ РАН, 2000. С. 6.

ным. Для российского научного сообщества скорее характерна сложная диалектика притяжений и отталкиваний по отношению к былому методологическому историко-литературному монолиту. В результате ревизия советского наследия подразумевает сегодня не отказ от установок на построение истории литературы, а пересмотр основополагающих ее принципов. И прежде всего это касается русской словесности XX века (особенно его первой половины). Российская наука в ситуации постсоветского цивилизационного слома поставлена перед необходимостью пересматривать канон отечественного культурного наследия, и выбора у нее нет: академическая история литературы, еще раз позволю себе повторить — наиболее действенный инструмент канонизации и одновременно самая авторитетная модель описания канонизированных феноменов, а значит от нее никуда не деться хотя бы потому, что необходимо пересматривать университетские программы, в основу которых неизменно кладется канон национальной классики. И его становление, как и прежде, рассматривается по принципу исторической динамики.

Именно по этой причине изучающие XX век русисты, которые в своих конкретных исследовательских сюжетах чаще других могут подпадать под обаяние леворадикальных западных «пост-постструктуралистских» методик, в целом остаются достаточно консервативными. Применимость категории историчности в научно-описательном аппарате на практике обычно не ставится ими под сомнение, а в ее основу кладется методологический принцип, типологически повторяющий советскую матрицу историографии, — принцип обусловленности словесного феномена внелитературным фактом. Ярче всего это проявляется в вопросе о литературной периодизации, вокруг которой разворачиваются горячие споры. Ведь, в сущности, методологически нет никакой разницы, где, к примеру, обозначать верхнюю границу литературного цикла 1920-х: в промежутке 1932 — 1934-го, когда выходит постановление ЦК «О перестройке литературно-художественных организаций» и созывается I съезд советских писателей, как то делали прежние хронографы советской словесности, или в 1929-м, на чем настаивает сейчас А.Ю. Галушкин, связывая сталинскую формулу о «годе великого перелома» с делами Б. Пильняка и Е. Замятина, разгромом «школы Переверзева» и группы «Перевал»[①]. В последнем случае описание литературной динамики структурно воспроизводит ту же логику — историю рефлексов общественно-политических событий в сфере словесности, только при этом выводятся вперед факторы воздействия репрессивной государственной машины на литературу. И когда современные филологи (Н. А. Богомолов)[②] пытаются уравновесить ссылками на классика формальной школы (Тынянов) свои попытки анализировать эволюцию словесности через «соотнесенность литературного ряда с прочими историческими рядами», то они зачастую проходят мимо его важнейшего предупреждения о том, что «методологически пагубно» говорить о взаимодействии этих систем «без учета им-

---

① Галушкин А. Ю. Из истории литературной «коллективизации» // Russian Studies, 1996, II, 2. P. 56—73.

② Богомолов Н. А. Несколько размышлений по поводу двух дат в истории литературы советского периода // Некалендарный XX век. Новгород, 2001.

манентных законов каждой системы»[1].

Значительно дальше от академического образца советских лет — но не порывая с принципом соотнесения с внешними рядами — стоят исследователи, в разных вариантах предлагающие выработать национальный извод литературной истории в парадигме англо-саксонской традиции cultural studies. Своеобразной «пробой пера» в этом жанре стала изданная еще в 1987 году парижская история литературы «серебряного века» (под ред. Нива, Сермана, Страды и Эткинда), вышедшая впоследствии в русском переводе[2]. Здесь впервые в русистике воплощались неклассические принципы историографии: авторы описывали эволюцию литературной цивилизации, в которой словесный феномен многообразно отражался в зеркалах иных искусств и форм творчества (философии, живописи, театра, кино). Но в работах такого рода порой сказывается характерный «либеральный» синдром современной западной университетской филологии: нарочитая селективность; недоверие к устоявшимся иерархиям, к исчерпывающим реестрам и конструкциям, осознаваемым как плод «тоталитарных» (=«академических») идеологий; перенос акцента на маргинальное, периферийное; боязнь гигантомании и тяготение к жанру сборника статей, подобранных более или менее случайно.

В случае с отечественным «серебряным веком» разговор о литературной историографии выдвигает к тому же на первый

---

① Тынянов Ю. Н. Поэтика. История литературы. Кино. М., 1977. С. 283.

② История русской литературы. XX век. Серебряный век. Под ред. Ж. Нива, И. Сермана, В. Страды, Е. Эткинда. М., 1995.

план целый ряд специфических проблем, связанных с характером этой эпохи и влияющих на научный язык и принципы ее описания.

Своеобразие рубежа XIX — XX веков в России выступает особенно рельефно в сопоставлении с тем, какое место занимал «период модерна» в анналах западной культуры. Большая или меньшая мера несовпадения универсального и уникально-национального в историографии, разумеется, неизбежна. Но в случае с русской литературой эта неизбежность должна быть возведена едва ли не в куб. По вполне ясным причинам. Во-первых, из-за неизбежной проблематизации вопроса «Россия и Европа», стратегического единства, общего генезиса и одновременно, так сказать, тактической «разности» этих цивилизационных систем. И, во-вторых, по причинам куда более конкретным, теснее связанным с собственно литературой. В России, в отличие от Европы, интересующий нас период ознаменовал собой не просто важнейший этап перестройки аксиологической шкалы в искусстве, сопряженной с кризисом канона и базовых предпосылок классической эстетики. Он сопровождал собой крушение целой цивилизационной модели («исторической России») и ее полную замену моделью принципиально иной. Учитывая пресловутый литературоцентрический характер русской культуры, в результате любые понятия вроде бы чистой словесности в пространстве своего радирующего воздействия на «эсхатологию русского космоса» наполняются дополнительной, ценностно сверхнагруженной, историософской — если не религиозной — семантикой. К этому следует добавить еще одно. В истории русской литературы период рубежа XIX — XX веков занимает место, аналогов которому в западных литературах этого времени мы, наверное, не найдем. И дело даже не в том, насколько мощным было явление русского символизма. Дело в том, что уже с 1910-х годов в России порубежье стало осмысляться как апогей национального культурного развития, период максимального расцвета («возрождения» и т.п.) русских творческих сил. Сложность состояла в том, что литература конца XIX — начала XX в., врастая в роль этапа *акмэ* в динамике отечественной культуры, параллельно вырабатывала метаязык осмысления этой динамики, тем самым формируя иерархию ценностей и канон национальных достижений, прочитывая «золотой», пушкинско-гоголевский период истории по собственным «серебряновечным» лекалам, которые отчасти до сих пор определяют наш взгляд на «пленум Муз» начала XIX столетия. Тем самым «золотой век» как бы абсорбировался «серебряным» и невольно «передавал» ему функцию канонопорождающего метатекста культуры, приблизительно так же, как «текст античности» передал на полтысячелетия ранее сходную роль итальянскому ренессансному гуманизму.

Но подобную процедуру русский «серебряный век» произвел не только по отношению к национальному прошлому, но во многом и по отношению ко всей предшествующей мировой культуре. В силу опять же своей специфики. Типологически отечественный рубеж XIX — XX столетий относится к тем «александрийским» эпохам в истории мировой литературы, которые академик Н. И. Конрад называл «крайними» или «переходными», считая, что одна из главных их отличительных черт — тенденция к «возвратному» движению культуры к своим истокам[1].

Такие «поздние», пороговые культуры и литературы носят резюмирующий характер по отношению ко всей предшествующей им традиции. Они аккумулируют в себе накопленные за века смыслы, художественные решения, эстетические модели, мотивы и образы. Становятся энциклопедией всего многообразия написанного и осмысленного за предыдущие столетия. Это растянутое во времени наследие собирается в одной точке и складывается в единую мозаику. Разные этапы прошлого сосуществуют в настоящем как некая всегдашняя актуальность. Настоящее их каталогизирует, реаранжирует, выкладывает из этих текстов былой культуры новые узоры на плоскости сегодняшнего дня, который таким образом размыкается в некое вневременное пространство вечных смыслов. Пороговая литература, неизбежно инфицированная эстетским упадничеством, но в то же время раскрывающая возможность новых прорывов, адаптирует разные культурные наречия и формирует некий универсальный, синтетический язык, чрезвычайно богатый, рафинированный, утонченный, пластичный, гибкий. Глубоко усвоенный, этот язык становится lingua franca всей предшествующей многовековой культуры, «введением в грамматику» литературной традиции, **что и предусматривает, в частности, выработку своих претендующих на универсальность методов историографической фиксации этой традиции.**

---

① Конрад Н. И. Запад и Восток. М., 1972. С. 483.

Все сказанное не просто характеризует русский литературный «серебряный век» — в нем эти закономерности выявлены с совершенно особой рельефностью и полнотой. И в силу тех же закономерностей «серебряный век» во многом переписал историю предшествующей русской и мировой литературы и тем самым вписал себя в историческую перспективу по тем принципам, которые были особо близки культуртрегерам рубежа XIX — XX столетий. Один из важных результатов такого положения вещей состоит в том, что литераторами «серебряного века» оказалось отчасти абсорбировано не только прошлое, но и будущее — благодаря особому влиянию, которое они оказали на язык историко- и теоретико-литературных построений последующих десятилетий.

Даже использование современными отечественными филологами таких неизбывных «героев» историй литературы, как разнообразные «измы» и прочие эстетические понятия, во многом обусловлено контекстом рубежа XIX — XX веков, метаописаниями этой эпохи ее ведущими деятелями. Так, термины «декадентство», «символизм» и «импрессионизм» (по отношению к литературе) активно и быстро входят в русский культурных обиход с 1892 года, когда происходит несколько значимых литературных событий: Мережковский выпускает сборник «Символы» и выступает с программной лекцией «О причинах упадка и о новых течениях современной русской литературы», в №9 «Вестника Европы» выходит статья Зинаиды Венгеровой «Поэты-символисты во Франции», впервые знакомящая широкую читательскую аудиторию с явлениями новой европейской поэзии, и, наконец, публикуется книга Нордау «Вырождение» (Entartung), с сочувственной рецензией на которую уже в январе 1893-го в «Русском богатстве» выступит авторитетнейший «народнический гуру» Н.К. Михайловский. При этом всем перечисленным авторам свойственна чрезвычайная семантическая размытость в употреблении основных программно-теоретических дефиниций. Мережковский определяющие признаки новой литературы сводит к мало вразумительным «мистическому содержанию, использованию символов и расширению художественной впечатлительности», а Михайловский направленческие категории (символизм) смешивает со стилистическими (импрессионизм) — для него это неразличимые элементы единого процесса «художественного выражения» «вырожденческих тенденций». Но что существенно: подобное неразличение станет общей чертой так называемой демократической, а затем и советской критики и благополучно доживет в десятках работ до наших дней.

У того же Мережковского в упомянутой лекции потенциально присутствовала заявка на построение целостной универсальной эстетической системы, в которой символизм станет глубинным свойством подлинного художественного языка любой эпохи и любого народа. Этот потенциал разовьется следующим поколением русских модернистов — младосимволистами, вошедшими в литературу на рубеже 1890 — 1900-х годов, у которых, по справедливому замечанию А. Хансена-Леве, «мифопоэтический космос» будет «строиться как крайне абстрагированная и синтетическая система», последовательнее всего проявляющая себя «метамифологическими или философскими спекуляциями в теоретических жанрах»[1]. Добавим, что эти «спекуляции» выказали удивительную способность влиять на будущее научной мысли. Отсюда – зависимость академической филологии, в том числе и историко-литературных штудий, XX — начала XXI века от теоретических положений Вяч. Иванова, Белого и др.

Вообще отдельный и очень крупный вопрос, требующий самостоятельного обсуждения, — обозначение генетической связи многих ведущих явлений современной гуманитарной, в том числе западной, мысли через посредство, как минимум, Бахтина, формалистов, научной и религиозно-философской эмиграции с русским модернизмом начала XX столетия. Ограничимся лишь указанием на один характерный пример — глубокую обусловленность структуралистских концепций мифопоэтики оргиастическими аспектами культурологии русского символизма, прежде всего дионисологией Вяч. Иванова. По этому поводу современный исследователь (Ю. Мурашов) проницательно замечает: «Структуралистская теория мифа, как она была сформулирована Юрием Лотманом, Зарой Минц, Борисом Успенским и др. в 70-е и 80-е годы, отнюдь не универсальная мифология и формальная конструкция в нейтральных рамках новейшей семиотики и теории коммуникации; она оказывается глубоко вписанной в традицию русской мифологии, которая является обработкой и стилизацией одного определенного мифа — мифа Диониса. Эта мифологическая традиция,

---

① Хансен-Леве А. Бахтинские мотивы в мифопоэтике русского символизма // Telling Forms. 30 essays in honour of Peter Alberg Jensen. Stokholm, 2004. PP. 110 — 111.

исходящая в значительной степени от Александра А. Потебни и Александра Н. Веселовского <*так! — В.П.*>, достигает кульминации в начале XX века и выказывает здесь свою мифологенность в своеобразном так называемом дионисийстве русского символизма. Постсимволистская мифология, культурологические теории и разные концепции первобытного мышления развиваются Николаем Марром, Ольгой Фрейденберг или даже Игорем Франк-Каменецким в форме отталкивания этой существенной связи с мифом Диониса»[1].

В общем и целом в истории национальной культуры русский «серебряный век» обладает, наверное, типологически тем же системообразующим значением, какое имели Ренессанс для Италии, Просвещение для Франции, елизаветинская эпоха для Англии, романтизм для Германии. С одним принципиально важным отличием. Ни в одной из перечисленных старых больших европейских культур подобный период акмэ не совпал с исторической катастрофой, крушением всей ценностно-экзистенциальной парадигмы. Причем в очень большой степени установка на подобное крушение являлась частью эстетического задания многих деятелей русского модернизма и входила в его ценностное поле как одна из смыслопорождающих констант. Без учета этой «страстной жажды» апокалиптических вихрей, доходящих порой до почти суицидального зуда, невозможно понять ни русской литературной опьяненности ницшеанскими идеями, ни политической

---

① Мурашов Ю. Дионисийство символизма и структуралистская теория мифа (Вячеслав Иванов и Юрий Лотман/Зара Минц) // Russian Literature, 1998, № 11. С. 35.

открытости Блока и Белого скифским откровениям большевизма, ни самой природы русского революционного авангарда.

Такой контекст подразумевает удвоение ставок, как только мы заговариваем о понятийном аппарате, описывающем историю русской литературы этого периода, резкое повышение себестоимости каждого термина и напряженную полемику вокруг него, может быть, не всегда понятную специалистам по литературам стран с более спокойным прошлым. Это проявляется уже в случае с самым ходовым сочетанием — «серебряный век». Свидетельство тому — монография О. Ронена *The Fallacy of the Silver Age* — «Серебряный век как умысел и вымысел», автор которой, вскрывая первоначальный, наиболее конкретный, смысл этой античной металлургической метафоры (акцентирующей «вторичность» и дешевизну серебра по отношению к золоту), призывает ее «изгнать из чертогов российской словесности»[1]. Разумеется, первый довод в полемике с автором этой — в общем блистательной по исполнению — работы неизбежно сводится к тому, что ныне вряд ли многие вкладывают оценочный смысл в понятие «серебряный век» и воспринимают его иначе, как нейтральное указание на определенные временные рамки. И все же то, что подобные споры до сих пор до конца не ушли в прошлое, — показательно. Коллизию, наверное, можно представить так: протесты против вторичности металлургической метафоры раздаются из уст специалистов, для которых канонизация «серебряного века»

---

① Ронен О. Серебряный век как умысел и вымысел. М., 2000. С. 124.

как системообразующей эпохи для русской литературы видится актуальной проблемой; «спокойно-хронологически» это сочетание воспринимают те, для кого это уже свершившийся факт. Но поскольку в любом случае существует еще и век золотой, а порубежье стало знамением трагического конца, то проблематизация этого факта — вещь неизбежная и коллизия пока вряд ли может быть разрешена так, чтобы удовлетворить все стороны.

Из всего сказанного о «серебряном веке» применительно к вопросам литературного историзма можно вывести заключение, которое имеет принципиальный методологический смысл: в поисках новых путей построения научной истории русской литературы столетней давности современному исследователю волей-неволей приходится балансировать между погруженностью в исторический язык описываемой эпохи, репутация которого очень высока, и позицией стороннего наблюдателя, чей инструментарий независим от этого языка и потому более объективен. Отсюда — неизбежная уязвимость, пожалуй, любых возможных ныне решений историографических проблем. Но из этого, конечно, не следует, что такие проблемы не нужно ставить и осмыслять.

В России за последние годы неоднократно делались попытки пробиться от методологической эклектики к системным и фундированным принципам построения истории литературы в соотнесении с внешними семиотическими и идеологическими рядами. Так, Д. Бак методично настаивал на «поисках схождений между фактами, лежащими в разных плоскостях литературы и жизни, художественного текста и бытового поведения»[①]. Г. Белая предлагала в описание литературной эволюции ввести понятие «экзистенциальной парадигмы», являющейся «суммой существенных для культуры вопросов и ответов»[②]. А К. Исупов, в свою очередь, призывал учитывать спаянность отечественного художественного слова с философией и богословием, дабы в конце концов дело могло вершиться созданием тематического словаря русской классики[③].

Возникает вопрос, возможно ли при построении новейшей истории русской литературы XX века даже те подходы, которые засвидетельствованы немногочисленными приведенными выше примерами, каким-то образом органично синтезировать, согласовать между собой, отсеяв лишнее и соединив оставшееся с заповеданным формалистами анализом имманентных особенностей эволюции художественных фактов. Иными словами — сделать приблизительно то же, чего пытались добиться представители школы Яусса по отношению к литературной историографии в целом, но уже в новых условиях — на русском материале конца XIX — XX в. — и с учетом (и позитивным, и негативным) достижений западной «новой теории», русского структурализма, бахтинизма и т.п. Теоретически это не исключено. Но практически на сегодняшний день вряд ли достижимо — учитывая распыленность

---

① Бак Д. История литературы: текст и быт // Вопросы литературы, 1996, №3. С. 31.

② Белая Г. История литературы в контексте современной русской теоретической мысли // Вопросы литературы, 1996, № 3. С. 15.

③ Исупов К. Оглянись на дом свой, или история литературы как исповедь духа // Вопросы литературы, 1997, № 2. С. 17—29.

нынешних филологических сил в русистском литературоведении, точечность отдельных методологических прорывов, отсутствие полнокровных академических школ (и московско-тартусский структурализм, и бахтинизм, и иные серьезные научные общности по сути переживают свой «постисторический» период).

И тем не менее двигаться к созданию стереоскопичной, синтетичной истории русской литературы ушедшего столетия, разумеется, нужно. И на этом пути, наверное, весьма полезным окажется выявление и научное описание максимально возможного — но исчислимого, не безмерного — множества самостоятельных причинно-следственных цепей в развитии литературы. По-настоящему эвристическим потенциалом на сегодняшний день может обладать только многоголосие сосуществующих «малых историй», способных обозначить реальное разнообразие векторов эволюции внутри литературы. И начать здесь можно, в духе заповеданного исторической поэтикой А.Н. Веселовского, с анализа процессов имманентной художественной динамики жанра и стиля.

Так, в случае с поэзией жанрово-стилистический метод в целом подтвердит правоту классических советских указаний на 1917 год как пороговый в истории литературы. Именно тогда начинается возрождение поэмы, меняется жанровый репертуар лирики: уходят реанимированные в 1900-е канонические и строгие строфические формы, восстанавливается в своих правах жанровая система 1880-х. Но в том, что касается прозы, значимых совпадений имманентной эволюции с логикой общественно-политических событий уже не будет: точками смены художественных систем здесь нужно признать рубеж 1900 — 1910-х гг., когда в центр стилевого процесса выходит «необарочное», авангардно-орнаментальное письмо, обращающее символистский принцип «соответствий» между «реальным» и «реальнейшим» в лейтмотивную структуру игрового пространства текста (А. Белый, А. Ремизов, Е. Замятин и др.), а в жанровом репертуаре эпики повесть вновь уступает ведущие роли роману и рассказу (новелле). В этом случае момент качественного жанрово-стилевого скачка совпадет с точкой перелома в истории литературных направлений — кризисом символизма, формированием постсимволистских движений и т.п. Хронологическая и типологическая разность эволюционных процессов в эпике, лирике и драме неизбежно поставит перед учеными сложную проблему поиска адекватного научного языка для описания внутри единого организма словесности полифонии относительно самостоятельных эстетических систем, каждая из которых связана индивидуальными нитями с иными факторами эволюции, в том числе и во внелитературных рядах.

Такой подход позволит преодолеть дефицит доверия к историзму, заложенный постструктуралистским тезисом о «разрывах» между разными (и в сущности — мнимыми, необязательными) логико-событийными закономерностями, «метаповествованиями» в культуре (Ж. Ф. Лиотар), которые могут сложиться разве что в «хаологию» (Ж. Баландье), но никак не в эволюционную теорию. Позволит он критически переработать и точку зрения Ю. М. Лотмана, выраженную в его последних прижизненных работах как последовательный ответ на деконструктивистский вызов историзму. Имеется в виду синергийный (в терминологии И. Пригожина и Л. Стенгерс) анализ истории — в том числе литературы, — который выявляет на кризисных этапах (а именно таковым и был отечественный XX век) бифуркационное, «ветвящееся» развитие основополагающих для системы оппозиций, влекущее за собой перенос акцентов с повторяющегося на случайное и с общего на индивидуально-личностное, прежде почти незаметное, периферийное.

Предлагаемый нами анализ «малых историй» (жанрово-родовых, стилевых и т.п.) внутри общей эволюции литературы как макроцелого, очевидно, выявит еще более разнообразные и конфликтные механизмы взаимоотношения частей единой системы. Ведь, как справедливо отмечает М.С. Каган, социокультурные структуры «не бинарны по своему строению, а тернарны, тетрарны и т.д., не однородны по их субстрату, а разнородны, не одноуровневы, а многоуровневы, что позволяет назвать их не просто 《сложными》, а 《сверхсложными»[1]. Сегодня по-настоящему состоятельной может быть, наверное, такая академическая история литературы, которая учтет эту «сверхсложность», представив эволюцию отечественной словесности прошлого столетия не в виде стройной одномерной схемы, цементированной навязанными универсалиями, а как пучок многовариантных линий развития, причем акцент здесь будет неизбежно ставиться на несходстве

---

① Каган М. С. О сфере действия и границах циклической структуры процессов самоорганизации природных и атропосоциокультурных систем // Циклы в истории, культуре, искусстве. М, 2002. С. 81.

схожего, на разности происходящего в соседних рядах — собственно-литературных, общественно-политических и т.п.

Подобный подход, думается, способен плодотворно синтезировать понятийные ряды русской и зарубежной литературной науки. Хотя до его полноценного воплощения в жизнь филологии еще предстоит пройти немалый путь. Впрочем, если результата и удастся достичь, он будет в большой степени условным и уже в момент достижения потребует бросить силы на преодоление достигнутого. Но таков уж удел нашей науки. Сциентистские горизонты нас провоцируют, манят и неизменно рассеиваются миражом.

百年中国的俄国文学史研究

陈建华

文学史是文学史家研究文学历史这一客体所形成的主体化叙述。它的构成对象包括作家作品、文学运动、文学现象、理论思潮等诸多板块。文学史还可以有多种分类方式，依书写时代可分为通史与断代史等，依叙述方式可分为材料汇编式和观念结构式等，依叙述对象可分为文类史、思潮史和史料史等。本文所涉及的对象将是综合性的，包括俄国文学史的各个相关门类。

俄国文学史研究是中国俄苏文学研究体系中的一个重要分支，它既具有这一研究体系的诸多共同特征，也有自己的独特的研究领域。从某种意义上说，文学史和文学思潮研究往往是研究者综合实力的一种体现。这一研究在中国始于20世纪初期，筚路蓝缕，几经曲折，历时百年，羽翼渐丰。就研究的轨迹而言，笔者认为，中国的俄国文学史研究大体经历了初创期、沉寂期、活跃期几个阶段。本文将以此为据，对百年中国的俄国文学史研究做一梳理。

一、初创期的俄国文学史研究

19 世纪末至五四时期是中国俄国文学史研究的初创期。

（一）早期的断片简章与最早的俄国文学思潮史

清末民初，中国开始有学者涉及俄国文学发展的历史，其中有两篇文章值得一提。一篇是梁启超发表于 1903 年的《论俄罗斯虚无党》[①]，一篇是令飞（鲁迅）发表于 1908 年的《摩罗诗力说》[②]。

笔者曾经在论及晚清中国出现过的一种特殊的译介现象时，提到过梁启超的《论俄罗斯虚无党》。[③] 如果从中国的俄国文学史研究的角度看，这篇文章另有重要价值。文章论及俄国虚无党发展的所谓“三大时期”，即“文学革命时期（自十九世纪初至一八六三年）”“游说煽动时期（自一八六四年至一八七七年）”和“暗杀恐怖时期（自一八七八年至一八八三年）”。在第一时期中提及：“一八四五年高卢氏（即果戈理）始著一小说名曰《死人》（即《死魂灵》）写隶农之苦况。”“一八四七年淄格尼弗氏（即屠格涅夫）著一小说名曰《猎人日记》（即《猎人笔记》）写中央俄罗斯农民之境遇。”“一八四八年耶尔贞（即赫尔岑）著一小说名曰《谁之罪》，发挥社会主义。”“一八五六年《现代人》丛报发刊，专提倡无神论。”“一八五七年渣尼斜威忌氏（即车尔尼雪夫斯基）著一小说名曰《如之何》（即《怎么办？》），以厌世之悲观耸动全国。”“一八六二年耶尔贞创一日报名曰《钟》（即《钟

---

① 见《新民丛报》第 40 和 41 合号本（1903）。

② 此文载 1908 年的《河南》月刊第 2、3 号，笔名令飞。

③ 这篇文章系统地论及了俄国虚无党人与其先辈的关系，并涉及了不少文学现象。

声》)，有号称中央革命委员者传檄全国。十一月，政府严禁集会，并封禁报馆数岁。渣尼斜威忌被捕。”[1]文中谈到19世纪70年代时，也提到了“到民间去”运动和民粹派文学：“故绩学青年、轻盈闺秀，变职业、易服装，以入於农工社会，欲以行其志者所在而有收效不能如其所期。彼等常多著俗语短篇之小说，且散布且演释，终不能凿愚氓之脑而注入。”在展示虚无党主要“事迹”的同时，也展示了俄国文学发展中的某些轨迹。

鲁迅的《摩罗诗力说》介绍了欧洲浪漫主义文学思潮，赞扬文学上的“摩罗诗派”，这是一篇有力度的评论。在这篇文章中有三千余字涉及俄国文学。文章介绍了19世纪前期的俄国文学风貌，称“俄罗斯当十九世纪初叶，文事始新，渐乃独立，日益昭明，今则已有齐驱先觉诸邦之概，令西欧人士，无不惊其美伟矣”。文章还在俄国，乃至欧洲文学史的背景下分析了普希金和莱蒙托夫等作家的创作。如谈及普希金创作时，称其“初建罗曼宗（即浪漫派）于文界，名以大扬”；早期创作受拜伦影响，“思理文形，悉受转化”“尤著者有《高加索累囚行》(即《高加索俘虏》)，之与《哈洛尔特游草》(即《恰尔德·哈洛尔德游记》)相类”；普希金长诗中的主人公虽然同样被世人放逐，但又离不开那个时代俄国社会的特征，“易于失望，速于奋兴，有厌世之风，而其志至不固”；他后来的创作“渐离裴伦，所作日趣于独立；而文章益妙，著述亦多”；杰作“《阿内庚》”(即《叶甫盖尼·奥涅金》)“文特富丽，尔时俄之社会，情状略具于斯”；“俄自普式庚，文界始独立，故文史家芘宾谓真之俄国文章，实与斯

① 该文中所标明的年代多有错误，如引文中提到的《死魂灵》《谁之罪》《怎么办？》的发表年代分别为1842年、1846年、1863年；《猎人笔记》的第一篇《霍尔和卡里内奇》发表的时间是1847年，单行本出版在1852年；引文中提到的《现代人》杂志显然指的是涅克拉索夫主持时期，其年代应为1847—1866年，赫尔岑创办《钟声》的时间为1857—1867年。

人偕起也。”这里同样提供了俄国文学发展某一阶段的若干史实。

这两篇文章各有自己的题旨，本与文学史无关，但是它们均提供了文学史方面的信息，尽管这些早期信息仅为断片简章，却为后来的中国学者的文学史研究做了重要铺垫。

当然，以这样或那样的方式做过类似铺垫工作的，还包括清末民初的诸多从事俄罗斯文学翻译和介绍的作家、翻译家和学者，如岭南羽衣女士（罗普）、麦鼎华、戢翼翚、黄和南、寒泉子、金松岑（金一）、王炳堃、单士厘、张庆桐、冷血（陈景寒）、吴梼、包天笑、王国维、辜鸿铭、林纾、陈家麟、周作人、马君武、刘半农、周瘦鹃、李大钊、胡适等。

中国早期对俄国文学的介绍文章一般比较短小，千字以上的不多见，读者对俄罗斯文学的历史发展及总体面貌尚缺乏全面的了解。这种情况一直到“五四”时期才有了改变。这一时期，俄苏文学研究学理精神初步显现，李大钊、田汉、沈雁冰、郑振铎、瞿秋白、张闻天、胡愈之等一批学者的力作有力地推进了中国俄罗斯文学研究学科意识的形成。

中国对俄国文学进程的系统研究，最早从思潮史开始。1919年发表的田汉的长篇论文《俄罗斯文学思潮之一瞥》，首次向中国读者展示了俄罗斯文学思潮发展的总体面貌。[①]论文用文言写成，约5万字。在《民铎》杂志第一卷中分两期连载。[②]文章一出现就受到评论界的高度重视，因为“俄国文学思潮与现代思潮

---

① 这里需要提及李大钊写于1918年的文章《俄罗斯文学与革命》（当时未能发表，1965年发现）。此文不长，但论及19世纪“俄国文学界思想界”的“国粹、西欧二派”，并将主要篇幅用于介绍俄国诗歌的发展历史。文章分19世纪前期、后期和19世纪末20世纪初三个阶段，点评了普希金至勃洛克等十几位重要诗人及其诗歌。

② 《民铎》杂志第一卷1919年第6、7号连载。该刊原系中国留日学生学术研究会主办的一个大型刊物，1916年在东京创办，1918年后改在上海出版，1929年终止。该刊改刊后的宗旨为“阐扬平民精神，介绍现代思潮”。

关系最切”，且作者又是“于俄罗斯文学思潮研讨尤力”的田汉先生。[①]

文章本身写得很有特色，尽管从今天的角度看有些论述不尽准确，但是它仍能引起人们的阅读兴趣。作者首先将俄国文学的发展放在欧洲文明史的大背景上加以考察。他一方面以丹纳提出的“种族、环境、时代”三因素作为考察的参照系，称“文艺者，山川风物思想感情之产物。山川风物以地理而异态，思想感情以人种而殊途”，俄罗斯文学所具有的“沈痛悲凉之色彩”与斯拉夫民族所处的“气寒风劲关河黯澹”有关，而“大国产巨民”，时代又为斯拉夫民族提供了机遇，因此19世纪以来的俄罗斯文学“大家辈出，奇彩焕发，於文学界已执欧洲之牛耳耶”；另一方面，他又强调文学思潮与社会思潮和哲学思潮的联系，认为俄国斯拉夫派与西欧派分别代表欧洲数千年来延续的希伯来思想与希腊思想，“俄国近世纪来之文艺思潮史亦为此二大思想之消长史也”，俄国地处东亚西欧之间，先“受亚细亚精神之浸润”，后又“欧罗巴精神长驱直入”，斯拉夫精神受两者陶冶，故俄国文艺界才不时有“东乎西乎”之争。文章而后的论述基本上是顺着上述思路展开的。

作者十分清晰地勾勒了从11世纪开始至20世纪初的俄罗斯文学的发展脉络。文章首先对18世纪以前的文学做了要言不烦的介绍，特别是提及了《伊戈尔远征记》，它的史实基础，它的“最为精彩”的“久夫王（即基辅大公）之梦与Yalosravna（即雅罗斯拉夫娜）之叹”，提及了《雷司脱尔之年代记》（即僧侣涅斯托尔记述的《俄罗斯编年序史》）等，这些作品由此开始为中国

---

① 见该文编者按。

读者所知悉。然后，文章依次介绍并分析了在俄国文坛上先后出现过的拟古主义（即古典主义）、感情主义（即感伤主义）、罗曼主义（即浪漫主义）、写实主义（即现实主义）、马尔克斯主义（即马克思主义）、象征主义等文艺思潮，并由此涉及了俄国文学史上有一定影响的作家和作品。当然，限于题旨，作者着重论述的还是文学思潮的沿革以及在思潮沿革中举足轻重的大作家。以 19 世纪中期文学为例，着墨较多的作家有赫尔岑、屠格涅夫和别、车、杜[①]等人。

田汉在文章中较为系统地介绍了赫尔岑的生平、哲学思想、文艺观点、政治活动，以及《谁之罪》等主要作品，认为他塑造的“生矣怀才至于不能不以放浪送其生”的“空人”（即多余人）形象写出了 19 世纪俄国进步的贵族知识分子“大可哀哉”的命运，赫尔岑本人也是这样的“十九世纪的漂泊者”，但他“虽流谪转徙，终其身无宁日，而未尝改其初志也”。

田汉认为伯凌斯奇（即别林斯基）“以其犀利之批评造成俄国文学之社会的倾向”，他在俄国文学史上的贡献是多方面的：“一方面则说明当时西欧著名创作之根本原理，一方面则评价本国文豪，纵横无尽，示作物之性质与特征，遂至开俄国近代批评文学之新纪元……伯氏始发挥其威力与价值，其批评方法至于科学哲学的基础之上，又使当时文明程度尚低之人易于了解，以促进社会之自觉，鼓动社会之生机，故虽在穷乡僻壤苟有渴仰新思想新生活者，靡不争读其评论，少壮有为之天才作者皆乐从之游，彼一方为勃施钦（即普希金）、鄂歌梨（即果戈理）、芮尔蒙妥夫（即莱蒙托夫）、嘉利作夫（即柯里佐夫）、格利波也夺甫（即格

① 即别林斯基、车尔尼雪夫斯基和杜勃罗留波夫。为表述方便，作此缩写，下同。

里鲍耶陀夫）之计释者，一方为新进作家之指导者，尽其心力，务引文学入实社会，使艺术品之感化深浸润於实生活，自己亦由哲学的抽象世界投身於社会的劳动，其思想范围之阔，又足以代表一伟大之时代。……此所以为四十年代俄国近代思潮之黎明期一中枢人物也。”

文章对俄国革命民主主义批评家周尔尼塞福斯奇（即车尔尼雪夫斯基）、多蒲乐留博夫（即杜勃罗留波夫）和薛刹留夫（即皮萨列夫）都有一些相应的介绍。如文章称车尔尼雪夫斯基为“急进派之中坚”，“时人有多角天才之称，凡批评、哲学、政治、经济各方面靡不经其开拓，头脑明晰，思想卓尔，凡事恶暧昧不明者，务将抽象的哲学引入实体的研究”；文中提到他的重要论著《艺术对现实的审美关系》和《俄国文学果戈理时期概观》，并着重分析了他的长篇小说《怎么办？》；作者认为这部小说是车尔尼雪夫斯基“狱中所作指示未来社会组织之方法，表明智的生活与情的生活之纲领，于当时支配人心的个人道德问题与家庭问题皆能提出而试解决之道，至足重也”；认为小说中的那些“破弃一切旧习”“自称新人”的人物均有以下特点：1.“皆新时代之代表者”；2.“皆出于混合阶级[①]”；3.“皆自幼即以自力开拓自己之运命者”；4.“皆道德皎洁者”；5.“皆现实主义者又皆赞成乐利主义者”[②]；6.“皆禁欲主义者”。上述对“新人”形象的分析和概括，难能可贵。

文章称杜勃罗留波夫“与周氏同为严格之批评家，虽性质温厚，而于社会生活则几别为一人”，奥斯特罗夫斯基的剧作和冈察洛夫的小说等“能见重于时，皆赖其推荐解释也”，他的评论

① 指出身于平民阶层。
② 指车尔尼雪夫斯基主张的“合理的利己主义”。

文字“实为俄国公众艺术与公众批评之基础著述，近代文学之批评界系统自多氏起”等。总之，尽管20世纪初国内已有多人提到过别、车、杜的名字，但是类似这样的较为具体的集中介绍还是首次出现。

作者对屠格涅夫的生平（早年乡村生活、求学莫斯科大学和柏林大学、与别林斯基交往、处女作发表、因悼念果戈理被捕、定居国外及与外国名作家来往、最后一次回国及逝世等），对他的主要作品（《猎人笔记》和六部长篇）以及这些作品的概要、特色和影响给予了多侧面的介绍和分析。文中这样谈到屠格涅夫小说的主题及人物的典型性：《罗亭》中的主人公是沙皇政府“暴压出之畸形儿”，他“大言壮语滔滔若悬河”，可惜为“清谈之人，而非实行之人也”；《父与子》“则与近代思想意义最深，描写六十年代之虚无主义 Nihilism 者也”，主人公巴扎洛夫“代表新思想即否认旧有文明之虚无主义者”，巴威尔则为“利己主义者，以绝对服从社会之法则、国家之命令、教会之信条为人生之义务”。“屠氏以四十年代理想主义之人比父，以六十年代虚无主义之人比子，则此期之争斗，要即父与子之争斗也。大改革之初期，具体的父与子之争斗即成一种社会现象”，其因一为外来思想的影响，二为社会的经济的原因。文中这样谈到屠格涅夫小说的艺术特色：“屠格涅夫之天才特色，即对于社会大气之动摇一种敏锐之感觉，其作物对于时代精神，如镜之映物”；《猎人笔记》一作“可见其观察自然与人生之精致及态度之厚重”，该小说“并无结构意匠，轻描淡写，而农人性质与乡村风习之敦厚淳朴，历历如绘”。从这些论述中可以见到，尽管作者对屠格涅夫的把握略有偏差，但已达到一定的深度。

田汉在介绍俄罗斯文学思潮时，不仅始终将其放在欧洲思想史和文化史的大背景上展开，而且还时常与中国的社会现象做比较，甚至借题发挥。如谈到虚无主义时，作者写道：“吾人一言俄国，辄联想及虚无党，一若俄国之有虚无党，如吾国之有同盟会者，实则根本的不同也。吾国同盟会系对于四千年来专制政体的政治革命，系对于三百年来为异族征服的种族革命；俄国虚无党既非种族革命，亦非全为政治革命，而为否定前时代一切美的文明之思想革命也”，“即如中国官僚承认一切而称是是，俄国虚无党则反对一切而称否否也”。在谈到19世纪30—40年代莫斯科大学活跃的政治小组与文学小组的活动时，作者又联系到中国五四运动前夕的社会状况和思想氛围写道：“现今我国北京大学之情形亦颇类似。自蔡元培先生留法归，主持北京大学也，少壮教授如章胡之流亦多先后自东西各国归执教鞭，于是校风丕变，燕云为之改色。教授学生之间尤尽力改良文学……甚望新时代之教师学生诸君，蠲除客气，努力为学术奋斗，庶真能开新中国文艺复兴之基也。”由此可见，作者如此详尽地介绍俄罗斯文学思潮，其目的还是希望能通过这种介绍有助于中国出现一场真正的“文艺复兴”。

这篇文章的重点放在展示思潮的沿革上，对作家作品的具体分析未充分展开，加之用的是文言，其影响受到一定的限制。不过，它已经以自己鲜明的特色推动了中国的俄国文学史研究。

（二）两本有开拓性的俄国文学史著作

五四时期，中国学者撰写并以单行本方式出版了两部俄国文学史著作，一本是郑振铎的《俄国文学史略》（商务印书馆，

1924)[①]，一本是蒋光慈和瞿秋白的《俄罗斯文学》（创造社出版部，1927）[②]。这两部文学史著作成了中国早期俄国文学研究的标志性成果，此后20年出现的类似著作均未能超越它们。

郑振铎的《俄国文学史略》出版最早。该书序文谈到编撰此书的缘由时称，国内至今没有一部国人写的外国国别文学史，“如果要供给中国读者社会以较完备的文学知识，这一类文学史的书籍的出版，实是刻不容缓的”。事实上，正是“五四”时期文坛对俄国文学的热情促成了这部著作的问世。郑本篇幅不大，正文约六万六千字。此书的特色主要表现在以下几个方面：

1. 体例严谨，脉络清晰。全书共十四章。第一章为绪言，谈“发端—地势—人种—语言”。第二章至第十三章勾勒了从民间传说与史诗到20世纪初期的俄国文学发展的全貌。最后一章为“劳农俄国的新作家”（此章系瞿秋白所作），写的是十月革命后的俄国文学。在每一章中又分若干叙述层次，如第二章“启源”分为“民间传说与史诗—史记—黑暗年代—改革的曙光—罗门诺索夫（即罗蒙诺索夫）—加德邻二世（即叶卡捷琳娜二世）—十九世纪的初年—十二月党”；第八章“戏剧文学”分为“启源—十九世纪初叶—格里薄哀杜夫（即格里鲍耶陀夫）—莫斯科剧场—阿史特洛夫斯基（即奥斯特罗夫斯基）—历史剧—同时的戏剧家—阿史特洛夫斯基以后”；第十章“政论作家与讽刺作家”分为“俄国的政论—西欧派与斯拉夫派—国外的政论作家赫尔岑—其他国外的政论作家—周尼雪夫斯基（即车尔尼雪夫斯基）与现代杂志—讽刺作家莎尔条加夫（即萨尔蒂柯夫－谢德林）”。另外，作为专章或两人合章介绍的重点作家有普希金、李门托夫（即莱蒙

① 1923年，此书出版前，曾在《小说月报》上连载。
② 此书1929年由泰东图书局再版时改名为《俄国文学概论》。

托夫)、歌郭里(即果戈理)、屠格涅夫、龚察洛夫(即冈察洛夫)、杜思退益夫斯基(即陀思妥耶夫斯基)、托尔斯泰、柴霍甫(即契诃夫)和安特列夫(即安德列耶夫)等。作为一部文学史著作,这样的编排确实基本达到了有序、清晰、全面且有所侧重的要求。

2. 文字简练,颇有文采。此书的文字简洁明了,作家生平和作品分析一般均点到为止,不做大段的铺陈。不过,在这种要言不烦的叙述中也时能见到作者思想的火花与文字的光彩。如谈到陀思妥耶夫斯基时,认为他的伟大“乃在于他的博大的人道精神,乃在于他的为不齿的被侮辱的上帝之子说话。他有一个极大的发现,他开辟一片极肥沃的文学田园。他爱酒徒、爱乞丐、爱小贼,爱一切被损害与被侮辱的人。他发现:他们的行动虽极龌龊,他们的灵魂里仍旧有烁闪的光明存在着。他遂以无限的同情,悲悯的心胸,把我们这些极轻视而不屑一顾的人类写下来,使我们觉得人的气息在这些人当中是更多的存在着”。在谈到高尔基时,作者表述道:读高尔基的短篇“情绪便立刻紧张起来,且立刻觉得惊奇不至,因为他已使我们见了从未见过的奇境与奇剧,如使我们久住城市的人登喜马拉耶最高峰,看云海与反映于雪峰之初阳;自然谁都会为之赞叹不已了!”“实在的,在一切世界的文学上,象高尔基把平凡的人在平凡的境地上,描写得如此新鲜,如此特创,如此活泼、有趣,把人类感情的变幻与竞斗,分析得如此动人,如此好法,恐怕没有第二个人。”“俄国作家多带宗教气息,他则把这个气一扫而空,使我们直接与一切事物的真相打个照面。他自己置于强的方面;他绝叫生活的权利。这是他新辟的境地。当二十世纪最初,俄罗斯革命的乌云弥漫于天空时,高尔基的著作,实是夏雨者前的雷声。”作者高度评价别林斯基对俄国文学的贡献,认为“他的文字蕴蓄着美与热情,读者都能深深地受他的感动。他以他的同情，他的诚恳的精神，与一切不忠实的，骄傲的，奴隶主义的文学作品与政治思想宣战；一方面成了最有影响的批评家，一方面成了一个最好的政论作家。以后俄国的为人生的艺术的思潮的磅礴，他可以说是一个最有力的鼓动者”。对于车尔尼雪夫斯基的艺术观，作者做了如下的概括：“艺术自己不是目的，人生是超于艺术的；艺术的目的就在于解释人生，批评人生，对于人生表白一种意见”；“艺术的美决不是超于人生的美的，不过是艺术家从人生美中借来的一种美的概念而已”；“艺术的真实目的就是要我们记起人生中有趣味的事，教导我们人是怎样生活着，及他们应该怎样生活着”。作者在评价杜勃罗留波夫时认为，他的伟大“不在他的批评主张，而在于他的纯洁坚定的人格。他是屠格涅夫在五十年代之末所见的‘现实的理想主义者’的新人的最好代表。所有他的文字都使人感到一种道德的观念；他的人格强烈的与读者的心接触着”。这样的评述尽管都很简单，但对于人们把握和了解俄国文学的概貌及其基本精神还是大有裨益的。

书中由瞿秋白撰写的“劳农俄国的新作家”一章，特别是关于马雅可夫斯基的一些论述也值得一提。瞿秋白称：“马霞考夫斯基是革命后五年中未来主义的健将，许多诗人之中只有他能完全迎受‘革命’；他以革命为生活”，但“作品中并不充满革命的口头禅。他在二十世纪初期已经露头角于俄国诗坛，革命以后，他的作品方才成就他的天才”；他的天才在于“他有簇新的人生观”，他“是积极的唯物派”；“他的著作，诗多而散文绝少”；“他的诗才，真足以在俄国革命后的文学史上占一很重要的地位”。瞿秋白虽然不是中国最早介绍马雅可夫斯基的人，但他却第一个见到并采访了这位作家。因此，他写下的这段文字在中国早期介绍马雅可夫斯基的文章中就显得更有力度和弥足珍贵了。

3. 书目完备，资料翔实。该书在正文后还有两项附录：《俄国文学年表》和《关于俄国文学研究的重要书籍介绍》。特别值得一提的是后者，其列举书目之详，实属难得。书中分三类对有关书籍做了介绍。第一类为“一般的研究”，共列出文学史和理论方面的书籍 29 部，其中英文的有 26 部，日文的两部，中文的一部。作者对每本书都有提纲挈领的说明。如称巴林（又译贝灵）的著作“叙述很简明，初次研究俄国文学的人，这本书是必须看的”；称克鲁泡特金的著作“是一部不朽的作品”，“从古代民间文学到最近的作家，都有明晰而同情的叙述”；称两部日文著作的作者升曙梦“为日本现代最著名的俄国文学研究者。日本现代文学极受俄国文学的影响，升曙梦于此是有很伟大的功绩的”，他的《露国（即俄国）现代之思潮及文学》“实为一部很重要的著作”，他的《露国近代文艺思想史》“是一部研究俄国近代文艺思潮的极重要的书。这类书，在英文里几乎绝无仅有”。关于唯一的一部中文书，《小说月报》1921 年十二卷号外《俄国文学研究》，文中介绍道：“中国到现在还没有一部系统的研究俄国文学的专书，此书可算是这一类书中的第一部。内容除译丛、附录之外，共有论文 20 篇，读之略可窥见俄国文学的一斑。”第二类和第三类都是介绍作品的，分别为“英译的俄国重要作品”和“中译的俄国文学名著”。前者列举了 20 种集子或丛书，后者排出了 28 种中译的有关作品。这三类书籍的介绍为当时的读者做了很好的导引，是此书最有价值的方面之一。

也许正是基于上述优点，评论界对郑振铎的这本《俄国文学史略》给予了较高的评价，如王统照在《晨报副镌》上撰文称赞此书“能用页数不极多的本子，将俄国文学的历史上的变迁，以及重要作家的风格、思想，有梗概的叙述。可谓近来论俄国文学的最好的小册子”。

不过，作为早期的俄国文学史读物，郑本存在的不足也是明显的。比较突出的是该书编译成分较多，不少地方明显借用了克鲁泡特金和贝灵等人所撰著作的观点，虽然由于作者能博采众长，在他人的观点上有所生发，但与一部独立的研究著作相比似有一定的差距。同时，因篇幅较小，内容显得有些单薄，特别是对作家作品的分析大多过简，重点作家往往也仅有千余字，令人产生意犹未尽之感。有些重要的作品，作者本人显然尚未接触，故出现了一些不应有的错误，如在谈到《战争与和平》一作的主人公时，称“乃是一个朴讷的农人白拉顿（即普拉东）”，而毫不提及彼埃尔、安德列、娜达莎这些人及其命运。对高尔基的评述也是如此。作者仅仅提到了他早期的寥寥几部作品的名字：两篇短篇、一部长篇《三人》和一部剧本《沉渊》（即《底层》），这就使前述的作者对高尔基的赞扬显得空泛。特别是对高尔基在 1905 年至 1917 年间的作品做了如下不恰当的评价：“一九〇五年的俄国革命，高尔基也有参与。革命失败后，他逃到意大利去。自此以后，他的作品也与当时颓唐的空气一样，不复见新鲜与强健的色彩。直到一九一七年，俄国革命告成，他回国后，其作品《童年》才又蕴着初期著作的热情与希望。”且不说《童年》（1913）本身就写在这一时期，就高尔基两次革命期间创作的其他的作品而言，这无疑是他创作的一个高潮时期，创作有《母亲》《忏悔》《没用人的一生》《夏天》《奥古洛夫镇》《马特维·克里米亚金的一生》《人间》《意大利童话》《俄罗斯童话》和《俄罗斯浪游散记》等一大批重要作品，其“新鲜与强健”依然让人震撼。这里一方面可以看出作者对高尔基的创作的情况不甚了了，另一方面又可以见到苏联当年“左”的思潮的某种影响。高尔基那些深刻剖析民族文化心态的作品不在苏联“左”视者的视野之内。此外，郑本中还有一个明显的不足就是作家作品的译名均由英文译音转译，因而有些与原文显出较大的差距。

由蒋光慈编成、蒋光慈和瞿秋白合著的《俄罗斯文学》，出书时间虽晚于郑本，但其意义与价值均不在郑本之下。蒋瞿本共11万字，分上下两卷。上卷为蒋光慈所作，名为《十月革命与俄罗斯文学》，约五万三千字；下卷为瞿秋白所作，名为《十月革命前的俄罗斯文学》，约五万七千字。蒋光慈在书前有个简短的说明：其一是他觉得“十月革命后的俄罗斯文学比较重要而且对于读者有兴趣些”，因此将上下卷的前后位置颠倒了一下；其二是说明下卷用的是屈维它君（即瞿秋白）的稿子，但征得原作者同意后做了删改。这里我们对下卷和上卷分别做些分析。

如果不计瞿秋白写的第十四章，那么郑振铎所写的那本文学史与我们目前所看到的蒋瞿本被删改的下卷（原稿已无法觅见）篇幅相近。也就是说，瞿秋白与郑振铎一样用不多的文字描述了十月革命以前的俄罗斯文学的面貌。瞿秋白原稿作于1921至1922年旅俄期间，因此写作时间估计要早于郑本，可惜因故未能及时出版。在分析文学现象时注意与社会现象相联系，这点与郑本一致，而在体例和文字等方面则各有所长。瞿秋白的文本语调平实，内容简明，论述相对集中，对重点作家和作品的分析有所加强。如关于普希金部分，瞿的文本比郑本的文字增加了一倍。同时，瞿本写于俄罗斯，作者本人又通晓俄语，因此论述的准确性得以加强。如同样是谈《战争与和平》的主人公，瞿本写的是“最可注意的便是这小说里的‘幻想的哲学家’彼埃尔”。

与上述因素相联系的是，瞿本中更能见到有创见的文字。如对于俄国文学中的“多余人”和“新人”形象，虽然早有人提到，但是还没有人能像瞿秋白那样做出如此深入的理论分析。瞿本中谈到当时俄国知识界的通病所谓“多余的人”时写道：“‘多余的人’大概都不能实践，只会空谈，其实这些人的确是很好的公民，是想做而不能做的英雄。这亦是过渡时代青黄不接期间的当然现象。他们的弱点当然亦非常显著：这一类的英雄绝对不知道现实的生活和现实的人；加入现实的生活的斗争，他们的能力却不十分够。幼时的习惯入人很深，成年的理智每每难于战胜，——他们于是成了矛盾的人。”作者对屠格涅夫作品中的罗亭和拉夫列茨基等形象分别做了分析，而后继续写道：“俄国文学里向来称这些人是‘多余的’；说他们实际上不能有益于社会。其实也有些不公平；他们的思想确是俄国社会意识发展中的过程所不能免的：从不顾社会到思念社会；此后才有实行。——他们的心灵的矛盾性却不许他们再前进了；留着已开始的事业给下一辈的人呵。”

作者接着又对被后来的文学史视作“新人”的巴扎罗夫形象与其前辈的联系，以及他自身的内在矛盾提出了自己的见解。他认为：“前辈和后辈的思想界限，往往如此深刻，好象是面面相反的，——实际上呢，如《父与子》里的‘英雄’巴扎罗夫等，虽然也是些‘多余的人’，却是社会的意识之流里的两端而已。”“巴扎罗夫以为凡是前辈所尊崇所创立的东西，一概都应当否认：对于艺术的爱戴，家庭生活，自然景物的赏鉴，社会的形式，宗教的感情——一切都是非科学的。然而他的实际生活里往往发出很深刻的感情；足见他心灵内部的矛盾：——理论上这些事对于他都是‘浪漫主义’。屠格涅夫看见巴扎罗夫是一种暂时的现象，——社会的人生观突变的时候所不能免的。然而巴扎罗夫之严正的科学态度，性情的直爽而没有做作，实际事业方面的努力，——都是六十年代青年的精神。”这样的理论分析显然是建立在对作家及其笔下的艺术形象的深刻理解的基础上的。

又如瞿本在“一九〇五年革命与旧文学”一章中，对安德列耶夫的创作也做了如下精到的分析：“安德列叶夫纯纯粹粹是近代主义者，他的作品当时被称为‘文学的梦魇’，悲惨，暗淡，沉闷；他的小说和剧本里的人物的动作，好象是阴影，——那阴影还大半在浓雾里呢。他的题材实在是人类互相的不了解，不亲热，——残酷的孤寂。”在谈了安德列耶夫的创作与尼采哲学的关系后，他又写道：“安德列叶夫的文心比西欧象征主义更加孤寂：易卜生和梅德林克的人物还有凌驾尘俗的个性；安德列叶夫的却祇是抑遏不舒的气息。”作者抓住了安德列耶夫的创作，特别是中后期创作的特色，其视野也相当开阔。

当然，作为早期的文学史著作，郑本中存在的某些不足在瞿本中也有所表现，特别是史实的叙述和作家作品的分析大多仍“简单概括得很”，[①]而在对高尔基的评论中也同样出现了受苏联早期极“左”思潮影响的痕迹，不过在当时的条件下能达到郑本和瞿秋白文本的水准已实为不易。

这里还要谈谈蒋瞿本的上卷，即蒋光慈撰写的《十月革命与俄罗斯文学》。蒋光慈与瞿秋白有某些相似的经历，他也曾于20世纪20年代初期赴俄罗斯学习，这本书的初稿也写于这一时期。由于蒋光慈文本切入的是俄罗斯当代的，即十月革命后若干年里所发生的种种文学现象，因此内容新颖独到，在当时乃至其后相当一段时间里，蒋光慈的文本是中国人写的唯一的当代新俄文学

① 蒋光慈：《〈俄罗斯文学〉书前》，载《俄罗斯文学》，创造社出版部，1927。

史。为了便于真切地了解这一文本的基本内容，可以看看其章目。该书上卷共九章，分别为“死去的情绪”[①]“革命与罗曼谛克——布洛克（即勃洛克）”“节木央·白德内宜（即杰米扬·别德内依）”“爱莲堡（即爱伦堡）”“叶贤林（即叶赛宁）”“谢拉皮昂兄弟——革命的同伴者”“十月的花”[②]“无产阶级诗人”和“未来主义与马牙可夫斯基（即马雅可夫斯基）”。不用细述其内容，据此已可看出这一文本为当时中国文坛提供的是崭新的而且又是迫切想了解的新俄文学的总体面貌和最重要的文学现象，其价值不容低估。

作为一个热情昂奋的诗人和十月革命的热烈拥护者，蒋光慈文本的风格与瞿秋白文本和郑振铎文本均不同，字里行间充满着诗一般的语言和勃发的激情。如他在第七章中这样赞美十月革命后出现的一代新诗人：“红色的十月里曾给与我们不少的天才的青年诗人。这些青年诗人，他们为红色的十月所涌出，因之他们的血肉都是与革命有关连的——革命是他们的母亲。他们的特点是：他们如初春的初开放的花朵一样，既毫不沾染着一点旧的灰尘与污秽，纯洁得如明珠一样，而又蓬勃地吐着有希望的，令人沉醉于新的怀抱里的馨香，毫不感觉到凋残的腐败的意味。”“‘我们是地上暴动的忠臣’，是的，基抗诺夫（即吉洪诺夫）是新的苏维埃的俄罗斯的忠臣。新的苏维埃的俄罗斯，是强有力的，无神甫的，列宁的俄罗斯，惟有此俄罗斯才是人类的祖国。我们爱此俄罗斯，我们不得不爱此俄罗斯的歌者。”

蒋光慈站在革命诗人的立场上来考察新俄文学现象，如他在谈到革命与罗曼蒂克时写道：“无产阶级也爱百合花的娇艳，但

---

① 此节谈旧俄诗人在十月革命后的命运。

② 此节谈十月革命后出现的吉洪诺夫等新一代诗人。

要使大家都有赏玩的机会；夜莺的歌唱固然美妙，但无产阶级不愿美妙的歌唱，仅为一二少数人所享受。许多很好的诗人以为革命的胜利，将消灭一切幻想和一切罗曼主义，其实人类的一切本能绝不因革命而消灭，不过它们将被利用着，以完成新的责任，新的为历史所提出的使命。”又如他给予擅长写革命鼓动诗的别德内依以很高的评价，认为“普希金是俄国第一个伟大的天才的诗人，我们可以说白德内宜是他最好的学生，但是白德内宜诗中所含蓄的民众的意义，任你普希金也罢，列尔芒托夫（即莱蒙托夫）也罢，布洛克也罢，马牙可夫斯基也罢，都是还有的”。这一类的评价有的可能出于苏俄批评家的观点，也有的则发自作为革命诗人的蒋光慈本人的心胸。

在蒋光慈的文本中，我们也可以看到一些缺憾。也许是因为作者本人是诗人的缘故，这一文本将大部分篇幅给了诗歌，而对其他的文学样式评述得过少；也许是因为贴得太近的缘故，这一文本史的意味有所淡化；也许是因为受情感和语言诗化的影响，这一文本叙述的严整性似有不足；在某些方面我们还能看到“拉普”思潮的影子，如作者谈到了无产阶级诗人的四个方面的特质，其中强调的一点是：“他们都是集体主义者 Collectivists，在他们的作品里，我们只看见‘我们’，而很少看见这个‘我’来。他们是集体主义的歌者。……这个‘我’在无产阶级诗人的目光中，不过是集体的一分子或附属物而已。”这些观点后来越来越多地被介绍过来，对正处萌芽状态的中国左翼文学产生过不利的影响。

然而，缺憾毕竟不是主要的，与郑振铎的《俄国文学史略》一样，蒋光慈和瞿秋白合著的《俄罗斯文学》一书的历史作用不可磨灭。

二、沉寂期的俄国文学史研究

从20世纪20年代末至70年代末，近半个世纪的时间里，中国的俄苏文学史的编撰处于半停滞状态，笔者将这段时间称之为沉寂期。当然，所谓“沉寂”仅指中国学者的文学史编撰而言，文学史的译介活动则相对活跃，特别是20世纪30年代和50年代。

（一）“五四”高潮后的俄国文学史译介热

“五四”高潮以后，文坛介绍俄苏文学思潮和文学史的热情也未减退。[①]这一时期引人注目的现象是，出现了数量众多的俄国文学史译著。从20世纪20年代末开始到40年代初，单行本就不下十多种，如升曙梦的《现代俄国文艺思潮》（上海华通书局，1929）、马克希麻夫的《俄国革命后的文学》（开明书局，1929）、柯根的《新兴文学论》（上海南强书局，1929）、柯根的《伟大的十年间文学》（上海南强书局，1930）、克鲁泡特金的《俄国文学史》（上海北新书局，1930；上海重庆书店，1931）、贝灵的《俄罗斯文学》（商务印书馆，1931）、升曙梦的《俄国现代思潮及文学》（上海现代书局，1939）、亚伯兰丁的《苏联诸民族的文学》（商务印书馆，1937）、米川正夫的《俄国文学思潮》（正中书局，1941）等。这些著作涉及面广，系统性强，成了那个年代的中国读者了解俄苏文学发展进程的重要途径。

这些译著中最引人注目的著作要数克鲁泡特金的《俄国文学史》、贝灵的《俄罗斯文学》和升曙梦的《俄国现代思潮及文学》。

---

① 这一时期出版过几本水平一般的小册子，如汪倜然的《俄国文学ABC》（ABC丛书社，1929）、余祥森编著的《现代俄国文学思潮》（华通书局，1930）、平万的《俄罗斯的文学》（亚东图书馆，1933）、林祝吾编的《苏联文学的进程》（开明书局，1938）等，影响不大。

这几本著作在“五四”时期就已经为中国不少通晓英、日文字的作家和评论家所熟悉。当时中国文坛介绍俄国文学的一系列文章（包括郑振铎的文学史著作）曾从中汲取许多资料和观点。

克鲁泡特金的这本著作是由其在美国所做的八次讲演汇编而成，原名《俄国文学的理想和现实》，初版于 1905 年。此书侧重评述的是 19 世纪的俄国文学。全书除“绪论”外共分七章：普希金与莱蒙托夫、果戈理；屠格涅夫—托尔斯泰、冈察洛夫—陀思妥耶夫斯基—涅克拉索夫、戏剧、民众作家、政治文学—讽刺文学—艺术批评—最近的小说作家。克鲁泡特金自身在文艺思想上并无多大的建树，但是他对俄国社会及其文学是了解的，他在此书中的全部描述和阐发又是以别、车、杜的文艺思想为依托的，书中的见解实际上反映的是革命民主主义批评家的观点，因而能发人所未发，为中国文坛所重视。30 年代初期，韩侍桁和郭安仁（即丽尼）几乎同时出版了该书的译本（仅隔四个月），均取名为《俄国文学史》，篇幅均在五百页以上。韩本译者指出了该书已经在中国文坛所产生的极大影响：“近些年间的全部的中国文坛，无疑地是被压在俄国文学的影响之下了，而奇异地至今连一本关于它的好文学史书也未曾出现”，题名相仿佛的当然有，但却“是从各方面剥皮来的著书”，“现今的译书的原本，也曾是那最被剥皮者之一”。郭本译者强调了该书将对中国读者产生的积极的导引作用：“至于本书的介绍，也早就有人做过了。不过，在目前，对于这样的一本书是答复了一个实际的需要的话，总是不容有所怀疑的。我们几乎是整个地有了屠格涅夫和契诃夫；托尔斯泰和杜斯托埃夫斯基（即陀思妥耶夫斯基）大约不久以后也会被我们完全地有了。说到应当有一种俄罗斯文学的空气来救援我们的文学，那么，需要的急切之程度是更不待言的了。”

与郭译本同月出版的另一本同类著作是贝灵的《俄罗斯文学》。该书在中国也很有影响，郑振铎曾将此书列为他编写《俄国文学史略》时的主要参考书之一。该书篇幅不大，仅克鲁泡特金的著作的三分之一强，译文也不甚理想，但它有自己的特色。全书分八章，面铺得不开，论述的重点放在主要作家上。例如，普希金一章有一万六千字，莱蒙托夫一章有一万一千字。而在此以前出版的郑振铎本中介绍普希金的文字仅为贝灵本的十分之一，关于莱蒙托夫的只有寥寥数语；瞿秋白本中介绍普希金的也仅有贝灵本的五分之一，莱蒙托夫也是一笔带过。同时，该书对作家作品的分析有不少独到之处。这就为中国读者提供了多种选择。

升曙梦是日本的俄国文学研究专家，他著述甚丰，并多有建树，他的论著深受中国文坛的关注。1929 年译出的《现代俄国文艺思潮》是一本小册子，概述了 19 世纪至 20 世纪前 20 年俄国文艺思潮发展的脉络，内容包括“国民文学的构成和写实主义的确立”“一八四〇年代思潮”“一八六〇思潮”“民情主义思潮”“田园文明的挽歌”“马克思主义的思潮”“近代主义的思潮”“都会文艺思潮”“革命文坛的各流派”“无产阶级的文学”“共产党的文艺政策”等章节。1933 年译出的升曙梦的《俄国现代思潮及文学》则是一部有七百页篇幅，并集中论述 19 世纪末和 20 世纪初俄国文学思潮的极有分量的著作，初版于 1915 年，修订于 1923 年。[①] 作者本人在该书中译本序言中称：“本书乃是我过去的著作中最倾注心力的一部，乃是综合了过去长期间的研究的东西。网罗于本书中的时代，主要乃是近代象征主义时代，这时代于种种

① 除上述两书外，1927 年上海北新书局还出版过他的《新俄文学曙光期》一书。

的意义上，是我所最感到魅惑的时代，所以能抱着非常的兴味而埋首于研究。那研究的结晶，便出现成为本书，所以，此后像这样的著作，我究竟还能不能写出，几乎连我自己也不确切知道。虽然像是自称自赞，但关于这时代的研究，如同本书那样完备的，就连俄国本国也还没有。”

该书分前后两编。前编包括序论共 13 章。序论部分为“现代俄国文艺思潮概论”，内分“到现代文学、颓废的象征派运动、‘被社会主义化了的尼采主义’现代文学的分派与基调、现代都市生活的影响、从田园文化走向都市文化、都市文明的特征与印象主义、从乡村文学走向世界文学、个性没却与自我表现、主观的文学、技巧上的特质、两性问题与性欲描写、支配观念”等。其后各章分别对契诃夫、高尔基、安德列耶夫、库普林、梭罗古勃、阿尔志跋绥夫、阿·托尔斯泰等十多位作家进行了颇有深度的评述。为了有一种基本的印象，这里不妨再列出一些细目。如第四章“知识阶级的作家安特列夫”内分“安特列夫的思想与作风”“安特列夫的艺术上的事实与心情”“安特列夫的作品及其印象”三节。第一节中又分“一种矛盾，破坏人生的态度，贯通于三期中的思想上的变迁，没落的知识阶级与安特列夫，思想的悲剧、道德的悲剧及生的悲剧，贯通于三期中的作风的变迁，印象的作风，抽象的作风”；第二节中又分“心情艺术，象征主义、印象主义与写实主义的调和，中枢事象与周围事象，支配调子与心情，从内的动机走向外的事实，‘为了复活者世间是美丽的’，被象征化了的现实，内面描写，单纯的技巧与高尚的哲学之结合”等。在第二节，作者谈到安德列耶夫创作的特色时曾指出：“在安特列夫的创作中，象征主义、印象主义和写实主义这三者，被巧妙地织在一起。在同一的时候把这一类的形式于描写上利用而调和着的处所，便可体认出安特列夫的为艺术家的伟大伎俩。无论是谁，都不是象安特列夫一般地把线和色彩达到极致的纤细的作家。……无论是谁的创作，没有象安特列夫的创作一般地至于显示出了淹没内界与外部表示的差别那样程度的灵肉一致的境界的创作。……安特列夫把事象和从那事象所受到的印象相结合，而在极其简单的句子之中综合着心情，唯其如此，所以，在全体上，事象的调子也有力而犀利地显出着。”（取许涤非译文）这里，我们很自然地想起了鲁迅先生对安德列耶夫创作的一段相似的评价：“安特列夫的创作里，又都含着严肃的现实性以及深刻和纤细，使象征印象主义与写实主义相调和。俄国作家中，没有一个人能够如他的创作一般，消融了内面世界与外面表现之差，而现出灵肉一致的境地。他的著作是虽然很有象征印象气息，而仍然不失其现实性的。”[①] 显然，升曙梦在该书中提出的不少见解已为包括鲁迅在内的一些中国作家和评论家所接受。

该书的后编也分 13 章，但分量上明显轻于前编。后编的第一章为“现代俄国诗坛概论”，文中对 19 世纪末 20 世纪初的俄国诗歌及各种新诗潮做了总体观照。而后各章分别评述了梅烈日可夫斯基、巴尔蒙特、勃留索夫、蒲宁和勃洛克等十多位著名诗人的创作。第十三章介绍了“苏俄的文学”。文末还收有“苏俄文学概观”一文。由于该书作者选择的角度的独特、分析的深入，以及对时代思潮与文学的有机联系的注重，使该书成了当时“世界上仅有的一部关于现代俄国文学的最翔实的历史文献与研究”。[②]

面对上述相当扎实的俄国文学史译著，尚未达到相应研究水

① 鲁迅：《〈黯澹的烟霭里〉译者附记》，载《鲁迅全集》第 10 卷。
② 见译者后记。

准的中国学者，在这一领域的失语自然是不可避免的了。

（二）新中国成立后十年俄苏文学史的翻译与研究

新中国成立后的头十年，俄苏文学的翻译不仅不再受到阻难，而且得到各方面的支持和鼓励。文学界以极大的热情全面介绍俄苏文学，其中也包括俄苏文学史著作。

这十年左右的时间里译出的俄苏文学史著作主要有：叶高林的《苏联文学小史》（知识出版社，1949）、布罗茨基主编的《俄国文学史》（作家出版社，上卷1954，中卷1955，下卷1962）、谢尔宾娜的《俄国文学研究》（泥土社，1954）、捷明契耶夫等的《俄罗斯苏维埃文学》（上海文艺出版社，1955；文化生活出版社，1956；新文艺出版社，1958）、高尔基著的《俄国文学史》（新文艺出版社，1956）、季莫菲耶夫主编的《苏联文学史》（两卷，作家出版社，1956、1957）、卡普斯金的《十九世纪俄罗斯文学史》（两卷，高等教育出版社，1958）、季莫菲耶夫主编的《论苏联文学》（上、下卷，作家出版社，1958）、库拉科娃的《十八世纪俄罗斯文学史》（北京俄语学院，1958）、季莫菲耶夫主编的《俄罗斯苏维埃文学简史》（上海文艺出版社，1959）等十多种，[1]不少篇幅较大，有的还是多卷本。这些著作大多直接从俄文本译出，也有的是在来华授课的苏联专家讲稿的基础上整理完成。例如，卡普斯金的《十九世纪俄罗斯文学史》（高等教育出版社，1958）就是他在北京大学研究班授课的讲稿，柯尔尊的《文艺学概论》（高等教育出版社，1959）则源自于他在北京师大进修班授课的讲稿。

① 这里未计入台湾地区的译著。在1950—1980年，台湾出版的俄苏文学史方面的译著有：西蒙斯（Ernest J.Simmons）的《现代俄国文学》（原名 *Modern Russian Literature*，李省吾译，台北：华国出版社，1950），斯洛宁（Marc Lvovich Slonim）的《俄罗斯文学史：从起源到1917年以前》（原名 *An Outline of Russian Literature*，张伯权译，新竹：枫城出版社，1975）。

新中国成立之初，苏联的文学理论和文学史观，不管是合理的还是错误的，一概被照单全收。新中国文艺理论界“全盘苏化”的结果是割断了自己与西方文论对话和从自身的传统文论中汲取养料的可能，而在吸纳苏联文论和文学史观时对“左”的东西的某种嗜好，使得其合理的部分尚未消化，而庸俗化、机械化的东西则得到了认可。这时期，来自苏联的文学史著作无疑占了不可动摇的地位，中国学者再次处于几近失语的状态。[①]

20 世纪 50 年代后期，北京出现了一部由中国学者编撰的俄苏文学史讲义，值得一提。事情源起于教育部在 1956 年年初在北京师范大学开办“苏联文学进修班”。这个进修班从全国高校招收数十名教师当学员，请苏联专家娜杰日达·伊凡耶夫娜·格拉西莫娃任教。同年秋天，又从东北师大转来“苏联文学研究班”和苏联专家维克多·鲍里索维奇·柯尔尊。格拉西莫娃和柯尔尊都是富有教学经验的教师。柯尔尊对学员的影响更大，他视野开阔，学识渊博，是季莫菲耶夫的学生。季莫菲耶夫被称为苏联的理论权威，他的理论见解，不管是正确的还是错误的，在中国都有很大影响。[②]季莫菲耶夫的理论见解是当时苏联学界的主流观点，柯尔尊总体上承袭的是苏联主流学界的基本理念。但是，作为一个训练有素的专家，他对中国学员专业素质的培养卓有成效。有学员回忆说：柯尔尊所开设的俄苏文学史等课程，“把基础课的教材和带有研究性的专题教材，从资料的掌握和思维的深广度上做了区分，尤其是他的文学教学法还把文学理论学习和技术操作结合起来，课中所提供的情节演变图、结构合成图给我留下深

---

① 有过几本国人写的小册子，如戈宝权著的《苏联文学讲话》（三联书店，1950）、江树峰编著的《苏联文学小史》（江苏文艺出版社，1958）。

② 当年，钱谷融的《论“文学是人学”》就是从批驳季莫菲耶夫的一个错误论点（即“人的描写是艺术家反映整体现实所使用的工具”）切入的。

刻印象，艺术技巧的重要性甚至比作品内容更为重要”。[①] 这种研究内容、研究视野和研究方法的传授，在一定程度上为后来学员们自编文学史讲义奠定了基础。

尽管苏联专家传授的是苏联学界的文学史观，但也带来了苏联学界治学严谨的品格和丰富的知识积累。1958 年夏，在两个班的学员结束学业时，学员和北师大外国文学教研室的老师合作编写了一套讲义，名为《十九世纪俄罗斯文学与苏联文学讲义》。[②] 这套讲义共三册，约七十万字，虽是内部印行的教材，但也产生过一定的影响。讲义符合文学史编撰的规范，内容丰富，资料充实，在那个年代颇不容易。但讲义也有致命弱点，即全盘接受了当年苏联主流文学史著作的格局。例如，该讲义在苏联文学部分突出的只是主流作家，非正统的流派与作家均被忽视。讲义的一位作者后来反思道：讲义“深深地打上了时代的烙印，存在着许多思想和历史局限”；“如分析作品时只重人民性、典型性和现实主义，忽视文学的多样性和丰富性，艺术分析极为缺乏”；“某些俄罗斯作家，如陀思妥耶夫斯基、‘白银时代’作家尚未进入苏联高校教学大纲，这套讲义也完全没有涉及。至于讲义中、下册讲述的苏联文学，遗漏和缺陷更多，例如，仅仅介绍这一时期的主流文学并给予极高评价，对非主流文学（如地下文学及侨民文学）则完全没有涉及等等”。[③] 尽管存在种种问题，但中国学者在特定环境下做出的努力仍然值得后人重视。改革开放后，这个进修班和研究班培养的不少学者在中国的俄苏文学教学和研究中发

---

① 胡日佳：《追忆和睦如家的岁月》，载陈惇、刘洪涛主编《窗砚华年——北京师范大学苏联文学进修班、研究班纪念文集》，中国社会科学出版社，2012。

② 在这套讲义之前，这个班的学员还编过一本《十九世纪俄罗斯与苏维埃文学参考资料》。

③ 谭得伶：《我和北师大苏进研班学者群》，载陈惇、刘洪涛主编《窗砚华年——北京师范大学苏联文学进修班、研究班纪念文集》，中国社会科学出版社，2012。

挥了重要作用，有些学者还在俄苏文学史著作的编撰上取得了出色成绩，在 20 世纪 80 年代最早出现的中国学者编撰的俄国文学史著作中能见到他们的身影。

三、活跃期的俄国文学史研究[①]

改革开放至今的三十余年，中国的俄国文学史研究出现了根本改观，这里的“根本改观”除了俄苏文学史的编撰数量的大增以外，主要还是学者对文学史理论问题的关注，以及文学史观的变化。文学史观是文学观和历史观的综合体现，其本质是如何看待文学与人、文学与世界的关系，它也是一种哲学观，如斯宾格勒所言：“一切真正的历史著作都是哲学。”[②] 文学史史实本身是不变的，作为对文学史实的“表征和解释”的文学史，则会因内外因素而呈现出各式各样的面貌。

（一）新时期俄苏文学史研究的复苏

20 世纪 80 年代是俄苏文学史研究的复苏时期，从 1985 年开始，在短短几年里先后出现了包括通史、断代史和史话在内的十多种俄苏文学史著作。如易漱泉等编的《俄国文学史》（湖南文艺出版社，1986）、臧传真等编的《苏联文学史略》（宁夏人民出版社，1986）、周乐群编的《俄苏文学史话》（湖北教育出版社，1987）、雷成德主编的《苏联文学史》（辽宁人民出版社，1988）、刘亚丁的《十九世纪俄国文学史纲》（四川大学出版社，1988）、彭克巽的《苏联小说史》（北京十月文艺出版社，1988）、李明滨

---

① 浙江外国语学院陈婧博士参与了本节的部分工作。

② [德] 斯宾格勒：《西方的没落》（上），齐世荣译，上海：商务印书馆，1963，第 68 页。

等编的《苏联当代文学概观》（北京大学出版社，1988）、徐稚芳的《俄罗斯诗歌史》（北京大学出版社，1989、2002）、贾文华等编的《苏联文学》（河南教育出版社，1989）、马家骏等编的《当代苏联文学》（河南大学出版社 1989）、曹靖华主编的《俄国文学史》（人民文学出版社，1989，此书后为三卷本《俄苏文学史》）等。[①] 这些文学史著作的框架大都仍遵循着传统的格局，但它们已经显示出中国在这一研究领域所达到的新高度，少数优秀的史著至今仍在发挥它的作用。此外，有多本相关著作也值得一提，如中国社科院外文所编的《苏联文学记事：1953—1976》（三联书店，1979）、《七十年代的苏联文学》（中国社会科学出版社，1980）、《苏联文学史论文集》（外语教学与研究出版社，1982），北京大学俄语系编的《关于解冻及其思潮》（北京大学出版社，1982），吴元迈和邓蜀平编的《五六十年代的苏联文学》（外语教学与研究出版社，1984），吴元迈的《苏联文学思潮》（浙江文艺出版社，1985），李辉凡的《苏联文学思潮综览》（湖南人民出版社，1986）等。

在纵览性的文学史著作中，易漱泉等人编写的和曹靖华主编的两本值得关注。易本《俄国文学史》著作出得最早，且较为系统和厚实，作者都是长期从事俄苏文学教学和研究的高校教师。

---

① 20 世纪 70 年代中后期和 80 年代，台湾有相关的著作问世。较早出现的是侯立朝著的《现代苏俄文学的风潮》（台北天下图书公司，1974；增订版《现代苏俄文学论》，新竹枫城出版社，1977）。此后有王兆徽编的《俄国文学论集》（台北四季出版事业公司，1979），《论集》对俄国文学思潮和重要作家多有评述，可谓“近代俄国文学鸟瞰”。另有马兆熊的《十九世纪俄国文学十四家评传》（台北华冈出版公司，1979），评述了从卡拉姆金到高尔基十几位作家；欧茵西的《俄国文学面面观》（台北：皇冠出版社，1979），是一部文学史散论著作。台湾学者出版的真正意义上的第一部俄罗斯文学史是欧茵西独著的《俄国文学史》（台北：中国文化学院出版部，1980；修订本《新编俄国文学史》，1993），这部史著分为“古俄文学”“古俄文学后期”“古典时代”“浪漫文学时代”“写实文学时代”“九十年代的新潮流”“苏联文学”等七章，并以评述各个时期代表性作家为核心来编写全书。该书介绍的俄苏作家较全面（达 71 位），包括 1980 年大陆还甚少涉及的白银时代诗人。

全书51万字，内容包括从11世纪到20世纪初期俄国文学的发展史。作者将俄国文学的发展分为19世纪以前、19世纪初期、19世纪中期、19世纪晚期和20世纪初期五个阶段，并由此勾勒其全貌。书中关于19世纪俄国文学发展的分期基本上遵循的是列宁对俄国解放运动的三个阶段的论述，这是比较传统的分法，好处是能较清晰地阐明俄国文学与社会现实紧密结合的特点，但也容易导致无法充分揭示文学发展的内部规律的缺憾。事实上，该书的长处和不足与此有一定的关系。可以看出，作者有意识地在努力弥补这一不足，在有关重点作家和作品的章节中普遍注意了对作家的艺术成就和作品的艺术特点的分析。曹本《俄苏文学史》气魄更大，在一百多万字的篇幅中描述了俄国古典文学、苏联现代文学和苏联当代文学发展的全过程，立论明确、材料翔实、线索分明，颇有质量。该书第一卷所涵盖的内容和所用的字数与易本相近，但在材料的确切和丰富上，在编排的严谨和合理上更胜一筹。该书对一些重要作家的论述很有分量，对有些文学现象（如第三卷关于前苏联各加盟共和国的文学）的介绍又颇为独到。但是，该书在第一卷与第二卷之间空缺了19世纪末20世纪初这一阶段，各卷之间的学术水准有距离，总体框架上也仍遵循着传统的格局。尽管如此，这部著作所取得的多方面的成就，对中国俄苏文学研究摆脱庸俗社会学的困扰起了积极作用。

这时期出现的几部以文体分类的文学史著作也有特色，如徐稚芳的《俄罗斯诗歌史》系统阐述了十月革命以前俄罗斯诗歌发展的历史过程，而在章节划分上又体现了对诗歌发展内在规律的尊重。19世纪上半期是俄罗斯诗歌发展的黄金时代，因此作者用相当多的篇幅论述了这时期出现的诗歌流派和有代表性的作家，尤其是普希金和莱蒙托夫。19世纪中后期，论述的重点则落在涅克拉索夫和丘特切夫两位诗人身上。由于该书坚持“思想性和艺术性并重”，并对那些“虽无重大思想内容，但确属真、善、美的艺术佳作，也同样予以重视”的原则，[①] 许多在一般的文学史著作中不提或少提的优秀诗人在该书中获得了应有的地位。书中关于丘特切夫的评论文字超过了涅克拉索夫，其他如茹可夫斯基、巴秋什科夫、巴拉丁斯基、波列查耶夫、柯尔卓夫、奥加辽夫、普列谢耶夫、迈科夫、费特、尼基丁和蒲宁等诗人也占有相当的篇幅。书中还提供了不少令人感兴趣的资料，如关于俄罗斯民间诗歌中仪式歌、英雄歌谣和历史歌谣的介绍等。

这时期有些中国学者对苏联文学思潮进行了多侧面的研究，如吴元迈的《苏联文学思潮》虽然是本论文集，但作者力图从宏观的角度“较为系统地阐明苏联文学思潮的发展线索”[②] 的自觉意识，使这本论文集成为一个有机的整体。该书鸟瞰整个苏联文学思潮的历史演革和现状，上溯十月革命前后的无产阶级文化派思潮，下及 70—80 年代苏联文坛的思潮流变，并对若干影响深远的文学思潮条分缕析，从而较好地实现了作者的总体构想。作者用历史唯物主义的观点对苏联文坛上出现过的几次大的错误思潮做了客观地评述，并注意揭示思潮发展的前因后果以及内在联系。作者还着重对现实主义在当代苏联文学的发展做了详尽地分析。这是中国在进入俄国文学史研究活跃期后最早出现的一部思潮史著作，理论性、资料性和现实性上都具有较高价值。

（二）“重写文学史”的提出和文学史观的变化

进入 20 世纪 90 年代，“重写文学史”概念的提出，对中国

① 见《俄罗斯诗歌史》（前言），北京大学出版社，1989。

② 见《苏联文学思潮》（后记），浙江文艺出版社，1985。

俄苏文学史的编纂具有重要意义。苏联解体以后，俄罗斯学术界对20世纪俄罗斯文学经典的看法有进一步的调整，如莫斯科大学编写的《20世纪俄罗斯文学史教学大纲》(1994)、斯米尔诺娃主编的《20世纪俄罗斯文学》（1995）和阿格诺索夫主编的《20世纪俄罗斯文学史》（1999），在重点作家的选择上分别为49位、16位和26位，这些作家中既有传统的主流作家，如高尔基和肖洛霍夫等人，也有过去曾遭批判的或在苏联境外创作的侨民作家，如布宁、阿赫玛托娃、布尔加科夫、普拉东诺夫、索尔仁尼琴和布罗茨基等人。尽管这些大纲和著作所关注的作家有所不同，但新增作家的数量均超过原主流作家，上述选择从侧面反映了当代俄罗斯学界文学史观的调整。俄罗斯学界的调整引起了我国学界的思考。1993年，周启超在《国外文学》刊物上发表《“20世纪俄语文学”：新的课题，新的视角》一文。文章对“20世纪俄语文学”做了如下界定：“在时间跨度上，‘20世纪俄语文学’指的是1890年以来将近一百年来的俄语文学发展进程中所出现过的全部文学创作与文学理论实践。它不以1900年这一自然的纪元年度为起点，更不以1917年十月革命这一社会政治事件为界限，而是以上世纪最后十年间俄罗斯文学新格局的生成为开端，即以古典批判现实主义文学的终结，以及新型的现实主义文学与新生的现代主义文学所普遍表现出的对‘文学性’的空前自觉为标志，俄罗斯文学进入了一个崭新的世纪；在空间范围上，‘20世纪俄语文学’指的是运用俄罗斯文学语言、渗透俄罗斯文化精神的所有文学创作。”这一时空的界定包含着“重写文学史”的思考。《俄罗斯文艺》随即开辟专栏对此展开了讨论，陆续刊载的文章有：周启超的《直面史实，走出误区》、陈建华的《也谈“20世纪俄语文学”的新架构》、张建华的《寻求新的突破》、任光宣的《20 世纪俄罗斯文学之我见》、汪介之的《阶段性：20 世纪俄罗斯文学史的一个参照点》、谢天振的《从比较文学角度着重写俄苏文学史》、陆肇明的《苏联文学的个性》、吴泽霖的《苏联文学发展的独特性和我们的研究方法》、余一中的《重新审视苏联文学》、刘亚丁的《面与线：建构俄罗斯文学史的框架》和何云波的《世纪末的回眸》等。讨论主要围绕概念的提法和内涵问题、文学史的总框架问题、研究的方法问题等展开，关键是如何重写文学史。讨论中，有的学者强调将“显流文学”“潜流文学”与“侨民文学”作为架构文学史大厦的三块“基石”；有的学者认为应当把用俄语创作的非俄罗斯作家的文学创作纳入；有的学者认为，20 世纪文学史可分为白银时代、变迁时代、滑坡时代、“解冻”与“停滞”时代、改革时代、解体以后几个阶段；有的学者则建议用三分法，即争夺文化霸权时期、中心话语与边缘话语对话时期、众声喧哗时期等。学者们的见解不尽相同，但它却表明中国文坛传统的俄苏文学史研究正逐步进入一个新的阶段。

专栏讨论的时间是有限的，但关于文学史观和研究方法更新的思考却是持久的，影响深远。从后来召开的学术会议、相关期刊中出现的论争，以及而后的文学史编撰实践中可以见到这一点。如 1995 年在北京大学召开的全国高校外国文学教学研究会的年会就以“文学史重构与名著重读”为主题。在这次会议上，李明滨介绍了俄罗斯编撰的《苏联文学史》十年三变的情况，任光宣指出了国内高校在俄苏文学史教学中存在的问题，陈建华提出了新文学史架构的设想，胡日佳和徐家荣等重新评价了俄苏文学史中的某些文学现象。在期刊上有关的论争也持续不断。如关于李辉凡和张捷撰写的《20 世纪俄罗斯文学史》（1998）的论争就是一例。对这部由长期致力于俄苏文学研究的著名学者撰写的文学史著作，有人给予了质疑。余一中的《20 世纪俄罗斯文学史能够这样写吗？》一文指出该书存在的诸多问题，特别是文学史观的陈旧，称这是该书的作者“受斯大林思想文化模式和苏联文学教条的影响”[①] 所致。然而，赞美该书的文章也不罕见。有人撰文称赞该书作者运用的是“科学的文学史观”，该书“最大特点”是用这一史观“描述 20 世纪俄罗斯文学版图”，“作者用敏锐的目光和辩证的思维，实事求是地评价了本世纪俄罗斯文学的复杂性和多变性”。[②] 不仅在对该书的评价上，在对俄苏文学史上的一些重要作家作品的评价和定位上也有过激烈的论争。学界在如何重写文学史方面存在着明显的分歧。

毫无疑问，“重写文学史”概念的提出受到了俄罗斯学界史观的变化和中国文学界“重写文学史”的讨论的影响，但最根本的还是基于中国俄苏文学界对旧的文学史模式的反思。具体的问题可以讨论，但陈旧的文学史观的革新是必须的。有人曾将 20 世纪 50 年代以后的文学史模式中的问题归纳为五个方面：(1) 机械的他律论，以相对忽视文学自身规律的社会决定论来支撑文学史的研究；(2) 传统文化与治史模式，用治史的方法治文；(3) 自律性的失落与形式研究的贫乏，忽视文学自身的特殊规律；(4) 忽视文学史内部的流变研究，缺乏整体观和系统观；(5) 体例的僵化与研究主体性的失落，社会环境、作家介绍、作品分析三者机械地拼贴相加成了通行几十年的编写模式。[③] 以上提法是否准确暂且不论，但它涉及的问题是客观存在的。学者们本着科学求实的精神对以往的文学史模式进行反思，对较为单一的文学史观

① 余一中：《20 世纪俄罗斯文学史能够这样写吗？》，《博览群书》，2004 年第 9 期。
② 陈静：《多方位的视角科学的文史观》，《俄罗斯文艺》，2000 年第 1 期。
③ 陶东风：《文学史哲学》，郑州：河南人民出版社，1994，第 19 页。

和写作手法加以矫正，更加注重文学的本体和审美价值，倡导文学史作者的个性和创新意识，这些值得肯定。尽管编撰更为多元的和科学的文学史并非一蹴而就的事，但这个趋向已不可逆转。

在这样的大背景下，中国的俄苏文学史编撰有了新的发展。20 世纪 90 年代，出版了二十多部俄苏文学史，主要有：黎皓智的《苏联当代文学史》（百花洲文艺出版社，1990）、许贤绪的《当代苏联小说史》（上海外语教育出版社，1991）、曹靖华主编的《俄苏文学史》（后两卷，参见前述）、马家骏的《十九世纪俄罗斯文学》（陕西师范大学出版社，1992）、朱宪生的《俄罗斯抒情诗史》（陕西人民出版社，1993）、苏玲和刘文飞的《俄罗斯文学简史》（海南出版社，1993）、张捷的《苏联文学的最后七年》（社会科学文献出版社，1994）、叶水夫主编的《苏联文学史》（中国社会科学出版社，1995）、汪介之的《现代俄罗斯文学史纲》（南京出版社，1995）、刘文飞的《二十世纪俄语诗史》（社会科学文献出版社，1996）、周敏显的《俄国文学史》（上海外语教育出版社，1996）、韩洪举和张增坤主编的《俄国文学史略》（河南大学出版社，1997）、倪蕊琴和陈建华的《当代苏俄文学史纲》（辽宁教育出版社，1997）、许贤绪的《20 世纪俄罗斯诗歌史》（上海外语教育出版社，1997）、李明滨主编的《二十世纪俄罗斯非主潮文学》（北岳文艺出版社，1998）、李辉凡和张捷的《20 世纪俄罗斯文学史》（青岛出版社，1998）、刘宁主编的《俄国文学批评史》（上海译文出版社，1999）等。此外，江文琦的《苏联二十年代文学概论》（上海外语教育出版社，1990）、杨育乔编著的《白俄罗斯文学简史》（河南大学出版社，1993）等著作也有相关性。

这一时期，俄苏文学史的编撰得益于学术环境的改善和专业研究人才的涌现。学界在保持对通史的关注的同时，将目光投向了白银时代和当代等断代史；研究更具个性化，更加注重从文体和审美角度评述文学现象；文学史写作的类型开始多样，如对抒情诗史、非主潮文学史、文学批评史等的关注。

新世纪以来，中国的俄苏文学史编撰更加活跃，又出现了二十多部著作，主要有：李毓榛主编的《20世纪俄罗斯文学史》（北京大学出版社，2000）、张杰和汪介之的《20世纪俄罗斯文学批评史》（南京译林出版社，2000）、谭得伶和吴泽霖等的《解冻文学和回归文学》（北京师范大学出版社，2001）、汪介之的《远逝的光华——白银时代的俄罗斯文化》（译林出版社，2003）、周启超的《白银时代俄罗斯文学研究》（北京大学出版社，2003）、任光宣等的《俄罗斯文学史》（北京大学出版社，2003）、王丽丹的《乍暖还寒时："解冻"时期苏联小说》（上海译文出版社，2004）、严永兴的《辉煌与失落：俄罗斯文学百年》（译林出版社，2005）、张冰的《白银时代俄国文学思潮与流派》（人民文学出版社，2006）、任光宣主编的《俄罗斯文学简史》（北京大学出版社，2006）、邱运华等的《19—20世纪之交俄国马克思主义文学思想史论》（北京大学出版社，2006）、黎皓智的《20世纪俄罗斯文学思潮》（北京大学出版社，2006）、李萌的《缺失的一环：在华俄国侨民文学》（北京大学出版社，2007）、张捷的《当今俄罗斯文坛扫描》（人民文学出版社，2007）、李辉凡的《俄国"白银时代"文学概观》（中国社会科学出版社，2008）、董晓的《理想主义：激励与灼伤——苏联文学七十年》（上海人民出版社，2009）、周湘鲁的《俄罗斯生态文学》（学林出版社，2009）、刘文飞的《插图本俄国文学史》（北京大学出版社，2010）、任子峰的《俄国小说史》（北京大学出版社，2010）、李毓榛的《俄国文学十六讲》（中国青年出版社，2010）、刘珊编著的《10—19世纪俄罗斯文学史》（辽宁大学出版社，2010)、张捷的《苏联解体后的俄罗斯文学：1992—2001年》（中国社会科学出版社，2011)、张建华和王宗琥主编的《20世纪俄罗斯文学：思潮与流派（理论篇)》（外语教学与研究出版社，2012)、李新梅的《俄罗斯后现代主义文学中的文化思潮》（中国社会科学出版社，2012)、曾思艺的《俄罗斯文学讲座：经典作家与作品》（北京师范大学出版社，2015）等。还有一些相关性很强的著作，如黎皓智的《俄罗斯小说文体论》（百花洲文艺出版社，2001)、张捷的《热点追踪：20世纪俄罗斯文学研究》（人民文学出版社,2003)、何云波的《回眸苏联文学》（湖南人民出版社,2003)、刘文飞的《文学魔方——二十世纪的俄罗斯文学》（中国社会科学出版社，2004)、刘文飞编的《苏联文学反思》（中国社会科学出版社，2005)、余一中的《俄罗斯文学的今天和昨天》（黑龙江人民出版社，2006)、张敏的《白银时代：俄罗斯现代主义作家群论》（黑龙江大学出版社，2007)、张捷编的《当代俄罗斯文学纪事：1992—2001》（人民文学出版社,2007)、刘国利等的《十九世纪俄罗斯文学纵横谈》（中国戏剧出版社，2010)、朱达秋等的《俄罗斯文化概论》（上海外语教育出版社，2010)、王宗琥的《叛逆的激情：20世纪前30年俄罗斯小说中的表现主义倾向》（外语教学与研究出版社，2011）等。上述著作有不少虽在架构上并非传统意义上的文学史著作，但因有鲜明的构建新文学史观的意识，它们也以自己独特的视角参与了这一时段的俄苏文学史的建设。

这一时期，虽缺少如上一时期那样的多卷本的文学史著作，但断代史，特别是现当代史颇有特点；对苏联文学的反思仍延续到新世纪俄罗斯文学史的编撰之中；学界在如何评价白银时代文学和苏联主流文学等文学现象上仍存在一些分歧；出现了以史料编撰为主的著作，它们虽不是严格意义上的文学史著作，但因密切关注俄罗斯文坛的新动向，提供了翔实资料，对文学史建构也很有帮助。不少著作更多地显现出个性色彩，内容更丰富，形式更多样。

（三）俄苏文学史成果的范式转型及反思

世纪之交，我国出版的俄苏文学史中，通史和断代史约占了总数的三分之二。曹靖华等主编的《俄苏文学史》（1989）和叶水夫主编的《苏联文学史》（1995）是通史类中比较典型的。除了前述的曹本以外，《苏联文学史》的前两卷从思潮、文论和文体等方面全方位地介绍了苏联文学的发展进程，其中“文学思潮与文学理论”部分比一般的文学史占据更重要的位置；第三卷为作家论，对苏联各民族的 50 位作家做了较为全面的评述，也是一部有较高学术含量的文学史著作。李毓榛主编的《20 世纪俄罗斯文学史》（2000）分五个阶段描述文学史的发展，并选择了 17 位代表作家加以重点介绍，作家选择较为客观，视角、评点和叙述风格也有新意。有些通史篇幅不大，但有自己的特色，如刘文飞的《插图本俄国文学史》（2010）。该书由个人撰写，文字精练，没有一般通史著作详尽的背景史料、作家生平和作品情节的描述。列专章的重点作家有六位，分别是普希金、陀思妥耶夫斯基、托尔斯泰、高尔基、索尔仁尼琴、布罗茨基，20 世纪的三位作家的选择显然含作者的偏爱，是否恰当可商榷，但个性鲜明。作者称索尔仁尼琴“或许就是将作家天赋和布道者使命自然地合为一体的最后一位俄罗斯作家”；称布罗茨基“就像一个虽显得与现实不大合拍，却因拥有蓝色诗歌传统而保持着高傲的‘最后的俄国贵族’”。这本史著评点简明而有见地，这种个性化的努力值得提倡。

断代史以苏联当代文学和“白银时代”文学史为主。以苏联当代文学为描述对象的著作有七本之多，大多出版在20世纪80年代后期至90年代后期。这些著作各有特色。李明滨等主编的《苏联当代文学概观》（1988）除以概述统领全书外，分小说、诗歌和戏剧三编对该体裁及相关的18位作家进行介绍。黎皓智的《苏联当代文学史》（1990）没有重点作家的分析，而是以史为经，以论为纬，从文艺思潮的发展、文体形式的演变、批评模式的拓展等角度，对文学史料进行选择和阐述。倪蕊琴和陈建华的《当代苏俄文学史纲》（1997）的书写范围除苏联文学外，还涉及了苏联解体后的俄罗斯文学。该书对苏联当代的小说创作、文学的历史反思、“解冻文学”和“回归文学”等问题，都有较为深入的探讨。以“白银时代”命名的文学史有四部。李辉凡的《俄国“白银时代”文学概观》（2008）阐明了“白银时代”的概念，通过作家作品及理论著作的分析对相关文学现象做出了评价。何雪梅的《俄罗斯白银时代文学史》（2008）选取象征主义、阿克梅主义和未来主义三个主要流派中的代表作家及其代表作品进行分析，并介绍了这些流派以外的一些作家。汪介之的《现代俄罗斯文学史纲》（1995）分为“白银时代”和“变迁时代”两部分，分别梳理了“白银时代”各个文学流派及其代表作家，以及十月革命后俄国文坛和侨民文学与“白银时代”文学流派的联系。他的《俄罗斯现代文学史》（2013）更为详尽地考察了“1890—1917年、1917—1920年末、1930—1950年代初的文学”，论述了“在这六十余年间先后达到创作高峰的主要作家及其创作”，力求“探明这期间所出现的种种重大文学现象和问题”。[1] 周启超的《白银时代俄罗斯文学研究》（2003）由流派风采、集群精神、个性姿态、抒情风韵等部分组成，通过对最具代表性的作家、流派和艺术特质的评述，描绘了白银时代的文学全景，虽是专著但有史的架构。

这时期出现的各种俄苏文学思潮流派史著作有多部，如李辉凡的《二十世纪初俄苏文学思潮》（1993）、李明滨主编的《二十世纪俄罗斯非主潮文学》（1998）、谭得伶和吴泽霖编写的《解冻文学和回归文学》（2001）、张冰的《白银时代俄国文学思潮与流派》（2006）、张建华和王宗琥主编的《20 世纪俄罗斯文学：思潮与流派（理论篇）》（2012）等。《二十世纪初俄苏文学思潮》对苏联时期复杂的文学思潮和流派做了清理，对重要作家和文学活动家做出评价。《二十世纪俄罗斯非主潮文学》以 20 世纪俄罗斯的三个历史时期为叙述框架，从思潮和流派的角度，介绍了批判现实主义、象征主义、未来主义、新浪漫主义和后现代主义等流派的文学面貌。《解冻文学和回归文学》专题研究了作为重要思潮的“解冻文学”和“回归文学”。《白银时代俄国文学思潮与流派》以白银时代的俄罗斯文艺美学思潮和流派为线索，依次介绍了宗教哲学派、象征主义、阿克梅主义、未来主义和俄国形式主义等文学思潮，从思潮角度勾勒了时代文学风貌。《20 世纪俄罗斯文学：思潮与流派（理论篇）》将文学史和批评史相结合，从思潮与流派、历史沿革、作家与作品、诗学特征等方面做了探讨。

文体史数量不少。王守仁的《苏联诗坛探幽》（1990）探讨了苏联诗歌史上对传统的继承与革新、不同风格和流派之间的分

---

① 汪介之：《俄罗斯现代文学史》，中国社会科学出版社，2013，第 4 页。

野与交融等问题，并对“大声疾呼”派和“悄声细语”派做了较为详尽的分析。冉国选的《俄国戏剧简史》（1992）是部戏剧文体史，内容囊括了十月革命前的俄罗斯戏剧。许贤绪的《当代苏联小说史》（1991）以“题材—风格”为纲，对作家进行了诸如自然哲理小说、城市社会心理小说等角度的归类，这样的归类有其独到之处。此外，周忠和的《苏联儿童文学简史》（1991）、刘文飞的《二十世纪俄语诗史》（1996）、任子峰的《俄国小说史》（2010）和周湘鲁的《俄罗斯生态文学》（2011）等也从各自的角度阐述了俄苏文学发展的历史。俄苏文学史中还没有严格意义上的史料史，张捷编写的几部著作与此接近。[①]《苏联文学的最后七年》（1994）材料丰富、描述清晰，勾勒出了苏联解体前文坛的面貌。《当代俄罗斯文学纪事（1992—2001）》（2007）以编年史的方式对苏联解体后十年间俄罗斯文学生活的方方面面进行了全方位的扫描，涉及文学界的活动、热点问题的讨论、文学的评奖、作家和学者的状况、重要作品与论著的介绍等。由于作者对当代文学的跟踪研究建立在大量翔实可靠的资料之上，因此史料价值较高。

新时期俄苏文学史的编撰是整个外国文学史编撰中的一个有机组成部分。20 世纪是中西文学观、历史观和文学史观的磨合时期，我国学界的研究范式悄然发生着转变。特别是 20 世纪 90 年代以来，文学史编著标准渐由政治性转移到与审美性并重；不再单纯追求宏观的历史性书写，而是更注意以微观的角度剖析作家与作品本身；开始使用新的方法，如文本批评、形式主义方法等，

---

① 《苏联文学的最后七年》（张捷，北京：社会科学文献出版社，1994）、《俄罗斯作家的昨天和今天》（张捷，北京：中国文联出版公司，2000）、《热点追踪：20 世纪俄罗斯文学研究》（张捷，北京：人民文学出版社，2003）、《当代俄罗斯文学纪事（1992—2001）》（张捷编，北京：人民文学出版社，2007）、《苏联文学最后十五年纪事》（张捷编，北京：中国社会科学出版社，2011）。

进行文学史研究与编写；经典的评判标准发生一定转变，更关注以往不受重视的文学现象；大文学观渐受欢迎，强调从纷乱杂呈的文学史现象中寻找出精神变化和思想发展的线索等。上述情况，尤其是文学史编撰的观念、体例、方法，以及书写内容的变革，在俄苏文学史撰写中同样存在。

百年来，中国的俄苏文学史编写取得了可喜的成绩。但是，以下几个方面仍值得关注。一是要进一步凸现文学史建构的整体意识。俄罗斯文学是世界文学不可或缺的组成部分。将俄罗斯文学置于欧洲文学与世界文学框架内加以审视，可以为研究提供更为广阔的视角，有利于对俄罗斯文学的客观评价。二是要进一步倡导文学观念和研究方法的革新。中国的俄苏文学史研究，体现新文学史观并具有独特的个性和创新性的文学史著作总体仍然不足，期待若干年后能形成多元互补、生动活泼的局面。三是要进一步强调编撰中的中国学者立场。俄苏文学是世界文化史上的重要现象，俄罗斯和美、英、法、日等许多国家的学者都在研究，并发表了不少著述。这些著述中提供了不少有价值的见解，但也不乏偏颇之处。中国学者应该有自己的历史唯物主义的尺度和科学求实的学术眼光，不能人云亦云。只有通过对那些最大限度地体现了俄罗斯文学精神，即民主意识、人道精神、历史使命感，并不屈不挠地追寻着人类的终极目标的优秀作家及其作品的整体把握，通过对这些作家作品与相关的文学现象之间的内在联系地充分揭示，才能真正凸现出俄罗斯文学的艺术精髓以及它在世界文学中的地位。只有这样，中国的俄苏文学史才能避免成为苏联或今天的俄罗斯或西方学者撰写的文学史的翻版。

Наш подход в описании истории русской литературы и несколько размышлений по ее советскому периоду

张建华

В 2003 году мы с профессором Пекинского университета Жэнь Гуансюань, профессором Нанкинского университета Юй Ичжунь составили учебник «История русской литературы» для студентов-филологов на русском языке. Сама идея разработки учебника как одновременно книга учебного назначения и работа научного исследования, родилась согласно государственной учебной программе «Одинадцатой пятилетки» Высшего образования Китая. Учебник вышел в свет в 2003 году, его стереотипное издание перепечатали восемь раз, и в 2014 году было выпущено второе, исправленное и дополненное издание. В новое издание были включены писатели Шмелев, Зайцев, Трифонов, которые отсутствовали в первом издании. Еще был дополнен обзор русской литературы рубежа XX — XXI веков.

Книга ориентирована на использование на старших курсах руссского факультета китайских вузов и одновременно в магистрантуре. Это история русской литературы в сжатом изложении. Авторы стараются дать краткие, миниальные, но самые необходимые сведния и знания о русской литературе во всей ее полноте: от древности до рубежа XX — XXI вв. В работе над учебником мы придерживались такого подхода, чтобы книга как можно в большей степени соответствовала истине истории русской литературы. Для достижения этой цели мы строго следовали следующим принципам:

Прежде всего, принципу историзма. Мы полностью разделяем мнение Дмитрия Лихачева, который говорит, что «... следует преподавать не отдельные произведения, а историю литературы. Литературное произведение само по себе, исторически не объясненное, теряет на 80 процентов свою действенность — моральную, эстетическую, какую угодно действенность»[①].

Так что достаточный объем книги посвящается обзорам исторического сформирования и развития русской литературы разных периодов, ее связи с социальным и культурным развитием России. Например, в обзоре древней русской литературы мы направляем взор читателей к связи ее с процессом формирования раннефеодального государства на Руси, с историей развития русской нации. Летопись «Повесть временных лет» рассматривается не столько как литературное произведение, сколько как исторический памятник, отражающий становление древнерусского государства, его политический, экономиский расцвет. Феодальная раздробленность

---

① Баевский В.С. История русской литературы XX века. Компендиум. Языки русской культуры. М. 1999. С.6

и укрепление централизованного государства нашли яркое отражение в произведениях этого исторического периода, как «Слово о полку Игореве», расцвет разных сказаний и светская литература 17 века. А в обзоре литературы от Октябрьской революции до середины 50-ых годов учитываются новые факты и материалы, появившиеся в последнем десятилетии XX века, пересмотр процесса истории русской литературы XX века, идеологическая и эстетическая переоценка ценностей художественных произведений, написанных в советский период.

Учебник не перегружен датами, приведены только самые необходимые, но уж их-то надо помнить, потому что без дат нет истории. Например в 1932 году, когда Сталин и его приближенные посетили Горького, и он впервые провозгласил «метод соцреализма», именно в этом году опубликовано Постановление ЦК ВКП(б) о перестройке литературно-художественных организаций. Потом 1934 год — год съезда советских писателей. А годы выпуска произведений всегда указаны в учебнике, что помогает читателям лучше размышлять о культурной ситуации написания произведений.

Во-вторых, принципу классичности. В нашей книге приведены только имена основных деятелей, самых крупных и влиятельных писателей русской литературы национального и мирового значения. Они внесли неповторимый вклад в духовный облик России, даже всего человечества, без них русская литература и культура были бы иными. Их должны знать каждый китайский русист.

Но классики русской литературы XX века действительно в основном ушли к 60 годам, первая половина столетия, блистательно начатая Серебряным веком, существенно богаче второй в литературном отношении. Более того, литературная жизнь России в советское время усложнилась настолько, что шкала литературной классики стала весьма изменчивой и расплывчатой, и, вероятно, «адекватные» классике явления в литературе зачастую оказываются весьма спорными и необщепризнанными. В ситуации переоценки русскими историками ценностей в конце XX столения наблюдается жесткий параллелизм в списках классиков: достаточно устойчивый список прежних корифеев и знаковых фигур, и вместе с ним появился список новых кумиров. В итоге возникают ситуации, когда бывшие списки классиков резко отличны от сегодняшнего. Были писатели и произведения, поощренные советской политической культурой и считались классикой в свое время, а теперь остались вне классиков.

Мы учли эти изменения, но подходили несколько иначе, чем наши русские коллеги. Например, Роман Николая Островского «Как закалялась сталь» сегодня воспринимается в России как своеобразный художественный миф, и фактически оставлен историками без внимания. Но мы думаем, что нельзя же закрывать глаза на это историчекое явление литературы, на его влияние на целое поколение советских читателей и советскую литературу 30-ых годов. Мы с одной стороны рассматриваем произведение как новую форму «роман воспитания» советской литературы, утверждаем целеустремленность и непоколебимость героя в борьбе с тяжелой судьбой, искусно и выразительно выстроенный сюжет, живость образов, с другой стороны отмечаем явные отпечатки времени, чрезмерный фанатизм героя, и то, что Островский, как и большинство советских писателей того периода, придерживался в своем произведении социалистического мировозрения и позиции классовой борьбы. Между прочим, недавно мы прочитали в газете «Чтение в Китае» статью, автор которой в течение 36 лет жизни, где бы ни был и кем бы ни был, всегда хранит при себе этот роман. Автор статьи по имени Ван Гохуа говорит, что «в моей жизни немало было зигзагов, заблуждений, поисков и прогресса, но я никогда не оставлял книги. А «Как закалялась сталь» давала мне силу, оказывала влияние на всю мою жизнь. Именно дух Павла Корчагина помогал мне в духовном росте».[1]

В-третьих, принципу комплексного идейно-эстетического анализа. Мы стараемся совмещать содержательно-идейный разбор с эстетическим анализом литературных произведений. Содержательная сторона литературного периода вроде бы ясна: творческие достижения, литературный процесс, роль литературы в обществе, определение вклада русской литературы в мировую литературу и т.д. Но с точки зрения художественных принципов и достижений намного сложнее: период делится не только на временные отрезки, но и на художественные феномены, частично совпадающие по времени друг с другом, но развивающихся параллельно или во взаимных контактах. И это было особенно наглядно в советский

---

① Ван Гохуа. В сопровождении Павла Корчагина. Газета-Еженедельник «Чтение в Китае». 24 июня 2015 года. С.21

период.

Составители учебника мыслят литературными направлениями (романтизмом, реализмом, модернизмом, авангардом, постмодернизмом), школами (декадентство, символизм, акмеизм, футуризм, деревенская проза), жанрами (роман, повесть, рассказ, поэма). Хотя из-за объемного ограничения авторы не могут всесторонне и детально раскрывать эстетическое обаяние писателей и их произведений, но их самые главные черты все же даны в книге. Например, автор монографической главы Ю. Трифонова обращает особое внимание читателей на наличие в романе «Старик» разных временных и пространственных пластов и углубленный психологизм писателя, как самые отличительные эстетические чреты романа.

И наконец, принцип хронологии. Наш курс истории русской литературы не выходит за хронологические рамки. Периодизация русской литературы в нашем учебнике в целом соответствует той, которая утверждена в российских учебниках. Исключение составляет только глава литературы русского зарубежья XX века. В нем пять монографических подоразделов выставлены независимо от времени трех волн русской эмиграции и посвящены пяти писателям разных периодов: Бунину, Шмелеву, Зайцеву, Цветаевой и Солженицыну.

Надо сказать, в последнее время все острее ощущаем неудовлетворенность этой работой, в особенности части по советской литературе. Учебник «История русской литературы» должен создать более или менее полную картину творчества, при анализе произведений должны раскрываться не только перемены в литературе в едйном эстетическом отношении, но и литературная преемственность и устойчивый генофонд этой литературы. А это крайне необходимо для уяснения важных особенностей русской литературы. В этом отношении раздел истории советской литературы написан менее удачно. Причем надо и признаться, что в учебнике не в полной мере учитывается специфика курса русской литературы в китайской аудитории.

Почему автор доклада особенно выделил историю советской литературы, потому что она более знакома и близка китайским читателям. В течение 20-ого столетия русская литература, в особенности советская литература, была важным духовным ресурсом китайского народа. Более того, построение концепции и курса этой литературы представляет сегодня для китйских читателей достаточно сложную проблему. Их старое поколение, которое в свое время так любило и восхищалось этой литературой и черпало из ней так много для своего духовного роста, вдруг стало недоумевать, почему соотечественники А. Горького, Н. Островского и А. Толстого сами стали кощунствовать над своей великой литературой. А для среднего и молодого поколений советская литература вообще стала непонятной исторической вещью, а некоротые литераторы даже неистово жаловались, что Горький погубил литературу Нового Китая. И как это ни парадоксально, именно новый подход русских критиков к своей литературе и бесчисленные новые исторические материалы, выявленные когда-то апологетами советской литературы, привели нас к пониманию того, что те самые «объективно» измеряемые параметры величия и красоты советской литературы вовсе не являются «объективными», а возникают лишь в самый момент политической потребности и не существуют вне нее. Таким образом, слава и величие советской литературы по существу дошли до своего объективного предела. Само изменение и развитие России делает ее литературу такой неузнаваемой.

Важно заметить, что после распада Советского Союза существенно изменились представления русских писателей и критиков об истории его литературы. История советской литературы радикально изменилась в главных вещах. Устоявшиеся ранее плюсы заменяются минусами, а то, что считалось раньше плохим, восхваляется. Разность политических позиций и различие культур обусловливают и самые разные истолкования этой истории. Это намного усугубило сложности познания советской литературы.

В свое время Писарев в его статье «Разрушение эстетики» предлагал «опрокинуть вредную систему старых заблуждений». Разумеется, современные историки русской литературы не Писаревы, но с тем, что старые кумиры слетели сами, связано и принципиально другое понимание и иное описание этой истории. Пришла пора выработать новую парадигму интерпретации этой истории. Мы должны по-другому строить свой курс, по-другому оценивать те или иные разделы курса, по-разному интерпретировать то и другое литературное явление. Хотя исследователи не могут сойтись во всех мнениях, но какое-то общее поле и общая рамка все же важны и необходимы.

Сколько слов уже забыто, убито, и сколько новых, непонятных обнаружено. Это, пожалуй, небрежное отношение наших историков и критиков к ним. Именно теперь, как никогда ни было, нужна исторически оправданная и научно обостнованная история Советской литературы. Нужна она не только русским, нужна и иностранным и культурным людям. Но какова должна быть эта истинная история литературы, начиная с октября 1917 года и вплоть до решительных изменений начала девятостых? Тут хочется высказать некоторые наши размышления.

Первое размышление. После краткой борьбы за перекройку карты советской литературы в начале 90-ых годов прошлого века мы можем прийти к выводу, что устраивать «поминки по советской литературе» так же нелепо, как и безудержно апологетизировать антисоветскую литературу или литературу русского зарубежья. Новые факты, новые материалы, конечно, помогают нам разобраться в объективности литературной действительности, но любая объективность выстраивается из нашей собственной субъективности. С нашей точки зрения, важную роль в утверждении объективности играет степень нашего знакомства с «историей разработки проблемы», т.е. оценки творчества того или иного писателя. Изучение творчества писателя связано не только с его произведениями и нашими субъективными прсдставлениями о них, но и с его сложившейся репутацией. По сути дела история функционирования любого произведения или художественной индивидуальности во времени в конечном счете является историей создания репутации, общественной оценки, одновременно исторической и современной. Это не только значит как воспринимается писатель и его произведения в критике. Необходимо учитывать и такие параметры, как читательский успех, репутация среди писательского круга, общественная ангажированность и т.д. Любая репутация становится, меняется или упрочивается, то есть претерпевает изменения во времени. Поэтому при рассмотрении и интерпретации творчества писателя надо специально изучать историю его художественной репутации, учитывая не только высказывания критики, но и мнения современников, культурную востребованность общества. Подобная работа может создать необходимую широту спектра мнений и оценок, избежать одномерного порицания или восхваления, понять приоритеты эпохи.

Второе размышление. Как кажется, краткую форму построения истории литературы задали еще в 1927 году Ю. Тынянов и Р. Якобсон, писавшие в известных тезисах «Проблемы изучения литературы и языка». «Вскрытие имманентных законов истории литературы позволяет дать характеристику каждой конкретной смены литературных систем, но не дает возможности объяснить темп эволюции и выбор пути эволюции при наличии нескольких теоритически возможных эволюционных путей, ибо имманентные законы литературной эволюции — это только неопределенное уравнение, оставляющее возможность хотя и ограниченного количества решений, но не обязательно единого. Вопрос о конкретном выборе пути, или по крайней мере доминанты, может быть решен только путем анализа соотнесенности литературного ряда с прочими историческими рядами. Эта соотнесенность (систима систем) имеет свои подлежащие исследованию структурные законы. Методологически пагубно рассмотрение соотнесенности систем без учета имманентных законов каждой системы » .[1]

Здесь хотелось бы сделать еще одно уточнение, что надо признать: на некоторых этапах развития литературы советского периода доминирование внелитературных факторов и вторичность собственно литературных факторов. Опыт русской литературы после 1917 года особенно остро и наглядно демонстрирует, что социально-политические обстоятельства не только воздействовали на условия существования литературы, но и изменили саму поэтику, художественный мир искусства. Небывалая действительность не могла не породить почти столь же небывалую эстетику, мало сходную с той, какая культивировалась до 1917 года.

Новое бытие спровоцировало экстремальные художественные способы освоения реальности. Мы имеем в виду не только левую, «пролетарскую литературу», хотя она тоже принадлежит истории советской литературы. Эстетика Маяковского, Зощенко, Бабеля, Платонова, Булгакова — это не продолжение «Серебряного века». Это совершенно новый художественный феномен, невозможный без 1917 года. Новую эстетику разных времен советского периода открыли Бабель, Зощенко, Платонов, Булгаков, Шукшин, Трифонов и др. Явлснисм новой эстетики, несомненно, были и обэриуты. Такой формы и степени отрицания существующей действительности просто не было, не могло быть в блаженные годы

---

① Тынянов Ю.Н. Поэтика. История литературы. Кино. М., 1977 С. 283; Некалендарный XX век. Материалы Всероссийского семирана 19—21 мая 2000 года. Великий Новгород. 2001. С.89

начала века. Вот суть их эстетики подлежит особому анализу и раскрытиу.

Третье размышление. В начале 20-х годов XX века Осип Мандельштам говорил, что «я хочу поставить один вопрос — именно: едина ли русская литература?»[①] Этот вопрос применительно к советской литературе не только весьма уместен, но и кричаще необходим. Тем более, что о советской литературе как о целом говорить можно — она уже завершается на наших глазах.

Ситуация литературы осложнялась тем, что рядом с писателем развертывалась другая мощная проективная сила — идеология. Утверждалась или отрицалась она конкретным писателем, но всегда жила в его сознании. Эта идеология подсказывала писателю простые и эффективные решения возникавших здесь коллизий. Есть в 20-ые годы были писатели «пролетарской литературы» и «диалектико-материалистического метода», типа Серафимовича, Фурманова, Федина, Фадеева, одновременно были и писатели, отстаивавшие творческую самостоятельность, как Зощенко, Булгаков, Бабель, Платонов. А постсталинская литература в целом начала процесс демифологизации советской действительности, ее эстетическая опозиционность уже не носила политического характера, она заключается в том, что писатели противопоставляли традиционные нормы и ценности эстетическим нормам сталинской эпохи.

При создании общей картины исторического развития рус-

---

① Мандельштам О. Собр. соч.: В 4 т. М., 1993. Т. 1. С. 217; Некалендарный XX век. Материалы Всероссийского семирана 19—21 мая 2000 года. Великий Новгород. 2001. С. 121.

ской литературы после 1917 года надо учитывать некоторые культурные ряды.

Прежде всего, надо выделить литературу метрополии, причем в двух вариантах — выходившую в печать и остававшуюся отделенной от читателей, а потом литературу диаспоры. И каждая литература обладала собственными принципами организации и, соответственно, вовлекала с собою разные внелитературные ряды. К таким рядам прежде всего следует отнести политическую реальность времени. Нет сомнения, значительные, общеизвестные события жизни страны порождали особые разряды литературы. Только при таком подходе можно понять само существование литературы советского периода во всех ее вариациях — от официоза до открытого диссиденства.

Четвертое размышление. Надо в учебнике по истории советской литературы характеризовать разные точки зрения на литературные проблемы, это не только помогает понять суть споров вокруг литературных явлений и писателей, но и способствует формировать у студентов творческий подход к изучению литературы и уяснить то, как менялся идейно-эстетический характер литературы. А без этого трудно понять закономерности литературного процесса и представить историзм, рассматривать явления искусства в причинной связи и во времени, в движении политической, социально-экономической, культурно-национальной жизни.

В 2007 и 2011 годах вышло в Китае две книги с одним тем же названием «Исследовние современного китайского литературного режима»[1], в котоых изучается влияние социального строя и культурного режима на формирование и развитие литературы. А в 2014 году издательство Нанкинского университета выпустило книгу американского критика Джефри Вильямса «Литературный режим»[2] в китайском переводе. В критическом сборнике литература рассматривается не через писателей, произведения, течения, школы, а путем разбора социально-культурной ситуации. Авторы показывают читателям, как порождают литературу и ее историю социально-культурный режим, его структура и ангажированность.

Словом, история литературы должна раскрыть существенные закономерности в ее развитии, показать основные линии идейно-эстетической борьбы, разнообразие стилевых и жанровых тенденций, преемственности связи, дать глубокую характеристику наиболее видных русских писателей. Только такую книгу по истории русской литературы можно назвать исторически оправданным, научно обоснованым, эстетически изысканным.

---

① 《中国当代文学制度研究》, 王本朝著, 新星出版社,2007；《中国当代文学制度研究 1949—1976》，张均著，北京大学出版社，2011。

② Williams, Jeffrey J. How to Be an Intellectual. 1958，《文学制度》，［美］杰弗里·J·威廉斯编著，李佳扬、穆雷译，南京大学出版社，2014。

文学史实与研究个性

——关于《20 世纪俄苏文学批评理论史》的撰写

张杰

2015 年 11 月 20 日至 22 日在北京，北京斯拉夫研究中心、俄罗斯普希金之家北京分部、中国俄罗斯文学研究会、首都师范大学外国语学院联合主办了“俄国文学史的多语种书写”学术研讨会，深入研讨各个文化大国对俄罗斯文学的自我书写，试图描绘出世界文化语境中的俄罗斯文学图景。显然，俄罗斯文学史的多语种书写不仅仅是一个语言表述的问题，也不仅仅是对文学客观事实的反映，而且还是不同国家俄罗斯文学研究者的自我认知过程。其实，任何一部历史都既是客观的，又是主观的，文学史也是如此。这一方面取决于文学创作自身蕴含的虚构性特征和文本的意义再生机制，另一方面又源于文学批评家和史学家所处的历史文化语境和所采取的批评方法，甚至与文学批评话语的表征也息息相关等。因此，俄罗斯文学史既是对俄罗斯文学创作和批评史实的客观记载，也是俄罗斯文学史学家们自我主体性的一种融入。一句话，俄罗斯文学史主要是俄罗斯作家和批评家历史探索和创作的结晶，同时也是后人历史文化阐释和接受研究的文本。

俄罗斯文学史的书写就是撰写者的研究个性不断向文学创作史实渗透、与之对话和融合的过程。

相对于文学史而言，文学批评理论史则更是文学史实与研究者个性的融合。虽然理论本身具有一定的科学性，理论家自身往往又是立场鲜明的，但是这些理论的研究对象是虚构的文学创作，批评理论是隔在读者与文学创作之间的中间层，而且理论的形而上学特征也增加了把握的难度。

本文将以《20 世纪俄苏文学批评理论史》（下简称《文论史》）[①] 的撰写为实例，从 20 世纪俄罗斯文学创作自身的特征、文学批评和历史阐释的多元以及语言表征的迥异等方面，努力阐释《文论史》书写中的主客体融合问题，即如何处理文学史实与研究个性之间的关系问题。其实，《文论史》的书写是根本无法回避研究的主体性问题的。《文论史》书写的主要任务不仅仅是归纳和总结文学现象或创作规律，更是从不同的视角揭示文学现象的丰富多彩，为分析文学文本和形象的意义再生机制提供理论依据和批评方法。

一、历史的阐释：正向与逆向之间

任何一部历史的撰写一般具有两个视角：正向或逆向。所谓正向，就是从历史发生的源头写起，按照时间的先后顺序来描绘历史事件的发展演变过程，大部分历史的撰写主要采取的是这一视角，我国的外国文学史，包括俄罗斯文学史，主要采取的也是这种写法。所谓逆向，就是从接受的视角，站在当下的文化语境

① 张杰主编：《20 世纪俄苏文学批评理论史》，北京大学出版社，2016。

中来审视历史现象。就文学史而言，其实就是文学的接受史，也就是文学文本创作出来以后，已经不可能再增加任何内容了，但是后人对它的评价却在不断地变化，仿佛文学创作还在进行着反向的发展。要使得一部文学批评理论史兼顾正向和逆向两种撰写视角，就必须让它“敞开”，既努力客观地描绘史实，又不回避主观的批评介入，兼容并蓄，容下百家之言。这也就是《文论史》的主要特征之一。

《文论史》的时间跨度为19世纪末至20世纪末，内容包括对这一时期的原苏联版图上和流亡海外的各主要俄苏文学批评理论流派的产生、发展及其主要成就与特征进行深入的研究。《文论史》的主要任务就是努力描绘俄罗斯和苏联时代文学批评理论的百年运行轨迹，并对各主要批评理论家们及其代表性成果予以客观地评述。因此史实的客观性是必须尊重的。在全书的撰写过程中，我们采用考证研究、比较分析和理论归纳相结合的方法，通过认真阅读大量第一手资料，努力把20世纪俄苏文学批评理论家们的探索还原至当时的历史文化语境，揭示他们各自理论的主要特征，尽可能将他们列出独立的专章来论述。在撰写体例上，我们先按照这些理论家的批评理论特征来归类，然后再按照他们出生的先后秩序来编排。在生平和理论本身的描述上，尽量做到客观描述，也就是从发生的正向视角来绘制这些理论的运行轨迹。从19世纪末至20世纪初的宗教文化批评理论，到包括社会主义现实主义在内的各种以反映现实为主体的理论，以及几乎同时代的以研究艺术审美特征为己任的形式主义、符号学派等，再到20世纪末21世纪初的宗教文化批评的回归和多元文学批评理论格局的形成，《文论史》竭力为读者提供一幅较为完整的20世纪俄罗斯和苏联时代文学批评理论发展的历史画卷，虽然可能有所遗漏或偏颇，但是我们主观上是尽力了。

可以说，以别林斯基、车尔尼雪夫斯基和杜勃罗留波夫为代表的19世纪俄罗斯文学批评理论，彰显了现实主义批评特色，而20世纪俄苏文学批评理论则呈现出艺术理论瑰宝的斑斓色彩。该书对于反思20世纪俄苏文学与意识形态之间的关系，了解不少现代西方文艺批评理论的起源，感知20世纪俄罗斯民族的精神生活，力争提供有价值的参考。

然而，在我们看来，《文论史》不仅是20世纪俄苏思想家、理论家们历史探索的结晶，同时也是我们当今接受研究的文本。我们的研究个性，即研究主体性的融入，主要体现在全书的绪论中。我们努力对20世纪俄苏文学批评理论的发展做出自己的概括，即“哑铃状”，也就是“两头大中间小”。批评理论的发展经历了一个由“多元”到“一元”，再到“多元”的循环变化过程。在两个世纪之交，即19世纪与20世纪、20世纪与21世纪之交，在原苏联版图上，形形色色的文学批评理论琳琅满目，甚至很难说清到底出现过多少理论或思想流派。真正苏联文艺学界的“一元化”垄断是从20世纪30年代开始的，这主要是苏联意识形态思想统一的必然结果，但也不可否认，文学发展到一定阶段，在创作和批评界，均希望结束纷争的局面，不再内耗。

自1934年的第一次苏联作家代表大会以后直至1954年的第二次苏联作家代表大会，苏联文坛主要是一种理论与方法一统天下，也就是社会主义现实主义占主导地位，基本上是理论和方法的“一元化”时期。同时，从1917年十月革命至1991年12月苏联解体，学界通常把这一时期苏联多民族文学称之为“苏联文学”，并非仅仅是因为苏维埃政权的建立、苏联国体的形成，而且更主要的缘由在于文艺界自身的创作和理论探索。进入20世纪，契诃夫、列夫·托尔斯泰等经典作家相继去世，再加上十月革命等重大政治事件的发生，蒲宁等一批作家流亡国外，19 世纪俄罗斯文学的繁荣发展出现了断裂。这时，思想和创作界都展开了各种途径的激烈探索，在十月革命后的十多年里，除了高尔基等作家在继续创作以外，很少出现文学经典之作和公认的大作家，思想和批评理论界也十分混乱。因此，“苏联文学”是在经历过艰难探索之后才出现的，对它无论是褒奖还是贬低，“苏联文学”确实是一种与 19 世纪俄罗斯文学不同的新型文学。

1953 年斯大林去世后，苏联的文学艺术界迎来了“解冻”的时代，艺术的意识形态本质论受到了挑战，“艺术的审美本质”作为一个术语进入了苏联文艺理论界。不过，这些变化依然还是处于社会主义现实主义理论总体框架中的探索，只是“一元化”下的改革，可谓是“带着镣铐跳舞”。20 世纪 60 至 70 年代，如何在“社会主义现实主义”这一理论框架内实现多元化，一直是理论界探讨的中心话题之一。

随着 1985 年戈尔巴乔夫上台，特别是在苏联解体后，19 世纪末至 20 世纪初的各种宗教文化思潮又重新回归，并且很快渗透到社会生活的各个方面，俄罗斯文学批评理论的发展在 20 世纪末至 21 世纪初又回归了“多元化”格局，整个 20 世纪的百年运行确实留下了一个由“多元”到“一元”再回到“多元”的“循环”轨迹。

俄苏文论史是由两个时期先后交替所构成的，即由俄罗斯时代（1917 年以前）到苏联时代（1917 年至 1991 年），再到俄罗斯时代（1992 年以后）。然而，正是由于这种时代的交替和意识形态剧变等诸多原因，也导致了这一文论史研究的错综复杂性。究竟哪些批评理论著述是俄苏文论史研究的范围，哪些是属于其他西方国家的？显然，仅仅凭借文论家的国籍和现实生活地来判断其成果的归属，是非常不客观的。任何一种理论的产生都是与该理论家所处的民族历史文化渊源息息相关的。因此，流亡国外的俄罗斯文艺理论家、批评家和思想家所形成的思想或理论，必然会受到俄罗斯民族文化的影响，也应该属于研究的范围。20世纪俄苏文论是由两大板块交融所构成的，即“国内板块”（原苏联境内）和“国外板块”（侨民文论），只有这两大板块的合成，才能够展示出一幅完整的20世纪俄苏文学批评理论发展的全貌图。

回眸历史，苏联文学批评和理论界关注的仅仅是“国内板块”，忽视或排斥“国外板块”，甚至把流亡国外的理论家和作家视为异己力量加以讨伐，这种把文学批评理论意识形态化的做法，无疑是极左思潮泛滥的结果。与其相反，西方的不少研究者则过分强调“国外板块”，对苏联时期的文学创作和理论，特别是社会主义现实主义理论，要不视而不见，要不嗤之以鼻，仅仅把“国外板块”视为20世纪俄罗斯文学批评理论的主体，这显然也是另一种形式的意识形态化，同样是很不客观的，非历史主义的研究态度，走向了另一个极端。其实苏联时期的七十多年历史是无法抹去的，至少值得学界去研究和思考。

可以说，无论是“国内板块”还是“国外板块”，俄苏文学的批评和理论家们的真知灼见，不仅使得整个20世纪俄苏文学批评理论丰富多彩，而且深刻影响着整个20世纪西方文艺批评理论的进程。如果没有俄国形式主义，就很难想象英美新批评派、法国结构主义和解构主义的产生；要是没有雅各布森等人组建的布拉格语言学派，当今语言学的发展就难以如此繁荣。巴赫金的对话思想经法国学者克里斯蒂娃在西方的推介，几乎成为后现代西方社会解构思潮的重要理论支撑。以洛特曼、乌斯宾斯基为首的莫斯科－塔尔图符号学派成为了整个西方符号学发展的重要力量，深刻地影响着西方文学批评理论的发展。

《文论史》努力区分各种文学批评理论自身产生的历史语境和撰写者的接受语境，尽量把正向的发展、渊源的继承与逆向的接受和主观的阐释廓清，让读者既能够了解客观的史实，又可以见出撰写者的研究个性，做到史实性与研究性相融合。

二、批评的功能：宗教、现实、审美之间

任何一部历史的编撰都会具有自己的编撰原则，《文论史》根据文学批评的功能，把重点研究的33位理论家共分为三类，分别归入宗教、现实和审美三编。这种把批评理论家按照其自身的理论功能特征加以分类的做法，显然是研究主体融入的一种表现，也是学界常用的研究方式。这种研究方式从类型学来说，较为容易比较出不同类型的批评理论的特征，也能够深入比较分析出同一类型不同理论之间的异同。

20世纪俄苏文论先后经历了三个世纪交汇，走过了整整一百年的风雨历程，在“国内”和“国外”两大板块中滋生和不断繁衍，显然是极其纷繁复杂的。许多流派的创作方法和批评理论不仅自身是发展变化的，而且还常常与其他流派及理论相互交融。然而，如果从文学批评的功能出发，在我们看来，20世纪形形色色的俄苏文论流派形成的大潮中，主要存在着三股潮流：一是以文学的信仰探索为主要功能的宗教文化批评潮流，这主要在“宗教编”中加以论述，比如白银时代宗教文化批评理论流派的主要批评家；二是强调文学的社会功能的现实批评的各个流派，我们

权且把它们归入“现实编”，它主要是由马克思主义文学批评、现实主义（写实派）、庸俗社会学、无产阶级文化派、拉普、社会主义现实主义等流派所构成，也包括把反映社会现实作为文学的主要任务的一些理论家；三是强调文学的审美功能、重艺术形式研究的审美批评潮流，这在“审美编”重点阐述，属于这一潮流的主要有俄国形式主义、布拉格学派、审美学派、莫斯科－塔尔图符号学派和历史诗学等。我们认为，“宗教”“现实”“审美”三股潮流的此起彼伏便形成了20世纪俄苏文论发展的轨迹。这种三股潮流交替主导20世纪俄苏文论发展走向的概括，显然是《文论史》撰写者研究个性的表征。

可以说，这三股潮流均出现在20世纪初，与19世纪的文学批评传统有着程度不同的渊源和继承关系。宗教文化批评与俄罗斯民族信奉的东正教传统息息相关，直接理论渊源是19世纪末索洛维约夫的宗教哲学观。社会现实批评直接或间接地源于马克思主义文学批评和别林斯基、车尔尼雪夫斯基、杜勃罗留波夫为代表的现实主义批评传统，其中也不乏一些批评团体是对这一传统的歪曲。审美批评则主要是19世纪唯美主义批评传统在20世纪俄苏板块的进一步延续和发展，这种发展不仅是对艺术审美本质的深入探讨，而且还融入了符号学和历史诗学等的研究方法。这三股潮流相互碰撞后既掀起过惊涛骇浪，尤其是在两个世纪之交，但更多是此起彼伏，缓缓流淌。一些本来气势汹汹、声势浩大的文艺团体在历史的大浪淘沙中被淘汰，反而那些曾经被讨伐、批判，甚至被迫流亡国外或宣布退出的理论家及其派别却经受住了历史的考验。历史也许是检验任何一种文学批评理论最佳的试金石，历史是公正而无情的。这里对三股潮流历史渊源的考察则尽可能还原了历史的本来面目，做到尽量的客观，竭力回避撰写者的主观性介入。

在这三股潮流中，最能够代表俄罗斯民族性格的文学批评理论思潮显然是宗教文化批评，这首先是由俄罗斯民族的信仰所决定的，东正教已经深入到俄罗斯人的灵魂深处，深刻影响着俄罗斯人的思维方式。无论经历怎样的社会现实变革，东正教信仰都是俄罗斯人最终的归宿。20 世纪与 19 世纪和 21 世纪的两个世纪之交，在俄国均是宗教文化批评思潮最为繁荣的时期，也就是说，在 20 世纪的两端，宗教文化批评理论处于“起”的时期，而在苏联时期由于官方意识形态的变化，它则处于“伏”的状态。与宗教文化批评理论相反的是社会现实批评思潮，它的大“起”阶段主要是苏联时期，特别是在社会主义现实主义“一统天下”的时期。因此，这一批评理论思潮是统治 20 世纪俄苏文学批评理论发展历史时间最长的，它的历史作用也是不容忽视的，不能够简单地加以否定。事实上，即便在意识形态发生巨变的今天，社会现实批评思潮也一直活跃在俄罗斯文坛，只是没有在苏联时期处于“独尊”的地位罢了。审美批评思潮产生于十月革命前夕，似乎一直与苏联时期的主流意识形态格格不入，长期处于“伏”的境地，甚至在 20 世纪 30 年代初转入“地下”或在此之前就移至“国外”。但是，该流派的重新崛起，即“起”，则相对早些。在斯大林去世以后，伴随艺术审美本质的大讨论开展，以塔尔图大学教授洛特曼、莫斯科大学教授乌斯宾斯基为代表的莫斯科-塔尔图符号学派继承俄国形式主义的传统，不仅屹立于苏联文坛，而且产生了极大的世界影响。与此同时，巴赫金等人的诗学理论引起了学界的普遍关注，甚至影响着整个世界。

沿着 20 世纪俄苏文学批评理论运行的轨迹，我们不难发现，在俄罗斯或苏联本土的文学批评理论思潮的发展，经历过重大的

“三次”研究重心转向。第一次转向是发生在苏联建立前后，由宗教文化批评、艺术审美批评转向社会现实批评，即“社会现实转向”。这一次转向的完成以1934年社会主义现实主义地位的确立为标志。第二次转向则是发生在20世纪50年代的“审美批评转向”，从1956年的艺术审美本质的大讨论开始，几乎贯穿了整个20世纪的后半期。第三次转向则主要表现在苏联解体前后的文化批评转移以及宗教文化批评理论的复苏。显然，这种转向仅仅是指理论界关注焦点的转移，并非是说其他批评理论的消亡，几乎各种批评思潮都以不同的方式或明或暗地存在着，变化着，发展着。

可以说，变化和发展是各种文学批评思潮和理论生存的基础。特别是自20世纪后半期以来，俄苏文学批评理论界呈现出三大明显的发展趋向，即文学形式研究由语言符号向文化符号的转向，文艺本质认识由意识形态本质论向审美本质论的转向，社会历史批评由现实世界向宗教世界的转向。当然这仅仅是就主要趋向而言，并不排斥还存在着其他现象。

显而易见，《文论史》绪论中所描绘的三股潮流的此起彼伏、三次研究重心的转向和20世纪末的三大发展趋向，均体现了客观史实与撰写者研究个性的融合，历史现象是客观存在的，也许本身是纷繁复杂的、无序的，但是我们可以使之秩序化，可以概括和总结。这样的《文论史》也许才更具有可读性，更能够为我们文学理论建设提供有价值的参考。

三、批评的解读：客体与主体之间

《文论史》的研究个性和主体性还鲜明地体现在，尽可能地运用这些文学批评理论的方法来解读文学的客体，即文本，特别是那些较为难以理解的宗教文化批评理论和审美批评理论的研究方法，避免空谈理论，做到理论联系实际，让理论“落地”，使理论不仅具有认识功能，而且能够成为阅读和阐释文学作品的有力工具。

因此，《文论史》在总结20世纪俄罗斯或苏联的批评理论家们的学术贡献和存在问题时，努力运用他们的批评理论及方法来分析文学作品。在“宗教编”和“审美编”中，我们通常在结束对某位理论家创作特征阐释的专章之前，都会在该章的最后一节，尽力用被阐释的批评理论方法来分析文学文本。这不能不说是研究主体对研究客体的介入，让批评理论为解读文学文本提供方法，架起批评者主体与文本客体之间的桥梁。

在运用形形色色的文学批评方法分析作品时，研究主体性的介入也是各不相同的，其中最为客观的方式是，将某文论家如何运用前人的批评理论方法来具体分析文学文本的事实呈现给读者。例如《文论史》在论述俄国形式主义文论家什克洛夫斯基的“陌生化”理论之后，就在该章的最后一节“陌生化与生活化：《叶甫盖尼·奥涅金》解读”中，阐释了洛特曼是如何运用“陌生化”理论来分析《叶甫盖尼· 奥涅金》的叙述艺术的。洛特曼没有像语言学转向之后的许多西方文学理论家那样，走向纯语言文本的研究，而是把创作转换后的语言文本看成是一种语言现实，一种生活本身。

洛特曼在分析诗体小说《叶甫盖尼· 奥涅金》时明确指出，普希金的创作原则“不是将生活变成文本，而是将文本变成生活，不是让生活在文学中得到表现，而是使文学本身成为生活”[1]。显然，在洛特曼的研究视野中，普希金没有把文学看成是对生活的一种反映，而就是生活本身，文学创作不是生活的文本化，而是文本的生活化。

因此，如果从洛特曼的阐释来看，“陌生化”不仅不是把生活文本化，而恰恰是把文本生活化的过程；“文学性”也不是生活文本化的结果，而是文本生活化的产物。他在《结构诗学讲义》一书中指出，文学的材料是语言，语言结构除了能够综合各种符号信息代码和传递信息以外，还具有重大的认识功能。他甚至把语言结构看成是认识活动的总和。他明确指出，语言本身就是第二现实。[2]

洛特曼敏锐地发现，普希金为了既使得创作文本生活化，又能够达到艺术的“陌生化”审美效果，采用了独特的叙事“交谈”方法。他引用了普希金本人的一句话：“小说需要交谈。”洛特曼以此为基础，采取了与德国戏剧大师布莱希特构建叙事性戏剧理论的类似方法，用“间离效果”这种戏剧化的分析手段，深刻揭示了普希金究竟是怎样通过小说的戏剧化表现方法把文学创作的“生活化”与“陌生化”有机地结合到了一起。洛特曼对普希金诗体小说《叶甫盖尼·奥涅金》的分析，既运用了什克洛夫斯基的“陌生化”理论，同时又超越了“陌生化”理论局限于文本化过程的问题。

研究的主体性介入较为主观的方式是运用理论家本人的观点来直接分析文学文本。《文论史》在弗·谢·索洛维约夫一章的

---

① ［俄］洛特曼：《普希金》，圣彼得堡：艺术出版社，1995，第453页。

② ［俄］洛特曼：《结构诗学讲义》，塔尔图：《塔尔图国立师范大学学报》，1964年第160期，第45页。

最后一节里，就以他的万物统一的美学思想为基础，用象征主义的批评方法，解读了俄罗斯著名象征主义作家别雷的长篇小说《彼得堡》。该小说的主角是情节的发生地——俄罗斯帝国的首都彼得堡，这是历史上东方和西方文明的交汇地。在我们看来，作家就是把东西方文明的冲突浓缩到俄罗斯帝国首都中来，因此，从空间的角度来看，彼得堡就成为了世界进程和宇宙力量展示的一个“数学点”[①]。在时间上，小说故事的展开也仅仅浓缩在1905年10月的九天里。然而，就在这极为有限的时间内，却“放映着世界历史的过去和未来”[②]。显而易见，别雷选择了有限的时空，则展示了时空的无限延伸。这里交织着西方的唯理主义、实证主义与东方的神秘主义、情感至上等的冲撞。小说中每一个人物，每一个事件都可以伸展出无限的象征意义。

在长篇小说《彼得堡》中，参议员阿波罗•阿波罗诺维奇•阿勃列乌霍夫的形象塑造就是“基于几何和官僚主题的荒诞的结合”[③]。阿波罗活动的中心是彼得堡的直线形涅瓦大街，它与许多条直线道路和警察站点相交汇，这既是象征着国家官僚体制发布各种政令的网状结构，又显现出这种理性主义权力的冷酷以及国家统治的无力。小说另一位主人公杜德金的空间象征物是“混乱的瓦西列夫斯基岛，黑色的楼梯、爬着潮虫和蟑螂的拉斯科尔尼科夫式的阁楼”[④]。这个“不可捉摸者”最终成为了国家和政党两股势力的牺牲品。参议员阿波罗的儿子尼古拉• 阿勃列乌霍夫被批评界定型为“作为一颗鱼卵的人的讽刺形象”[⑤]。这里的空间象

---

① 俄罗斯科学院高尔基世界文学研究所:《俄罗斯白银时代文学史》(III)，谷雨、王亚民等译，敦煌文艺出版社，2001，第175页。

② 同上。

③ 同上。

④ 同上。

⑤ 同上，第177页。

征物就是他试图用来谋杀父亲参议员的定时炸弹——装沙丁鱼的罐头盒，这表明了尼古拉代表的那部分知识分子的优柔、复杂的多重性格。其实，在作家别雷看来，农民宗派主义者斯捷普卡的预言才是最为理想的，具有启示录的本领，他的空间象征物就是他要建造的一艘诺亚方舟，并以此反对一切独裁，游离于教会政权、国家政权之外。方舟的航向既不是完全驶向东方，也不是仅仅顺着西方的导航，应该是向着共同的祖先回归，驶向东方和西方文明精神共同的源头。

别雷在代表作《彼得堡》中，运用非常有限的时空象征，努力揭示也许可以超越时空的象征意义。作家通过对各种势力的冲突和交融象征的描述，极有蕴意地表明，彼得堡作为人类现实社会的一个缩影，其内在的矛盾冲突造成了对美好理想、传统、生态文明，特别是人类生存社会的一定破坏。真善美在物质和精神上的统一已经失衡，要找回平衡与和谐，只能够向人类的祖先回归，回归到文明融合的源头才是出路。长篇小说《彼得堡》在有限的时空中，即九天中的一座城市——彼得堡，更广地，甚至无限地揭示了万物统一、物质统一和融合的重要意义。

显然，《文论史》是一部中国学者在当下的历史语境中，对20世纪俄罗斯或苏联时代的文学批评理论发展历史的自我阐释。作为一部历史，它的史实性和客观性与任何其他民族书写的这一历史，均具有相同之处。然而，同时《文论史》又由于意识形态、认知视角和文化语境、语言表述和研究主体性等的差异，肯定迥异于其他民族书写的这一历史。其实在世界文学的百花园中，需要的是多语种书写的风格各异、多姿多彩的文学史，只有百花齐放，才能够满园春天。

《俄罗斯现代文学史》编撰中的若干思考

汪介之

外国国别文学史的建构，在我国已取得了很大的进展。目前国内已有多种内容丰富的国别文学史著作问世，如李赋宁、王佐良等主编的五卷本《英国文学史》，范大灿主编的五卷本《德国文学史》，柳鸣九主编的三卷本《法国文学史》，刘海平、王守仁主编的四卷本《新编美国文学史》，叶渭渠、唐月梅合著的四卷六册《日本文学史》，等等。相比而言，我们还缺少多卷本的《俄罗斯文学通史》。因此，建构这种可以称之为“学术版”或“科学院版”大型《俄罗斯文学史》的话题，就被顺理成章地提了出来。从上世纪 90 年代后期起，国内研究者就多次讨论过编写多卷本俄罗斯文学史或多卷本 20 世纪俄罗斯文学史的问题，但由于种种原因，这项工作一直未能落实。在这一背景下，笔者选取了俄罗斯文学史进程中自己较为熟悉的一段，即从 19 世纪末到 20 世纪前半期这一阶段，尝试编撰了一本《俄罗斯现代文学史》（2013），希望它能成为多卷本俄罗斯文学通史的引玉之砖。这就是这本书的缘起。这里我想谈一谈这本书写作遵循的是什么样的观念、思路和方法，其中有哪些问题我认为应当予以强调，和各位学者交流。

一、观念与方法

关于20世纪俄罗斯文学史的构建，国内外学者已陆续推出一些成果。在俄罗斯，1993年，莫斯科大学语文系就拟定了一份“20世纪俄罗斯文学史”教学大纲，作为对通行多年的《苏联文学史大纲》（最后一版为1990年）的一种取代；此后，多种“20世纪俄罗斯文学”教科书也陆续出版。2000—2001年，作为俄罗斯科学院世界文学研究所的集体研究成果，多卷本《20世纪俄罗斯文学史》的一部分，弗·克尔德什（Келдыш）主编的《世纪之交的俄罗斯文学（1890—1920年代初）》（Ⅰ，Ⅱ）相继出版，后面的几卷估计也将陆续问世。在西方，由瑞士日内瓦大学教授乔治·尼瓦等主编、西方十五国学者合作编写的七卷本《俄罗斯文学史》，从1986年开始陆续出版，其中四至六卷论述20世纪俄罗斯文学。在我国，除已翻译了阿格诺索夫主编的《20世纪俄罗斯文学》之外，还有李辉凡、张捷合著的和李毓榛主编的两种《20世纪俄罗斯文学史》出版。通过对上述文学史著作的比较阅读，我们想在此就更新构建“20世纪俄罗斯文学史”的观念与方法提出自己的一些看法。

编写新的文学史著作的关键是文学史观念的更新。长期以来，我们所遵循的思路可以叫作“三股潮流”说。它的最初来源是苏联学者季莫菲耶夫（Л. И. Тимофеев）初编于20世纪40年代的《苏联文学史》（Русская советская литература, 1948）。编者认为，从19世纪末期开始，俄罗斯文学中存在着三股潮流：一是传统的批判现实主义（традиционный критический реализм），二是颓废派文学（декаденство），三是无产阶级文学（пролетарская литература）。其中，传统的批判现实主义发展到这个时期，已经开始衰落，不能够适应新的时代要求，必然要退出文学舞台；颓废派文学则反映了贵族资产阶级的“恐惧、颓唐的心理和对革命的仇视”，自然不可能有任何前途；唯有新兴的无产阶级文学正在成长壮大。到十月革命以后，前两种文学都不可避免地走向衰亡，而无产阶级文学则发展为“社会主义现实主义”（социалистический реализм）文学，它是苏联文学的主体、主潮，甚至是唯一的文学品种。[①] 上述观点几乎被我国的文学史研究者全盘接受，成为我们认识和描述文学史的基本框架。然而，文学发展的实际进程却突破了这一框架。显然，“三股潮流”说无法概括20世纪俄罗斯文学的发展。

与“三股潮流”说相近的观点是把20世纪俄罗斯文学划分为“主潮”文学与“非主潮”文学。这种二元对立的文学史模式，其实质是关于符合主流意识形态要求的文学和不符合这一要求的文学两者的划分。从文学发展史的角度、从艺术成就和影响的深广度来看，“主潮”文学未必真的可以视为“主潮”，实际情况有时可能恰恰相反。摈弃上述观点，就必须清除庸俗社会学的影响，不再把阶级冲突及其演变作为考察文学史进程的内在认识线索，不再做无产阶级文学和资产阶级文学、社会主义文学和颓废派文学、革命文学和“国内侨民文学”及“同路人”文学、苏维埃文学和白俄文学等政治上的划分。

文学史作为文学的历史描述，应当遵循根据文学自身的变化来划分文学史的分期原则。美国著名文学批评家韦勒克认为：文

---

① Тимофеев Л.И. Русская советская литература. Москва: Государственное учебнопедагогическое издательство министерства просвещения РСФСР, 1954, с. 121-123, 126-129.

学史上的每一个时期，“就是一个由文学的规范、标准和惯例的体系所支配的时间的横断面”。[①]显然，他所提倡的是一种历时性的分期原则，依据这一原则而划分出来的文学史上的每一时期，都是为某种特定的“文学的规范、标准和惯例的体系”所支配的。韦勒克不主张根据社会政治斗争的发展阶段来划分文学史，或按照文学思潮和流派、按照文学体裁来划分文学史。这一观点，应成为我们构建文学史时的一种参照。

另外，20世纪俄罗斯文学的编写，也同一般文学史的编撰一样，应当摈弃单一的作家论体例，加强对艺术形式及其演变的研究，重视艺术分析和审美评价。文学史的任务不在于提供按照一定次序排列的作家论，而在于：（1）描述作为艺术的文学的发生、演变与衰亡，考察不同时代、不同作家的多样艺术风格（温克尔曼）；（2）理清作家之间相互影响的关系、作家作品与传统的关系（勃兰兑斯、T. S. 艾略特）；（3）确立每一部作品在文学传统中的地位（别林斯基、韦勒克）；（4）描述不同时代的读者、批评家和艺术家对作品的解释、批评和鉴赏的过程（接受美学），从而系统地“探索作为艺术的文学的进化过程”（韦勒克）。韦勒克曾经感叹：“编写一部总的文学艺术史仍然是十分遥远的理想。”[②]编写出一部20世纪俄罗斯文学的艺术史也是如此，即这不是一蹴而就的事情。但是，只要我们树立了这样的理想并且永不放弃，这一目标就一定有望实现。

上述几个方面，也正是我个人在编写《俄罗斯现代文学史》时所遵循的方法，或者说是这本书所追求的目标。

---

① ［美］勒内·韦勒克、奥斯汀·沃伦：《文学理论》，刘象愚等译，南京：江苏教育出版社，2005，第318页。

② 同上，第322页。

二、关于20世纪俄罗斯文学史的分期

“20世纪俄罗斯文学史”的构建，其基本依据自然应当是20世纪俄罗斯文学本身的发展历程。纵观这一进程，可以发现它呈现出鲜明的阶段性特征，可以说是一个大三段，两个小三段。所谓“大三段”，是指十月革命前白银时代的文学、苏联存在时期的文学、苏联解体后的文学这三段；所谓两个“小三段”，是指苏联存在的七十余年时间内，俄罗斯文学分为苏联俄罗斯文学（русская литература СССР）和俄罗斯域外文学（литература русского зарубежья）两大板块，其发展各自都经过了三个阶段。其中，国内板块（苏联时期的俄罗斯本土文学）经历了苏联早期文学、30—50年代初的文学、50年代初至苏联解体的文学这三个阶段；而国外板块（俄罗斯域外文学）则包括第一浪潮、第二浪潮和第三浪潮。也就是说，整个20世纪俄罗斯文学史，可以分为以下几个阶段：

（1）19世纪末—20世纪初的俄罗斯文学（1890—1917）；

（2）苏联早期的俄罗斯本土文学（1917—1929）；

（3）俄罗斯域外文学“第一浪潮”（1920—1940）；

（4）20世纪30—50年代初的俄罗斯本土文学（1930—1953）；

（5）俄罗斯域外文学“第二浪潮”（20世纪40年代）；

（6）20世纪50年代初至苏联解体的俄罗斯本土文学（1954—1991）；

（7）俄罗斯域外文学“第三浪潮”（20世纪60—80年代末）；

（8）20 世纪 90 年代的俄罗斯文学（1991—2000）。

拙著《俄罗斯现代文学史》，其实是关于上述八大部分的前五个部分的书写。书名中的“现代（的）”这一提法，笔者曾权衡再三。在俄语表述中，современный 一词，其实既是指“现代的”，又是指“当代的”。但是在汉语的表述中，“现代（的）”和“当代（的）”却是有区别的。如在 20 世纪中国文学史研究中，国内学术界通常把从五四运动前后至新中国建立这一段文学称为“中国现代文学”，而新中国成立以来的文学则被称为“中国当代文学”。与此相似，国内俄罗斯文学研究界通常也把 50 年代初爱伦堡（И. Эренбург）的《解冻》（Оттепель，1954）发表、“解冻文学”出现视为“俄罗斯当代文学”的起点。笔者正是由此而联想到，20 世纪初至 50 年代初的俄罗斯文学，可以称为“俄罗斯现代文学”（современная русская литература），而 50 年代初期之后的文学，则还是叫作“俄罗斯当代文学”（русская литература нашего времени）。

不过，“俄罗斯现代文学”的起点，却并不是作为 20 世纪起始年份的 1900 年，而是 1890 年。因为从 19 世纪 90 年代起，俄罗斯民族的现代意识即开始觉醒，一批具有现代特色的作品也是从那时开始出现的。19 世纪 90 年代既是俄罗斯文学“白银时代”的起点，也是整个 20 世纪俄罗斯文学史的开端。这种划分法，可与俄罗斯学者维·彼捷林（Виктор Петелин）的《20 世纪俄罗斯文学史》（第 1 卷，1890 年代至 1953 年）（История русской литературы XX века. Том I. 1890-е годы — 1953 год）一书彼此参照。顺便说说，彼捷林的这本文学史是 2012 年在莫斯科出版的，拙著《俄罗斯现代文学史》则是于 2012 年 12 月底完稿交出版社的，但笔者第一次读到彼捷林的大作，已是 2013

年 3 月。一看到书名，笔者便为拙著的划分与俄罗斯学者相同而欣慰。

三、关于白银时代的终结

在编写《俄罗斯现代文学史》的过程中，笔者还对几个具体问题进行过认真思考和推敲。首先是关于白银时代文学终结于何时的问题。

白银时代是 20 世纪俄罗斯文学史的伟大开端。这一文学与文化时代起始于 1890 年初，这一点基本上已成为国内外学术界的共识。但是关于“白银时代”的终结，学界的看法却远不是一致的，有的认为它结束于 20 世纪 20 年代中期，有的认为它终止于 20 世纪 20 年代末，我国出版的一套“白银时代文学丛书”甚至收入了十月革命前就已步入文坛的俄罗斯作家 30—40 年代在国内外发表的作品。如果这一观点成立，那么，20—40 年代俄罗斯作家在苏联境内发表的作品，是否也属于“白银时代”呢？对于这一问题，显然不能给出令人觉得可以接受的答案。

美国斯拉夫学者、衣阿华大学（Айовский университет США）教授瓦季姆·克莱德（Вадим Крейд）指出：白银时代的起点不一定有具体的时间，但它的曙光无疑是出现于 19 世纪 90 年代初；而它的终结则是有明确年限的，即 1917 年。他的理由是：既然白银时代即俄罗斯的文艺复兴时代，而“文艺复兴需要民族的土壤和自由的空气”，那么，在侨民艺术家失去前者、国内艺术家失去后者的条件下，俄罗斯的文艺复兴——白银时代也就不可能再延续下去了。瓦季姆·克莱德把那种认为白银时代延伸到 20 年代甚至 30 年代的看法，叫作“下意识的或潜意识的黑色幽默”。他还特别指出：虽然1917年以后，原先白银时代的作家、艺术家、批评家和哲学家们还在写作，“但时代本身已然结束”。这里不妨把他的原话引用如下：

Ранняя заря серебряного века занялась в начале девяностых годов... Все кончилось после 1917 года, с началом гражданской войны. Никакого серебряного века после этого не было, как бы нас ни хотели уверить. В двадцатые годы еще продолжалась инерция... но сама эпоха кончилась.

Ренессанс нуждается в национальной почве и в воздухе свободы. Художники-эмигранты лишились родной почвы, оставшиеся в России лишились воздуха свободы.

...Поэтому включение в серебряный век двадцатых и тридцатых годов, как это все делается,— невольный или подневольный черный юмор. ①

当代俄罗斯的文学史专家们认同这种观点。高尔基世界文学研究所的研究人员们合编、1995年出版的《20世纪俄罗斯文学（参考资料）》的卷首，有一篇由柳·斯米尔诺娃执笔的文章《白银时代文学中的艺术发现》。文中写道：“‘白银时代文学’的概念，近年来得到广泛传播。从时间上说，这一时期甚至还不满三十年：从1890年至1917年。”② 在这里，白银时代的时限被十分清楚地划了出来。

由尼·瓦·班尼科夫（Н. В. Банников）编选、莫斯科教育

① Крейд В. Воспоминания о Серебряном веке. Москва: Издательство «Республика», 1993, С. 6—7.
② Смирнова Л. А. Русская литература: XX век. Москва: Издательство «Просвещение»,1995, С. 3.

出版社 1993 年出版的诗歌选集《俄罗斯诗歌的白银时代》（Серебряный век русской поэзии）一书，共选入 60 位诗人的诗作。入选的全部诗作除少数几首写于 19 世纪 80 年代之外，其余均写于 1890 至 1917 年之间。编选者心目中关于白银时代的时限同样是十分清晰的。

西方学术界在进行俄罗斯文学史研究时，大都沿用别尔嘉耶夫及其后俄国学者的观点，把世纪之交至十月革命前的文学称为"白银时代"文学。对于这一时代的上限，西方学者的看法不尽相同；而对于这一时代的下限，意见却几乎完全一致，即大都认为它结束于 1917 年。例如，英国学者哈里 · 穆尔和艾伯特 · 帕里在他们合著的、在西方各国流传甚广的《20 世纪俄国文学》一书中写道："俄国文学 19 世纪是黄金时代，20 世纪（1917 年前）是白银时代。"[①] 上文已提到的、由乔治 •尼瓦等主编的七卷本《俄罗斯文学史》，更显示出西方学术界关于"白银时代"的较为一致的看法。这套文学史由法国法伊雅尔出版社出版，其中的第四卷专门论述白银时代文学。这一卷的俄译本已于 1995 年在莫斯科出版，书名为《俄罗斯文学史 · 20 世纪：白银时代》。该书计 12 章，论述自 1890 至 1917 年的文学。[②] 从其内容看，西方研究者对俄国文学白银时代的时限的看法，是十分明确的。

因此，"白银时代"（1890—1917），就是俄罗斯文学史、文化史上的一个时代，一个阶段；白银时代的俄罗斯文学，就是 19 世纪 90 年代至 1917 年之间的俄罗斯文学。拙著《俄罗斯现代文学史》正是基于这样的认识，来论述白银时代俄罗斯文学的。

---

① 转引自薛君智主编：《欧美学者论苏俄文学》，北京：社会科学文献出版社，1996，第 309 页。

② Нива Ж. и т. д. История русской литературы: XX век: Серебряный век. Москва: Издательская группа «Прогресс», 1995.

四、关于“俄罗斯域外文学”与“俄罗斯侨民文学”

众所周知，十月革命后，原先活跃于白银时代的知名作家约有一半陆续迁往国外，使得向来作为一个整体的俄罗斯文学由此而被分成两大板块。移居境外的俄罗斯作家在异邦的土地上热心于创作和其他文学活动的展开，在本土文学之外开辟了一片蔚为大观的文学天地，取得了举世瞩目的艺术成就。二战爆发之后和70年代，又先后出现过两次类似的文学现象。这一存在和发展于俄罗斯疆域之外的文学，无疑是20世纪俄罗斯文学不可分割的组成部分。

对于这一文学，俄罗斯学术界一般称之为“俄罗斯域外文学”（литература русского зарубежья）；相应地，从事这一文学创作的作家，也被称为“俄罗斯域外作家”（писатель русского зарубежья）。我国研究者则习惯地称这一文学为“俄罗斯侨民文学”（русская литература эмиграции），并相应地使用“俄罗斯侨民作家”（русский писатель эмиграции）的概念。在西方评论家和文学史家的著述中，还常常可以见到“俄罗斯流亡文学”（русская литература в изгнании）的提法。由于在特定的历史语境中，“俄罗斯侨民”的称谓往往带有某种政治意味，通常是指那些由于不拥护苏联政权而迁居于国外的俄罗斯人；而十月革命后流落域外的俄罗斯作家，并非都对苏联政权抱有激烈的政治对立情绪，并不都是由于政治原因而离境的，有的在国外从未发表过反苏言论，有的则一直保留着苏联护照，因此，尽管“俄罗斯侨民作家”是存在的，但“俄罗斯侨民文学”的概念却不能用以指称整个“俄罗斯域外文学”，前者的范围明显地小于后者。当今俄罗斯研究者娜·普里莫奇金娜曾就此写道：

Русское литературное зарубежье – явление более широкое, чем литературная эмиграция. Оно включает в себе всех российских литераторов, оказавшихся в силу разных причин после октябрьской революции за границей. Эмиграция в ее классическом определении – это осуществление вполне сознадельного намерения покинуть родину и жить в изгнании из-за своих политических разногласий с новой властью. Таких «настоящих», идейных эмигрантов среди русских литераторов было не так много... Для нас предпочтительнее менее идеологизированный термин «зарубежье», нежели «эмиграция».

俄罗斯域外文学是一个比俄罗斯侨民文学更为宽泛的现象，前者包括在十月革命后由于各种不同原因流落到国外的所有俄罗斯作家。侨民，在其标准意义上，指的是那些由于和新政权的政治分歧而完全有意识地离开祖国、生活于流亡状态的人们。这种“真正的”、思想上的侨民在俄罗斯作家中并不是那么多。……对于我们来说，较少意识形态化的“域外”的概念，要比“侨民”的概念更合适些。①

笔者赞同这一见解，认为对于在20世纪的不同阶段由于各种原因流落到本国疆域之外的俄罗斯作家以俄语创作的作品，都应依照俄罗斯学术界的一般用法，称之为“俄罗斯域外文学”。因此，拙著《俄罗斯现代文学史》在对这一文学予以考察和评说

① Примочкина Н. Н. Горький и писатели русского зарубежья. Москва: ИМЛИ РАН. 2003. С. 9.

时，没有沿用“俄罗斯侨民文学”这一旧有概念，但确认“俄罗斯侨民作家”的存在，同时对“俄罗斯流亡文学”的提法表示认同。笔者同时认为，“俄罗斯域外文学”和“俄罗斯本土文学”是20世纪俄罗斯文学的两大板块，彼此之间并没有高低、主次之分；俄罗斯本土文学和俄罗斯域外文学这两大板块构成了俄罗斯文学的整体，俄罗斯域外文学决不是整个俄罗斯文学的一个可有可无的附加物。这种认识，已体现在拙著《俄罗斯现代文学史》的结构体例之中。

五、文学史著作中应当有文学批评史的内容

20世纪俄罗斯文学史，既可以分别编写20世纪俄罗斯诗歌史、小说史、戏剧史、批评史等，也可以把这些体裁史整合在一起。文学批评方面的内容，关于批评家们的重要著作的描述和评价，文学批评和文学创作、文学思潮与流派、文学运动等之间的关系，应当出现在完整的文学史著作中。既然国内外学界的多种19世纪俄罗斯文学史著作中都含有包括别林斯基、车尔尼雪夫斯基和杜勃罗留波夫等批评家在内的文学批评的论述，那么，20世纪俄罗斯文学史著作中，也就应当有关于这一世纪中俄罗斯文学批评的发展进程和实际成果的内容。

关于这一点，笔者在编写《俄罗斯现代文学史》时曾有过考虑，但后来由于种种原因，还是没有纳入文学批评方面的内容。这也是笔者在写这本书时留下的一点遗憾。所以后来我又撰写了一本《俄罗斯现代文学批评史》（История современной русской литературной критики，2015），试图做一些补偿。

《俄罗斯现代文学史》仅限于对19世纪90年代到20世纪50

年代初期俄罗斯文学的论述，没有涉及20世纪后半期的文学，即“当代俄罗斯文学史”，这是笔者的又一遗憾。但个人的时间和精力有限，对当代俄罗斯文学史缺少深入系统的研究，因此也意识到不能勉强去写。编写任何一部文学史著作，都应当对相关的文学现象和问题进行过系统的研究，熟悉学术史，有相当的积累，拥有一定的发言权。只有这样，才能担当撰写高质量文学史的任务。从事俄罗斯文学史的编写，应当对这一著述怀抱一种“敬畏”的态度。曾有学者写过一本书叫《文学史的权力》。如果文学史确实有一种隐性的“权力”，或曰“话语权”，并且希望得到读者“敬畏”的话，那么我想，参与这种“话语权”制作的每位学者，都应当对这种“话语”抱持敬畏的态度和心情。

Россия и Запад: два важных фактора развития русской литературы

Лю Ядин

При взгляде на исследования истории русской литературы как в России, так и в нашей стране мы обнаружим немало трудов, в которых авторы обращают внимание на то, как взаимодействовали друг с другом русские и западные элементы в творчестве русских писателей: от монографии «Байрон и Пушкин» (1924) В. М. Жирмунского до монографии «Лермотов и Байрон» (2009) В.П. Воробьева, развивающей представление о «байронизме Лермонтова». Надо обратить внимание также на серию «Россия о Западе», например, на выпуск 3-й «Россия и Запад. Горизонты взаимопознания. Литературные источники последней трети XVIII века», подготовленный ИМЛИ РАН в 2008 году. Там немало интересных статей и документов, например, «Екатерина Вторая и Французская революция», «Тема России и Запада в «Записках» и поэтическом творчестве Гаврила Державина»[1].

---

[1] Россия и Запад. Горизонты взаимопознания. Литературные источники последней трети XVIII века. М.: ИМЛИ РАН, 2008. С. 7—38, С. 461—532.

В нашей стране в 2006 году Лю Вэньфэй опубликовал монографию «Янус или двуглавый орел: славянофильство и западничество в русской литературе и культуре»[1]. Со своей стороны, я тоже уделил большое внимание взаимоотношениям России и Запада в руской литературе и культуре XIX века. В 1989 году вышла в свет моя первая монография «Очерк истории русской литературы XIX века», которая, если так можно сказать, явилась плодом горячей дискуссии о культуре, в частности, по таким темам, как «что такое культура», «как оцениваются отношения китайской культуры с западной» и др., отразившей ожесточенные споры, которые шли в середине 1980-х годов в Китае. Напомню, что в 80-е годы XX века в научной среде исследователей русской литературы XIX века и в СССР, и в Китае царствовала концепция, согласно которой периодизация истории русской литературы XIX века была неразрывно связана с этапами русского освободительного движения в России. Первый период — дворянский, примерно с 1825 по 1861 год; это завершение процесса формирования русской национальной литературы и русского литературного языка, причем сначала был романтизм, а затем реализм. Второй период — разночинский, или буржуазно-демократический, приблизительно с 1861 года по 1895 год; это расцвет критического реализма. Третий период — пролетарский, с 1895 года, что обсловило возникновение социали-

---

① Лю Вэньфэй, Янус или двуглавый орёл: славянофильство и западничество в русской литературе и культуре, Издательство Китайская общественная наука, Пекин, 2006.

стического реализма[1]. Моя монография «Очерк истории русской литературы XIX века» ставила перед собой другую задачу — дать общую картину движения литературы на фоне диалога русской культуры с европейской.

В книге «Очерк истории русской литературы XIX века» развивается идея о том, что модернизация России на материальном уровне была заложена в начале 18 века Петром Первым; затем прошел целый век, и к началу 19 века в России возникла задача осуществления модернизации на общественно-системном, а также нравственно-духовном уровнях. Итак, был сделан вывод, что русская литетатура 19 века является ярким отражением нравственно-духовной модернизации русского народа[2].

В моей книге история русской литературы XIX века делится на следующие периоды: период влияния западноевропейской литературы (примерно с начала XIX века до начала 1840-х годов); период поворота культурной идентификации (40-е и 50-е годы); период «расцвета русской культуры» (с начала 60-х годов до конца XIX века).

В первый период, то есть до 1848 года, декабристы, А. Пушкин, М. Лермонтов и другие представители передовой интеллигенции пытались перестроить русскую культуру в западноевро-

---

① См. История русской литературы, т. II, (Литература первой половины XIX века) / Под ред. А. Лаврецкого, У. Фохта, А. Цейтлина. М.-Л.: Издательство Акдемии наук СССР, 1963. С.18; История русской литературы XIX века, 1800—1830-е гг / Под ред. В. Аношкиной и С. Петрова. М.: Просвещение, 1989. С.7—8; История русской и советской литературы. Первый том /Под ред. Цао Цзинхуа. Чженчжоу: Хэнаньское издательство просвещения, 1992. С.58—59.

② Лю Ядин. Очерк истории русской литературы XIX века/Лю Ядин. Чэнду: Издательство Сычуаньского униветситета, 1989. С.1—3 (на кит. яз.).

пейскую культуру, в которой мотивы свободы личности, образы демона, пророка и узника имели особенное значение, как русское литературное эхо французской революции. В поведении и сознании персонажей «Маленьких трагедий» А. Пушкина, а также героя поэмы Лермонтова «Демон» обнаруживается новый опыт эгоизма (скорее индивидуализма), представляющий собой потенциальное влияние ценности западной культуры, которая, хотя и чужда русскому народу, но необходима для того, чтобы выступить против крепостного права и самодержавия. Напротив, Гоголь с точки зрения консерватора выражал другое мнение — о том, что все свои, собственные традиции — хорошие и ценные. Значение русской литературы заключается, по-моему, в том, что она явилась трибуной для споров о путях развития России.

Далее в «Очерке истории русской литературы XIX века» полагалось, что европейская революция 1848 года дала русской интеллигенции толчок к переоценке своей культуры. Русская интеллегенция, стремящаяся к западноевропейской культуре, разочаровалась в европейской действительности из-за революции 1848 года и теперь начала обращать внимание на сокровища своей культуры. Возьмем пример А. И. Герцена. В студенческие годы Герцен занимался усвоением идей Сен-Симона. Затем Герцен был потрясен провалом европейской революции 1848 года. Под влиянием разочарования он опубликовал ряд статьей о русской культуре: «Россия» (1849), «О развитии революционных идей в России»(1850)», «Русский народ и социализм»(1851). Герцен даже произнес: «Прощай, отходящий мир, прощай, Европа!»[①]. Комментаторы статьи Герцена «Россия» правы, когда они пишут: «Община для Герцена — «животворящий принцип русского народа». Герцен приходит к выводу, что патриархальная сельская община может явиться могущественным средством общественного преобразования России, которая, миновав мучительный путь капиталистического развития, пауперизацию, образование пролетариата, сможет сразу вступить на путь социалистического переустройства»[②].

В своей книге «Очерки вопросов практической философии» (1860) Н. Г. Чернышевский разработал этическую концепцию «разумого эгоизма». По-моему, концепция «разумного эгоизма» Чернышевского является своеобразным синтезом русской культуры, которая склонна к коллективизму, и европейской культуры, которая склонна к индивудуализму. Концепция «разумного эгоизма» была воплощена в героях романа «Что делать?» самим Чернышевским[③].

В «Очерке истории русской литературы XIX века» полагалось, что во 2-й половине XIX века на фоне пробуждения национального самосознания возникает кульминация литературы и искусства благодаря уважению русскими писателями, композиторами и художниками ценности своих традиций.

---

① А. И. Герцен. Собрание сочинений в 30 томах. Том 6. М.: Издательство Академии наук СССР, 1955. С.113. См. Лю Ядин. Указ.соч. С.119—124.

② А. И. Герцен. Собрание сочинений в 30 томах. Том 6. М.: Издательство Академии наук СССР, 1955. С.516.

③ Лю Ядин.Указ.соч. С.140—146.

Действительно, в этот период расцветают почти все национальные школы во всех областях искусства. Возьмем для примера «Могучую кучку» — творческое содружество русских композиторов, сложившееся в конце 50-х — начале 60-х годов XIX века. Эти композиторы записывали фольклорные и церковные песни. Такие произведения, как «Борис Годунов» М. Мусоргского, «Князь Игорь» А. Бородина, «Снегурочка» и «Садко» Н. Римского-Корсакова, принадлежат к вершине русской оперной классики. Еще возьмем Товарищество передвижных художественных выставок, образовавшееся в Петербурге в 1870 году. Передвижники (И. Крамской, В. Перов, И. Репин, В. Суриков и др.) обратились к правдивому изображению жизни и истории народа, родной страны и ее природы, их произведения отличались психологизмом и мастерством социального обобщения.

А теперь вернемся к русской литературе 2-й половины XIX века. Как нам известно, самые монументальные, крупнейшие произведения, активно ищущие самобытное начало в глубинах народа, появились именно в этот период: «Преступление и наказание» и «Братья Карамазовы» Фёдора Достоевского, «Война и мир» и «Анна Каренина» Льва Толстого.

Мы заметили, что в романах Льва Толстого «Война и мир» и «Анна Карснина», точнее, в конце этих произведений тревожащиеся герои из дворянства (Пьер Безухов, Констатин Левин) приходят к духовному успокоению в связи с крестьянами (Платон Каратаев, Фёдор), которые представляют собой олицетворение многообразия культурных традиций русского народа.

Почти 30 лет тому назад была опубликована моя монография «Очерк истории русской литературы XIX века». Принцип ее исследования заключался в идее столкновения и диалога русской культуры с западноевропейской культурой. Этот принцип, разумеется, все еще эффективен в моей последующей научной работе. Например, в моей статье «Опыт культурологического анализа «проб и ошибок» национальной басни в романе Ф. Достоевского «Преступление и наказание» (2008), использующей этот принцип, дана попытка по-новому объяснить роман Ф. Достоевского. В статье указывается, что, повествуя о преступлении и воскресении Раскольникова, писатель как будто ввел читателя в символический мир: под влиянием Наполеона и «социалистической идеи» — все эти вещи из западноевропейского мира — Раскольников спланировал и совершил убийство Алены Ивановной и ее сестры Лизаветы, но, поддавшись на уговоры Сони Мармеладовой, ставшей символом русской культуры, благодаря ее упорной вере в бога, ее повиновению, Раскольниктов подошел к порогу нравственного перерождения. Поскольку, как известно, роман «Преступление и наказание» многоидеен, то, кроме анализа выбора героя, я предположил, что в нем мы сталкиваемся и с более сложными идейно-тематическими проблемами, в понимании которых Фёдор Достоевский выразил свое покаяние в том, что в 40-е годы писатель сам впадал в заблуждения французской утопического социализма и устроил свое бунтарство. Мы помним, что 9 октября 1859 года Достоевский писал брату: «В декабре я начну роман... Не помнишь ли, я тебе говорил про одну исповедь-роман, который я хотел писать после всех, говоря, что еще самому надо пережить. На днях я совершенно решил писать его немедля... Все сердце мое с кровью положится в этот роман. Я задумал его в каторге, лежа на нарах, в тяжелую минуту грусти и саморазложения... Исповедь окончательно утвердит мое имя».

Кроме того, в романе «Преступление и наказание» Фёдор Достоевский выражал раскаяние своего народа в том, что русский народ пошел по неправильному пути, который указал Петр Первый.

Мы не забываем, что в «Объявлении о подписке на журнал «Время» на 1861 год» Фёдор Достоевский писал: «Петровская реформа, продолжавшаяся вплоть до нашего времени, дошла наконец до последних своих пределов. Дальше нельзя идти, да и некуда: нет дороги; она вся пройдена. Все последовавшие за Петром узнали Европу, примкнули к европейской жизни и не сделались европейцами. Когда-то мы сами укоряли себя за неспособность к европеизму. Теперь мы думаем иначе. Мы знаем теперь, что мы и не можем быть европейцами, что мы не в состоянии себя в одну из западных форм жизни, выжитых и тайных Европою из собственных своих национальных начал, нам чуждых и противоположных, — точно так, как мы не могли бы носить чужое платье, сшитое не по нашей мерке. Мы убедились наконец, что мы тоже отдельная национальность, в высшей степени самобытная, и что наша задача — создать себе новую форму, нашу собственную, родную, взятую из почвы нашей, взятую из народного духа и из народных начал. Но на родную почву мы возвратились не побежденными. Мы не отказываемся от нашего прошедшего: мы сознаем и разумность его»[1].

А в романе «Преступление и наказание» Разумихин говорит следующее: «Да вы что думаете? Вы думаете, я за то, что они врут? Вздор! Я люблю, когда врут! Вранье есть единственная человеческая привилегия перед всеми организмами. Соврешь — до правды дойдешь! Потому я и человек, что вру. Ни до одной правды не добирались, не соврав наперед раз четырнадцать, а может, и сто четырнадцать, а это почетно в своем роде; ну, а мы и соврать-то своим умом не умеем! Ты мне ври, да ври по-своему, и я тебя тогда поцелую. Соврать по-своему — ведь это почти лучше, чем правда по одному по-чужому; в первом случае ты человек, а во втором ты только что птица! Правда не уйдет, а жизнь-то заколотить можно; примеры были. Ну, что мы теперь? Все-то мы, все без исключения, по части науки, развития, мышления, изобретений, идеалов, желаний, либерализма, рассудка, опыта и всего, всего, всего, всего, всего еще в первом предуготовительном классе гимназии сидим! Понравилось чужим умом пробавляться — въелись! Так ли? Так ли я говорю? Так ли? » Выявляя скрытый смысл в поведении Раскольникова, речь Разумихина почти теми же словами повторяет основную идею, выраженную Ф. Достоевским в «Объявлении о подписке на журнал «Время» на 1861 год».

Итак, в своей статье я пришел к выводу, что роман «Преступление и наказание» Фёдора Достоевского — это его исповедь

---

① Ф.М. Достоевский, Объявление о подписке на журнал «Время» на 1861 год. См. Ф.М. Достоевский, Собрание сочинений в 15 томах, т. 11, Л., Наука, 1993, С.6—7.

о своем бунтарском поведении в 40-е годы, а также и исповедь о своем народе, который пошел по неправильнному пути из-за петровской реформы, ориентированной на Западную Европу.[1]

[1] Лю Ядин. Опыт культурологического анализа «проб и ошибок» национальной идеи в романе Ф. Достоевского «Преступление и наказание», Изучение иностранной литературы. №5, 2008, С.43—49.(на кит. яз.)

Краткий абрис русистики во Франции

Жорж Нива

Русистика во Франции официально родилась в 1876 году, когда была учреждена кафедра русского языка в Школе восточных языков в Париже. А сама эта школа уже имела двухсотлетнее существование. Ее основал министр Людовика XIV Кольбер. Однако еще не было русского в числе преподаваемых языков (турецкий, персидский и арабский). 1870-е годы были годами растущего интереса к России, ее языку, литературе и цивилизации.

Французский писатель Проспер Мериме, знаменитый автор новеллы «Кармен», стал изучать русский с тем, чтобы читать и переводить Пушкина и Гоголя. Он наш первый «русист». Он переводил несколько стихотворений и «Пиковую даму». Его «Гусли, или сборник иллирийских песен», изданные анонимно в 1827 г., были мистификацией и обманули Пушкина, который переводил одиннадцать баллад из сборника. Таким образом славистика во Франции родилась как игра, и породила несколько из лучших баллад Пушкина…

Следующее поколение приняло более серьезно за дело и дало выдающихся знатоков и любителей: знаменитого маркиза де Вогюэ (его книга «Русский роман» в 1886 году означила начало русско-французских обменов — раньше не было взаимности, русские знали французский язык и культуру, французы не знали русского языка) и социолога-политолога Анатоля Леруа-Болье. Трехтомник Леруа-Болье «Империя царей и русские» — умная и до сегодняшнего дня годная книга; она проникновенно излагает корни, развитие, реформы крестьянской общины, «мира». Леруа-Болье дружил с славянофилами второго поколения, как Юрий Самарин. Он опрокинул многие предрассудки, господствующие во Франции о России, от Лакордера (католика) до Мишле (социалиста) и, конечно, знаменитого Кюстина.

Первые слависты иногда были скорее путешественниками, как например Жюль Легра, доехавшего до Дальнего Востока надолго до завершения Транссибирской железной дороги. Альфред Рамбо написал большой этюд об «Истории России с древних времен до 1877 года», Леже в 1896 году опубликовал свой труд «Русские и славяне». Эти историки еще не были специалистами, а историками европейской истории, зашедшими на территорию русской этнографии и истории.

После Школы, основанной Кольбером, университет в Лилле учредил первую кафедру русского языка и литературы в 1892 году. А через десять лет Сорбонна.

Русско-французский союз, родившийся в 1891 году, мощно помог этому развитию. Даже ввели русский язык в одну гимназию Парижа. Первым учеником стал молодой Пьер Паскаль. В 1911 году он получил стипендию в России, стал работать в новом Французском Институте в Санкт-Петербурге, основанном в 1911 году. Паскаль писал работу о Жозефе де Местр, авторе «Вечеров в Санкт-Петербурге», своего рода катехизисе консерватизма в начале XIX века. Однако, несколько лет позже, приняв участие в войне, Паскаль был отправлен в Ставку при Николае II, симпатизировал русской революции и стал основателем французской коммунистической группы в Москве, работал секретарем наркома Чичерина, и после смерти Ленина нашел как бы «убежище» в Институте Маркса-Энгельса-Ленина. Официально там занимался архивом Бабефа[①], на самом деле изучал «Аввакума и начало раскола». Этот великолепный труд стал потом его докторской диссертацией. Побыв в России семнадцать лет, удалось Паскалю вернуться во Францию в 1933 году.

Фигура этого загадочного мэтра французской славистики прекрасно демонстрирует двуполярность этой славистики в XX веке: увлечение Святою Русью и увлечение коммунизмом.

Чуть старший коллега Паскаля, Андре Мазон был скорее на стороне «кадетов» и даже краткое время оказался в тюрьме при большевиках. Он потом долго возглавлял Институт славянских исследований, основанный при помощи первого президента Чехословакии Масарика. Мазон написал ныне забытую диссерта-

---

① Гракх Бабеф был революционером, якобинцем. Он устроил «Заговор равных» и был гильотинирован в 1797 г. во время Директории. Он считается одним из родоначальников коммунизма. Луначарский купил его архив в Париже для Института Маркса-Энгельса.

цию о Гончарове и книгу о «Слове о полку Игореве», в которой он придерживался тезиса, что Слово — «фальшивка», не времен Оссиана как думали некоторые, а XIV века. Естественно, он подвергался яростным нападениям со стороны советских коллег.

Мазон основал главный научный журнал французской славистики в 1921 году: «Ревю дез этюд слав», «Журнал славянских исследований», вместе с лингвистом Мелье. Он до сих пор существует. Главными редакторами после Мазона были Паскаль, потом его ученик Жак Катто (достоевсковед), а ныне Катрин Депретто, специалистка по русскому структурализму.

Вообще вся последующая славистика состояла из учеников Паскаля: Клод Фрию (специалист по Маяковскому), Мишель Окутюрье (автор книг как о Толстом, так и о Пастернаке), Луи Мартинез (лучший переводчик Пушкина). И автор этого краткого очерка числится среди них.

Второй журнал был основан в 1959 году, под названием «Кайе дю монд рюс э советик», то есть «Тетради советского и русского мира». В 1993 году журнал снял слово «советский» со своего заглавия. Он охватывает и тюркский ареал, почти перестал публиковать исследований в области филологии и литературы. Это главным образом исторический и социологический журнал, со специальными выпусками. Оба журнала представляют собой огромный корпус исследований.

Последний специальный выпуск «Кайе» — о «Казне, юстиции и политических конфликтах в России в первую треть XVIII века». Один из последних томов «Журнала славянских исследований» посвящен его основателю, Андре Мазону. Помимо журнала Институт издает книги, посвященные всем славянским литературам, с установкой на чешскую (Мазон был специалистом чешского, Масарик купил для Института особняк историка Эрнста Дени, после его смерти).

Было время, когда политические раздоры ощущались во французской славистике. Некоторые профессора были коммунистами, например профессор Перюс, из Клермон-Феррана, автор спорных публикаций о Горьком. Другие явно противлялись этому влиянию. Например замечательный филолог Борис Унбегаун, белоэмигрант из русской семьи германского происхождения. Он преподавал в Страсбурге до войны, нашел прибежище в Клермон-Ферране, там же был арестован Гестапо. Кончил свою карьеру в Оксфорде. Унбегаун автор одной из лучших грамматик на французском языке русского языка. Но после него появилась труд проф. Поль Гард о морфолагии, и Жан-Поль Семон о видая русского языка, которые стали вехами в науке. Что касается старославянского учебник Андре Байан остался непревзойденным. А самой полной, по-новому трактующей взаимосвязи литературы, философии и зрительных искусств книгой о русской литературе является шеститомный коллективный труд, изданный под редакцией двух советских (бывших) ученых, И. Сермана и Е. Сермана, одного итальянского русиста (Витторио Страда) и одного французского (Жорж Нива). Этот огромный труд (больше 6000 страниц) существует частична на итальяском и на русском.

Парадоксальным образом знание и изучение русского во

Франции с одной стороны уменьшаются с каждым годом: в гимназиях количество учеников сократилось за последние годы в два раза. А с другой стороны энтузиазм студентов и взрослых возрастает. Престижная коллекция «Плеяда» (в издательстве Галлимар) издала чрезвычайно полные и тщательно аннотированные издания Булгакова, Набокова и Пастернака. Вклад русской эмиграции все еще чувствуется. Некоторые представители первой эмиграции (Николай Оцуп) и третьей (Андрей Синявский) преподавали в Сорбонне. А участие эмиграции во французской литературе не исчезло, скорее наоборот. Раньше это были Жозеф Кессел, Анри Труайя, Владимир Волков, а теперь это Андре Макин.

Итак русистика во Франции за сто тридцать лет своей жизни жила бурной жизнью, то приняв, то отвергнув «тот большой свет на востоке» (выражение писателя Жюль Ромена), то есть русскую революцию. Ее главная фигура, Пьер Паскаль, был и филолог и этнолог и историк, все его книги переведены на русский и изданы в России. Главной книгой о нем является диссертация молодой докторши-историк, Софи Кере. Всей своей жизнью Пьер Паскаль как бы иллюстрирует удивительное выражение католического автора конца XIX века, Блуа: «Я жду приезда козаков и прибытия Святого Духа.» Для всех его учеников русистика была гораздо больше, чем учеба, наука, профессия, а скорее религия и переживание.

«История русской литературной цивилизации» Р. Пиккио и М. Колуччи и конец XX века

Мария Плюханова

«История русской литературной цивилизации»① под редакцией Риккардо Пиккио и Микеле Колуччи была опубликованная в трех томах в 1997 году в Турине в издательстве «Типографско-издательский союз», UTET, но основным местом работы над ее составлением был Рим.

«История» представляет собой по объему два тома 800 и 900 страниц большого формата, плюс отдельный том «Словаря» русской литературы — 400 страниц кратких статей по авторам, всего приблизительно 324 печатных листа по русскому счету, то есть 10 — 11 томов обычного формата. Издательство UTET в 90-е годы выпустило целый ряд таких огромных книг — Историй литературной цивилизации — английской в 4-х томах (1996), немецкой — в двух(1998); в тот же год — античной, греческой и латинской, в 3-х томах, затем испанской, французской, испано-американской,

① Storia della civiltà letteraria russa. /A cura di M. Colucci e R. Picchio. UTET, Torino 1997, V.I—III.

многотомной итальянской. Все это — фундаментальные труды, они не призваны были служить ни для популяризации знаний, ни для учебных целей. Правда, из-за недостатка новых учебных материалов главы из «История русской литературной цивилизации» предлагаются студентам, но без большого успеха, поскольку это для них трудное чтение.

«История русской литературной цивилизации» UTET соотносима по масштабам с многотомной Историей русской литературы основоположника русистики в Италии Этторе Ло Гатто, которая в разных версиях — многотомных или сокращенных — выходила начиная с 20-х годов XX века[①]. С другой стороны, для сопоставления мы должны иметь в виду итальянский перевод «Истории русской литературы» парижского издательства Fayard. Три тома, посвященные русской литературе XX века, под ред. Ж. Нива, Е. Эткинда, И. Сермана и Витторио Страда были опубликовы в Италии издательством Einaudi в 1989 — 1991 гг .[②] Кстати, в этом же издательстве в таком же формате недавно вышла четырехтомная история Китайской цивилизации — в широком смысле, не только литературной, под общим названием «Китай» (2011 год)[③]. Einaudi

① Однотомная История русской литературы: E. Lo Gatto, Storia della letteratura russa. Firenze, Sansoni, 1942, XI-569 pp.; 2 ed. 1943; 3 ed. 1944; 4 ed. 1950, XIV-591 pp.; 5 ed. 1964, XVIII-892 pp.; 6 ed. 1979, XVII-946; Многотомная История русской литературы: E. Lo Gatto, Storia della letteratura russa, Roma, IpEO, 1928, vol. I, 292 pp. (От начала до конца XVI века); 1928, vol. II, 290 pp. (Происхождение русской литературы нового времени); 1929, vol. III, 336 pp. (Пушкин); 1931, vol. IV, 274 pp. (Лермонтов, Белинский); 1935, vol. V, 240 pp. (Гоголь); 1939, vol. VI, 304 pp. (Эпоха риформ. Социальная поэзия. Поэзия искусства для искусства); 1944, vol. VII, 228 pp. (Тургенев).

② Storia della letteratura russa, diretta da Efim Etkind, Giorges Nivat, Il'ja Serman e Vittorio Strada: III. Il Novecento: 1. Dal decadentismo all'avanguardia; 2.La revoluzione e gli anni Venti; 3. Dal realismo socialista ai nostri giorni. Torino, Giulio Einaudi editore, 1989—1991.

③ La Cina. Vol. I—III. Torino, Einaudi, 2009—2013.

— издательство весьма престижное в интеллектуальных кругах Италии, UTET более ориентировано на справочно-энциклопедическую литературу. Если труды Ло Гатто можно было считать устаревшими, то издание Fayard-Einaudi было конкурирующим не в материальном смысле, поскольку оба издания не носили коммерческого характера, но в интеллектуальном, по степени влиятельности, авторитетности.

Сразу скажу: истории русской литературы Ло Гатто и издательства Эйнауди отличаются от той, которая находится здесь в центре наших интересов, своей позиции в отношении русской литературы. Обе названные ориентированы на русскую культуру, пусть в разном и меняющемся ее понимании, обе погружены в русскую исследовательскую литературу, составлялись людьми, которые прекрасно знали Россию и русский язык. В «Истории» Fayard-Einaudiв большом числе участвовали русские, находившиеся на Западе, ученые из среды дессидентов или просто эмигрантов, какими были сами Ефим Григорьевич Эткинд и Илья Захарович Серман — оба крупные специалисты по русской литературе, изгнанные из Советского Союза. Обе эти Истории писались с позиций русского литературоцентризма, то есть, представления, что литература является высшим проявлением русской цивилизации и может и должна исследоваться как самодостаточное явление.

«История» UTET создана в другом ключе. Фундамент, на котором стояли составители «Истории» UTET, который давал им уверенность в своих силах — это западно-европейская культура, сознание ее величия, полноты и порядка. Humus della classicità[1], то есть, античность как почва — вот что обеспечивает гармонию и образцовый характер западно-европейской культуры, делает ее резервуаром культурных матриц и основных идей, направлений, текстов. Серьезность и фундаментальность интерпретации русской литературы гарантировалась, с точки зрения составителей, во всяком случае одного из них, европейской почвой, глубиной и силой самой европейской культуры, к которой они принадлежали. Метод погружения в материал не считался оптимальным. Эти позиции не эксплицированы прямо в тексте предисловия, но они проявляются в разных аспектах труда и известны мне как участнику и собеседнику составителей. В тексте предисловия (которое написано, очевидно, только Колуччи, хотя подписано двума именами) они тоже вычисляются. Здесь сказано так: в конце XX века произошло значительное изменение в статусе русской литературы, если раньше она была известна и любима, но как экзотический продукт, то теперь она стала полноправной европейской литературой наряду с английской, немецкой, итальянской, испанской, французской. Ставится вопрос: «Справедливо ли видеть в блестящем цветении русской литературы нового времени (moderna) результат резкого разрыва с темными местными традициями ради обращения к принципам и нормам зрелой литературной цивилизации Запада? И не будет ли вернее устремиться к корням местных традиций, чтобы понять, какая секретная лимфа напитала

---

① Это выражение Пиккио введено им в отдельном предисловии к части, посвященной древней литературе, Т. 1. С.4.

новый русский способ повествовать и версифицировать?» (Т. I. С. VI) Авторы решают не выбирать между этими двумя подходами, оставив читателям возможность самостоятельных решений. Но по существу разница между сформулированными тенденциями не так уж велика, вопрос только в том, были ли какие-то проблески европеизма на Руси до ее резкого поворота к Западу. Интересно проявляется европоцентризм в суждении о роли писателя в России. При- отсутствии в России демократических механизмов, пишется в предисловии, читатели видели в писателях и даже в их персонажах настоящих представителей нации — идеальный парламент (Т. I. С. VI) . Эта попытка представить русскую точку зрения на писателя мне кажется не совсем удачной. Предполагается, что потребность в демократии и парламентаризме является физиологической, абсолютной. Но в России не было этого *Humus della classicità* — генетической памяти об Афинской демократии. Великих русских писателей в России чаще сравнивают с библейскими пророками, царями, святыми мучениками и прочими тому подобными фигурами.

Рикардо Пиккио (1923 — 2011) — крупный и известный ученый в области славянской филологии, знавший филологически, грамматически все основные славянские языки, особенно хорошо — польский, болгарский и русский[①]. Он занимал кафедру сла-

---

① Труды Р. Пиккио изданы на многих языках: на английском, итальянском, русском, польском и других. Как основное издание его трудов назовем здесь том: Riccardo Picchio. Literatura della Slavia ortodossa (IX—XVIII sec.) Edizione Dedalo, Bari 1991; Том работ в переводах на русский язык: Рикардо Пиккио. Slavia Orthodoxa. Литература и язык. Издательство «Языки славянской культуры», Москва, 2003.

вянской филологии сначала в Италии, потом кафедру славянских литератур в США, в Йельском университете, был научно связан с Романом Якобсоном; в середине 80-х годов вернулся в Италию, чтобы занять кафедру русской и церковно-славянской литератур в Восточном Институте в Неаполе (с 1985 по 1995 год). Пиккио был в ранней молодости причастен к политической журналистике, в 1947 году вел газету социалистической партии Италии "Avenire". В преклонном возрасте сохранил левые убеждения, при этом оставался католиком. В целом он был весьма крупной личностью, большим ученым и настоящим европейцем, все это отразилось в «Истории русской литературной цивилизации».

Для Р. Пиккио наибольший интерес представлял древний период в истории русской литературы, когда еще не было национальной разделенности, когда взаимодействия, влияния осуществлялись в славянском культурном пространстве Slavia Orthodoxa — Slavia Romana — так он определял основную дихотомию славянского мира. Славянство, находившееся в сфере влияния Римской церкви, в отличие от Православного славянства, было причастно латинской культуре и могло питаться из почвы античности. В русской литературе Пиккио с интересом выделял XVII век как эпоху барокко с выраженными чертами влияния латинской культуры, риторики и воспитывал своих учеников на этом материале. Он искал следы риторических форм в литературе ранних периодов, в частности — в «Слове о полку Игореве».

Благодаря Пиккио часть, посвященная древнему периоду, в «Истории русской литературной цивилизации» велика и содержательна. В этом отношении «История» UTET сопоставима с последней советской «Историей русской литературы» в 4-х томах, подготовленной Пушкинском домом (1980 — 1983), в которой сказалось влияние Д. С. Лихачева, и, соответственно, место, занимаемое древнерусской литературой, весьма значительно.

Особенность позиции Пиккио на фоне западных тенденций, сближающая его с русской точкой зрения, — любовь и доверие к «Слову о полку Игореве». Он автор ряда статьей о «Слове», вписывающих этот памятник в контекст мировой словесности – Библии, «Илиады» Гомера. И, соответственно, «Слову» в «Истории» посвящен огромного объема анализ — 15 страниц (для примера: раздел о Борисе Пастернаке, важнейшем для Италии русском писателе XX века — 9 страниц). Пиккио завершает главу о «Слове о полку Игореве» так: «Историку литературы при существующих знаниях только и остается, что надолго останавливаться на этом тексте, в большой степени еще загадочном, не находя при этом возможности вставить его в определенный контекст. С другой стороны, все заставляет верить, что именно через изучение высокой и вызывающей замешательство, смущающей (“alta e sconcertante” — T. I, C. 76) поэзии «Слова о полку Игореве» можно достигнуть ясного видения литературной цивилизации, созданной средневековой Русью». То есть, в некоторый момент Пиккио уходит от рационализма и решающим аргументом для него оказывается сила поэзии.

Еще одна уникальная особенность «Истории русской литературной цивилизации» UTET, восходящая к Пиккио, — большой раздел из трех глав, посвященный русскому фольклору. В Италии фольклор исследуется антропологами, не связан ни с историко-литературными, ни с филологическими трудами. Риккардо Пиккио твердо считал, что для России фольклор — это часть литературной культуры. Вероятно, такой подход сложился у него за годы общения и взаимодействия в Америке с Романом Якобсоном, но возможно, что Пиккио и сам выработал такое представление о фольклоре, опираясь на исследование многих славянских культур и замечая, как высок статус фольклора у славян, особенно в Slavia Orthodoxa, где нет «хумуса» античности.

Пиккио сильно ощущал разницу между культурами, которые коренятся в humus — в почве классичности, и культурами — православными, славянскими — у которых нет этой почвы и они поэтому менее стабильны, склонны к беспорядочности, как бы пошатываются. В этом беспорядке, иногда как-то даже и случайно, но бывает, что рождаются замечательные вещи. Такое рождение великого в беспорядке Пиккио описывает в разделе о протопопе Аввакуме (отчасти перевожу, отчасти пересказываю сокращенно — T.I, С. 219):

Раскол — это история, как маленькие бедные люди, священники, живущие среди народа, без образования и привилегий, запутались в новшествах, которые вводила элита в патриарших учреждениях. Наверху же делали реформы в связи с кризисом, возникшим не только из-за неадекватности управления, но и из-за упадка режима частной собственности.

Здесь видим наложение социологических матриц, которые для Пиккио ялялись инструментом упорядочивания, западным по существу. В данном случае инструмент не функционирует, поскольку Никон был из мордовских крестьян и к нему не приложимо понятие элита, среди раскольников же были аристократы высокой культуры; реформы и те и другие поначалу осуществляли вместе. В предшествующей «Истории русской литературы» автор ее Ло Гатто, изучивший вопрос по русским научным трудам, вполне ясно видел эту сложную, противоречивую картину. Но в общем для самого Пиккио это его построение условно, оно лишь ступенька, чтобы перейти к действительно важному:

«По всякому», пишет он, «можно интерпретировать раскол, но историк литературы должен сконцентрироваться на фигуре Аваакума. — Он нам оставил документ веры и религиозного фанатизма. Это шедевр? Скорее (mirabile) вызывает изумление, восхищение». (Далее стараюсь точнее передать текст Пиккио, заключающий главу об Аввакуме[①]:

Прелесть рассказа — в необычайном смешении старых ингредиентов. Хотя верно, с одной стороны, что эмбрион новой литературной системы технически взра-

---

① Переводить тексты Пиккио весьма трудно: его фраза представляет собой сильно разработанное смысловое построение не риторического порядка, значения слов определенно очерчены, но не стандартны.

> щивался в кругах придворной элиты и в школах, но, с другой стороны, этот стремительный порыв разрывающий преграды, осуществленный во имя сохранения старого, создал базу новой константы русской литературы: возводить к высшему (или — указывать путь к высшему) останавливаясь на самых конкретных, грубых проявлениях человеческого убожества (нужды, страдания). За Аввакумом мы можем утвердить место первого представителя русского утопического реализма. В его Житии находим прототипы, которые потом будут постоянно возвращаться — — мученик революционер, облеченный таинственной миссией, и русская женщина, подруга святого бунтаря, которая, как Анастасья Марковна, со всей простотой принимает Сибирь, и, на заднем плане, толпыугнетенных и униженных, в чьих телах, ободранных и вонючих, продожает повторяться искупительный опыт Спасителя. ①

Так Пиккио от небрежного использования социологических схем через сетования на культурный хаос у Аввакума приходит копределению константы русской литературы и к выражению восхищения.

Это восхищение было релевантно для «Истории русской литературной цивилизации» в той мере, в которой ею руково-

---

① L'additare il sublim soffermandosi sulle espressioni più crudamente concrete delle miserie umane. T. I. C. 222.

дил Пиккио. Приняв от меня с одобрением статью о Толстом, он именно так отозвался о ней говоря по-русски: «Она написана с восхищеньем».

Микеле Колуччи (1937 — 2002) начал работу над «Историей» для UTET, когда Пиккио находился еще в Америке, но во взаимодействии с ним. «История русской литературной цивилизации» стала основным делом его профессиональной жизни. Микеле Колуччи был хорошо укоренен в римской элите. Его отец был крупным военным, генералом, и Риккардо Пиккио в статье памяти своего друга и ученика связал с этим обстоятельством проявленное Колуччи с юности специальное уважение и преданность авторитетам и институциям — в данном контексте — Институту славянской филологии в «Сапиенце», возглавлявшемуся тогда Пиккио[1]. Микеле Колуччи стал верным учеником и помощником Пиккио. Некрупный ученый, поэт-дилетант, вместе с тем, довольно могущественная фигура в русистике, с 1979 года до самой своей преждевременной смерти он занимал важнейшую в Италии кафедру русской литературы в римском университете «Сапиенца». Колуччи принадлежал к тому поколению ординарных профессоров, специалистов по иностранным литературам в Италии, которые не стремились углубляться в язык изучаемой страны. В Италии курсы иностранных литератур читались высшей профессурой только по-итальянски, с использованием в основном переводных текстов.

---

① Riccardo Picchio. Riccordo di Michele Colucci (1937—2002)// Russica Romana, Vol. VIII, 2001: InriccordodiMicheleColucci-1. P. 6—7. (сборник собирался еще при жизни Колуччи—в честь него, но стал мемориальным).

Колуччи неоднократно говорил мне, что главное достоинство профессора русской литературы — это по-настоящему хороший итальянский язык. Это было не просто наставление мне учиться как следует языку, а серьезная декларация, подразумевавшая, что итальянский язык сам в себе несет мощную культурную энергию, достаточную для обеспечения глубины мысли и интерпретации.

Колуччи был человеком властным, но, вместе с тем, любезным, воспитанным. Он почти не ездил в Россию, не поддерживал в ней дружеских контактов, но помогал, я знаю, эмигрантам, в 70-х — начале 80-х годов ожидавшими американской визы в Риме. Однако и с ними он не заводил профессиональных отношений. В 1980 — 1981 гг. в Риме жили зиму мои друзья и коллеги по Тартускому университету — Борис Гаспаров и Ирина Паперно. Изгнанные из Советского Союза, они ожидали американской визы в стесненных условиях. Б.М. Гаспаров был уже довольно известным ученым, тем более — Тартуской школы, коллега Лотмана, которого в Италии очень почитали. Колуччи пригласил их к себе на прием и любезно прислал им одеяла: в Италии русские эмигранты часто неожиданно для себя страдали от холода. В дальнейшем после переселения Б.М. Гаспарова в США, они не поддерживали отношений. Гаспаров, к тому времени автор известной работы о «Мастере и Маргарите» Булгакова, напечатанной в *Slavica Hierosolymitana*"[1], вскоре был приглашен писать статью о Михаиле Булгакове для Истории русской литературы Fayard-Einaudi

---

① Гаспаров Б. М. Из наблюдений над мотивной структурой романа М.А. Булгакова «Мастер и Маргарита»//Slavica Hierosolymitana, III (1978), 198—251.

Нива, Эткинда, Сермана и Страды. Но в римскую «Историю» его не приглашали. В «Истории» Колуччи Михаил Булгаков представлен в разделе «Альтернативы» — то есть альтернативы магистральному движению социалистического реализма, анализ его творчества занимает страницу (Т.2, с.401 — 402) . Ясно, что это не по воле автора статьи (А. Флакера), который успевает сказать, что роман «Мастер и Маргарита» — один из значительнейших в европейской литературе XX в. Но таково композиционное решение составителя.

Колуччи считал, что взгляд из Европы предполагает внимание к магистральным путям культуры. Они, по его мнению, опиравшемуся не столько на определенную политическую платформу, сколько на уважительное отношение к государственным институтам, совпадали с официальными путями, отсюда композиция второго тома «Истории», в которой Булгаков — альтернатива, а фундаментальные модели — это произведения Горького, «Как закалялась сталь» Островского, и даже песни — такие как «Катюша»[1]. Важную позицию в томе заняло понятие ждановизма, понимаемого широко как период, начавшийся в 30-е годы, так что собственно ждановское постановление 1946 года, осудившее Ахматову и Зощенко, оказывается лишь эпизодом в длинном ждановизме. Текст о начавшихся в 30-е годы изменениях в политике партии по отношению к культуре был написан А. Флакером, но Колуччи выделил его и дал ему название «Ждановизм», что соот-

---

① Глава 9. Т. 2. С. 397—407.

ветствовало употреблению этого слова, имевшему место в левых кругах итальянской интеллигенции в начале второй половины XX века.

Ждановизм в расширенном смысле — как литературный термин, определяющий период и направление развития литературы и культуры в советской России — существовал, как кажется, только в Италии. Здесь в конце и после войны литературная жизнь развивалась под знаком левых идей, критика, журналы, наиболее авторитетные издательства находились в руках левых интеллектуалов, часто — коммунистической ориентации. Из коммунистической интеллектуальной Италии Советский Союз представлялся местом важного и полезного приближения культуры к интересам народа. Из Италии сочувственно следили за советской партийно-государственная политикой, направленной на подавление культурных тенденций, далеких от народа. Эта политика была сформулирована в ряде постановлений 1946 — 1948 годов, из которых наиболее известно постановление ЦК ВКП(б) о журналах «Звезда» и «Ленинград», обличающее Зощенко и Ахматову, вошедшее в историю под именем Жданова, хотя тот не был его непосредственым автором. В Италии в дискуссиях о новом искусстве появляются мотивы сходные с текстами советских постановлений — неореализм как настоящес простое народное искусство, противостоящее искусству герметичному и субъективному, необходимость морального очищения, автокритики для выхода из состояния психологической незрелости.[1]

Микеле Колуччи не был коммунистом и принадлежал к поколениям другого, позднейшего периода, но уважение к магистральным линиям и институциям заставляло его именно таким образом расставлять акценты во втором томе «Истории русской литературной цивилизации».

Подход к русской литературе с позиций принятия существующей власти как объективного факта, был, я думаю, основой конфликта Колуччи с Иосифом Бродским в 1981 г. Бродский тогда жил в Риме по приглашению Американской академии. Он должен был выступить с лекциями перед русистами в Университете «Сапиенца». Свидетельница, в дальнейшем ставшая подругой Бродского, Аннелиза Аллева: «И еще он очаровал меня своим пренебрежительным отношением к нашему профессору, который буквально рта не мог открыть, чтобы не услышать в ответ от Бродского какие-нибудь резкости»[2]. Этот профессор — очевидно Колуччи, и Бродского, вообще раздражительного, он мог раздражать и своим русским языком, и буржуазными манерами, и чем угодно еще. Бродский в дальнейшем сохранял близость к Италии, Риму, часто бывал там, имел много друзей и почитателей. Но в «Истории» Колуччи большой любви к нему не выражено и место ему почти не дано. Совсем иначе — в «Истории русской литера-

---

① О таком функционировании понятия «ждановизм» находим, например, свидетельство в книге: PieroLucia. Intellettuali italiani del secondo dopoguerra: impegno, crisi, speranza. Guida, Napoli 2003. Глава “ I Riflessi del zdanovismo in Italia”. P.100—104. Об оценках неореализма P.108—109.

② Валентина Полухина. Иосиф Бродский глазами современников (1996—2005). Санкт-Петербург, 2010. С. 306

туры» Ж. Нива и В. Страды, где магистральной считается именно неофициальная литература: статью о Бродском для нее написал Лев Лосев, до сих пор остающийся лучшим среди всех биографов и интерпретаторов поэзии Бродского.

Колуччи хотел дистанцироваться от племени оппозиционеров, диссидентов, изгнанников, эмигрантов, подпольных литераторов, считал своим долгом быть корректным по отношению к советской системе ценностей. Но «История» готовилась долго, все стало меняться быстро, беспорядочно, в неопределенных направлениях. С беспокойством он пишет во вступлении, что когда они начинали работу, Россия была «пилястром» Советского Союза, а теперь, когда работа завершается, Советский Союз и его культура развалились, зазвучали голоса эмигрантов, диссидентов, всего этого альтернативного племени; новые писатели обрисовывают контуры неясного будущего.

Стабильность и фундаментальность «История» Колуччи получила вопреки его страхам, благодаря особенности нового поколения итальянских и вообще западных руссистов, которых он привлек к работе. Это поколение отличалось от старших профессоров тесной связью и взаимодействием с русской литературой и русской наукой на месте. Они как бы вернулись к подходу Ло Гатто. Если основатель итальянской русистики заразился энергией русских 20-х годов, то они сформировались в 70-е годы, в период особого расцвета литературоведения и литературы в России, подолгу жили там для учения и исследований, и многократно возвращались туда. Это — отличные профессионалы: С. Гарзония, Д.

Рицци и другие, к это же группе принадлежит Андрей Шишкин, живший в Италии и сформировавшийся в России в 70-е годы; такой же профессионализм отличал и более старших авторов — русистов из Европы — А. Флакера из Хорватии, Лену Силард из Венгрии. Были приглашены крупные ученые — Мишель Окутюрье из Франции, Дэвид Бетеа из США и другие. И наконец персоны, которые должны были придать высший престиж этому труду — René Wellek, приглашенный для небольшого раздела истории русской критической мысли, и Юрий Михайлович Лотман — для Пушкина и для Карамзина.

Колуччи вообще предапочитал избегать русских авторов из советской и постсоветской России, полагая, что они могут принести с собой всяческий беспорядок. Ю.М. Лотман им воспринимался вне русского контекста, как всемирная и потому необходимая фигура. Вторым русским участником был Левинтон, специалист по фольклору, которого пригласили по совету Лотмана, поскольку для раздела по русскому фольклору не найти было специалиста на Западе. Впрочем, и тот, и другой задерживали работу. Лотман был уже тяжело болен, ни мог ни читать, ни писать, преодолевал болезнь диктуя теоретические работы, постоянные взывания и мольбы из Рима былидля него тягостны.

К 1990 году сроки для сдачи «Истории» в UTET уже подошли, а у составителей накопилось столько проблем, столько «дыр», что они в некотором отчаянии решились отправиться в Россию. В Москве они встретились с Лотманом, надеясь на спасительный результат этой встречи. Я оказалась там же по стечению обстоятельств, и Юрий Михайлович представил меня им рекомендовав как особу, которая в состоянии помочь в разрешении проблем. Я училась у Лотмана в Тарту 70-е годы и с 80-го года преподавала на его кафедре. К тому времени, о котором речь, он мне доверял достаточно, чтобы поручить составление статей от его имени, которые он впоследствие даже и не читал. Как я теперь понимаю, его действия имели двойной смысл: он хотел избавиться от давления Колуччи и хотел помочь мне отправиться в Италию надолго, он имел ясные и мрачные предвиденья относительно того, что нас всех ожидало… Я села составлять статью Лотмана о Карамзине, используя многочисленные его работы на эту тему, а Пиккио тем временем занялся трудным делом — подготовкой приглашения для меня на контракт в Восточный институт в Неаполь. Накануне падения Советского Союза в 1991 году я приехала в Италию и последующие 4 года работала в основном для «Истории» UTET (формально занимая должность лектора латышского языка, которую Пиккио умудрился создать для этого случая при своей кафедре русской литературы и сохранял до дня своего ухода на пенсию). Я составляла статью Лотмана о Пушкине и писала разделы о фольклорной поэзии и по истории русской фольклористики (Г.А. Левинтон представил лишь статью о фольклорной прозе); писала новые статьи в раздел об эмигрантской литературе, который был в свое время, видимо, задуман как небольшой и уже подготовлен Дэвидом Бетеа, но теперь, в свете новых веяний, нуждался в значительном расширении.

Новая эпоха поставила перед «Историей» и еще одну более

фундаментальную новую задачу: выдвинулась как требующая нового серьезного освещения тема отношения писателей к великой русской революции (так называли в Италии революцию 1917 года). После падения Советского Союза, в эпоху стремительных изменений и катастроф эта тема не могла быть решаема с применением существовавших в Италии парадигм. Колуччи обратился с этим заданием к Андрею Шишкину, при этом, заранее опасаясь результата, он попросил меня присматривать за работой Шишкина, чтобы тот не увлекся негативными оценками, и сказал при этом с грустной безнадежностью: «Вы, русские, не умеете ценить большевизма». Результат действительно оправдал худшие предчувствия Колуччи: Шишкин написал об «Апокалипсисе нашего времени» Розанова, о «Петербургских дневниках» Гиппиус, о «Несвоевременных мыслях» Горького, о «Слове о погибели русской земли» Ремизова. Колуччи смирился со всем этим, но переименовал главу, теперь она назвалась «Оппозиция революции справа и слева», и заказал другому автору новую главу «Революция и литература», где основными деятелями литературной цивилизации предстали Троцкий, Луначарский, «Пролеткульт» и прочее.

Завершение «Истории» становилось все более неотложным и все сильнее зияла последняя и крупнейшая «дыра» — глава о Толстом. В Италии на протяжении десятилетий Лев Толстой находился в ведении профессора Марии Лупорини. Политически влиятельная фигура, один из столпов «красного» университета Флоренции, жена философа-марксиста и крупного деятеля коммунистической партии Италии Чезаре Лупорини, она десятилетиями курировала все основные издания сочинений Толстого на итальянском языке. Пиккио и Колуччи, ее старые друзья и коллеги, не могли не заказать ей статью о Толстом, которая и была написана, но они затруднялись использовать ее, и с годами это становилось для них все менее возможным. В конце концов они приняли решение поручить новую статью мне. Почему мне, если я до того никогда ничего не писала о Толстом? Во-первых, больше было некому, а во-вторых, как Пиккио заявил полушутя, во мне имеются тайные и непредсказуемые ресурсы. Пиккио остался доволен главой, прочтя ее по-русски, Колуччи, читавший в итальянском переводе, удлиннившем и так длинный текст, почувствовал необходимость что-нибудь исключить. Он убрал только несколько совсем маленьких фрагментов, в которых содержались обобщающие суждения. Странный выбор, в котором, можно, вероятно, видеть какое-то культурное, цивилизационное несогласие. Например, в связи с «Войной и миром», со сценами, в которых герои переживают чувство слияния со Веленной — говорилось, что по содержанию и силе передаваемых чувств эти сцены составляют единый ряд и обуславливают целостность романа. Эту фразу Колуччи исключил. Он убирал также слова о «Казаках», что природа свидетельствовала о всеединстве мира, и цитату из толстовского текста, что человек, есть, как это понимает Оленин, «рамка, в которой вставилась часть единого Божества»(гл. XX). Похоже, что редактора утомляют пантеистические высказывания, все равно чьи — Толстого или автора статьи, ему тягостны сами эти растворения во вселенной и всеединства, весь этот мир, далекий от классической оформленности, и эта длинная статья и, наверное, сам этот длинный роман.

Прошло почти двадцать лет с выхода «Истории русской литературной цивилизации», и в Италии начинают возникать проекты новых Историй русской литературы. По совпадению задумывается опять две, одна во все том же издательстве Эйнауди, другая — в Мондадори на базе все той же кафедры русской литературы университета «Сапиенца» в Риме. Теперь планируются учебники, которые должны ответить потребностям, новым и непонятным, нового неожиданно большого потока студентов-итальянцев, стремящихся к изучению русской литературы.

Историография русской литературы в немецкоязычных странах

Биргит Менцель

Статья по итогам конференции «Национальные истории русской литературы», Столичный педагогический университет (Capital Normal University), Пекин, Китай, 20—23.11.2015, совместно с Институтом русской литературы РАН (Пушкинским Домом), Санкт-Петербург, Россия.

«История литературы, будучи повествованием, являет собой один из важнейших мифов той или иной культуры. Ее изменение или преодоление означает неизбежный конфликт с традицией, который либо приведет к поражению, либо станет основой новой традиции».[1]

Тема историографии национальной русской литературы сегодня, в непростое время радикальных глобальных социокуль-

---

① Wilfried Barner: Tradition als Kategorie der Literatur geschichts schreibung, in: Prinzipien der Literatur geschichts schreibung. Beiträge vom ersten deutsch-sowjetischen literatur wissenschaftlichen Symposium in Göttingen vom 22.-28.6.81, Wiesbaden: Harrassowitz 1988 (hg. Reinhard Lauer), S. 27—48, hier (31 перевод Б.М.).

турных перемен, затягивающих свой водоворот всех нас, является предметом достаточно сложным. В России, о которой пойдет речь в данной статье, история в целом, как и история литературы в частности, в настоящее время часто приобретает совершенно новое толкование. На постсоветском пространстве имеет место процесс создания целых наций (“imaginierte Gemeinschaften”), в ходе которого появляются новые, «изобретенные», традиции (invented traditions)[①]. Мы живем в эпоху отсутствия четкого представления о том, что и кого следует относить к «отечественной истории», а что и кого нет. Считать Н. В. Гоголя русским или украинским писателем? Представителем какой национальной литературы — русской или киргизской — является Чингиз Айтматов? Лауреат Нобелевской премии Светлана Алексиевич — русский или белорусский автор?

В данной статье будет изложен ряд размышлений и общих идей, касающихся национальной историографии литературы, с точки зрения немецкого слависта и представителя межкультурной русистики. Далее в общих чертах будет затронута тема историографии русской литературы в Германии. В третьей части статьи будут представлены две новейшие монографии по общей истории русской литературы, которые могли бы служить моделью для подобных изданий в будущем.

---

① Понятие “invented traditions” впервые использовал историк Эрик Хобсбаум. Eric Hobsbawn/ Terence Ranger: The Invention of Tradition, 1983.

Исторические предпосылки

В Германии, где *национальная историография литературы* с начала второй половины XIX века стала доминирующей парадигмой, основные ее понятия — «традиция» и «нация» приобрели, вследствие их тоталитарной узурпации национал-социалистами в 1930-х гг., негативную коннотацию, чего в подобной мере не наблюдалось ни в одной другой стране Европы. На данный момент в *национальной историографии литературы* Германии можно выделить два периода глубокого кризиса. Первый кризис имел место в 1960 — 1970 гг., когда в стране сформировалось протестное общественное движение, целью которого была переоценка нацистского прошлого. Идея «вечного литературного канона» отвергалась, так же как и историзм, который, по сути, представлял собой элитарную историю, продолжая лишь ОДНУ единственно верную национальную традицию. Кроме того, ставилась под сомнение и сама идея линейности исторического прогресса, которая еще в XIX веке в рамках националистического мышления являлась общепризнанной. Критика идеологии стала центральной темой академических дебатов. «Тот, кто занимается написанием истории (национальной) литературы, тратит время зря», — язвительно отмечал швейцарский германист Макс Вэрли[1]. Теоретическое развитие различных форм структурализма в 1960-х гг. приве-

---

[1] Wehrli, Max: in: Prinzipien der Literatur geschichts schreibung. Beiträge vom ersten deutsch-sowjetischen literatur wissenschaftlichen Symposium in Göttingen vom 22.-28.6.81, Wiesbaden: Harassowitz 1988 (hg. Reinhard Lauer).

ло к бурным спорам касательно основных принципов написания истории литературы и за пределами Германии.

Результатом этих дебатов стали три новых подхода к историографии литературы, которые нашли свое применение в рамках крупных проектов 1970 — 1980 гг.:

1. историография литературы, реконструирующая смысл и значение литературных произведений в их взаимосвязи с текстом и читателем: **рецептивная эстетика**;

2. историография литературы, реконструирующая литературу в контексте **социальной истории;**

3. историография литературы, преодолевающая национальные границы и рассматривающая произведения в формате мировой литературы: **сравнительное литературоведение** (проекты мировой литературы).

Второй кризис возник в 1980-х гг., когда в контексте «нового историзма» (New Historicism), постколониализма, деконструкции и постструктурализма национальная историография литературы вновь стала подвергаться жесткой критике. Стало ясно, что метанарративы в рамках национальных традиций не способны отразить реальное разнообразие мировой литературы. По мнению критиков, метанарративы являлись лишь фиктивными, воображаемыми конструкциями, служившими в первую очередь властным интересам исторически и культурно сложившихся мировых элит.

В 1981 г. в университете немецкого города Геттингена состоялся первый советско-германский симпозиум по историографии литературы, на котором вышеназванные проблемы стали главным предметом дискуссий советских и немецких ученых. Представленные здесь размышления основываются по большей части на публикации, вышедшей по итогам этого симпозиума[①].

Ниже в общих чертах будут представлены некоторые особенности историографии русской литературы в Германии.

Особенности историографии русской литературы в Германии

Для начала следует рассмотреть несколько основных факторов, оказавших особое влияние на развитие и взаимосвязь немецкой и русской литературы.

Начиная с XIX в. отношения России и Германии в области литературы были довольно тесными — как в биографическом понимании, так и с точки зрения истории духа. Известные русские писатели — И.С. Тургенев, Ф.М. Достоевский, И.А. Гончаров, А.П. Чехов — на протяжении определенного времени жили и работали в Германии. Некоторые из них принимали активное участие в духовной жизни страны. Интеллектуальное влияние на представителей образованной буржуазии Германии в начале XX в. таких писателей с мировым именем, как Ф.М. Достоевский и Л.Н. Толстой, невозможно переоценить, что подтверждается и свидетельствами их современников, писателей Т. Манна, С. Цвейга, Р. М. Рильке и Г. Гессе.

① Prinzipiender Literatur geschichts schreibung.1988.

В XX в. решающее влияние на отношения двух стран оказали Первая и Вторая мировые войны, раздел Германии и, наконец, три крупные волны эмиграции. В 1920-х гг. немецкую столицу даже называли «русским Берлином». Многие русские писатели, среди которых А. Белый, В.В. Набоков, И. Г. Эренбург, М. Горький, Б.Л. Пастернак, М.И. Цветаева и В.В. Маяковский, жили и творили в Берлине. После 1945 г. пространство литературной историографии, как и территория страны, разделилось на восточногерманское и западногерманское. В 1990-е гг. началась новая волна миграции из стран бывшего СССР, в которой в первую очередь выделяются русско-еврейские авторы, русские немцы, а также писатели из бывших республик многонационального Советского Союза.

Поставив перед собой задачу описания развития национальной историографии литературы в немецкоязычных странах, мы придем к выводу, что особые исторические предпосылки, связанные с политико-географическим пространством, оставили определенный след, придав теме национальной историографии литературы полемический потенциал, и, пожалуй, оставив открытым вопрос относительно ее темы и задачи. У историографии русской литературы в немецкоязычных странах можно выделить следующие особенности:

1) Изучение и преподавание русской литературы в Германии является сферой, в которой работало значительное количество ученых не немецкого происхождения.

Весомая часть работ по историографии русской литературы[1] была составлена авторами, родившимися и выросшими за пределами Германии, для которых немецкий язык не был родным, авторами, эмигрировавшими из России или имеющими славянские корни: история русской литературы переводилась на немецкий или писалась на нем как на иностранном. То есть, речь идет об импортированной истории литературы (пять авторов).

Сегодня насчитывается *26 полных изданий по истории русской литературы на немецком языке.* Из них семь являются непосредственными переводами с других языков (с русского, с английского на русский, с датского и нидерландского).

16 из 26 изданий охватывают период до 1917 года[2]. Большинство из них трактуют историю литературы в общем духовно-философском ключе (как, например, Дмитрий Чижевский и Артур Лютер) или ставят перед собой задачу познакомить читателя в первую очередь со страной как таковой, а также с отдельными выдающимися представителями русской литературы.

Что же касается XIX в., то тогда сооснователями славистики (исключительно мужчины) в Германии стали переводчики и издатели — люди, игравшие в широком понимании этого слова роль культурных посредников между Россией и Германией (балтийские немцы, поляки, восточные пруссы). Их родиной были регионы,

---

① В настоящей статье рассматриваются издания по общей истории литературы, помимо которых существуют книги по истории литературы, посвященные отдельным жанрам, эпохам или конкретным темам. Ср. Wolfgang Kasack in Fn. 10.

② Шесть из них были изданы в XIX в. (в период с 1837 по 1886 гг.); существуют три издания по истории литературы, посвященные периоду с X по XVII в., четыре –XVIII/ XIX вв. и целых 12 по XX в., из них пять охватывают период до Второй мировой войны.

входившие в то время в состав Российской Империи. Некоторые из них, как например Александр Густавович Брикнер, внесли свой вклад в основание славистики как академической дисциплины в университетах Германии.

Александр Самойлович Элиасберг (1878 — 1924), автор вышедшего в 1922 г. популярного издания по истории русской литературы "Russische Literaturgeschichte in Einzelporträts"[①] («История русской литературы в лицах») родился в зажиточной еврейской семье в Минске, с 1906 по 1923 гг. жил в Мюнхене. В начале XX века он считался одним из самых выдающихся переводчиков русской классики и символизма, современного в то время литературного направления. Среди авторов-символистов следует также особенно выделить Д.С. Мережковского, написавшего предисловие к вышеназванной истории литературы. Элиасберга высоко ценили Стефан Цвейг и Томас Манн (в ранний консервативный период своего творчества). Элиасберг переводил на русский язык не только литературу на идише, но и немецкие произведения, кроме того, он был издателем большого числа антологий, как на немецком, так и на русском языках. Типичной для него, как и для многих его современников была приверженность к фундаменталистко-консервативным взглядам, т. е. видение в литературном творчестве проявления национального характера, часто сопровождающиеся метафизическими преувеличениями. К выходящим за эти рамки

① Eliasberg, Alexander: Russische Literatur geschichte in Einzelporträts, München 1922 (2. Aufl. 1925). Данное издание можно найти в свободном доступе в сети интернет: http://gutenberg.spiegel.de/buch/-144/1.

современникам он относился с презрением: Марину Цветаеву, например, он называл «бабой с неукротимой, цыганской страстью», а о стихах Владимира Маяковского говорил как о «конце всякого искусства», как о «потоке зловонного дерьма».

Второй пример — Александр Самуилович Брикнер (1856 — 1939), один из выдающихся основателей новофилологической университетской славистики в Германии, лингвист и литературовед, некоторое время занимавшийся издательской деятельностью в Германии и Польше. Брикнер родился в городе Тернополь, на востоке исторического региона Галиция на Украине. С 1881 по 1939 гг. он занимал должность профессора в Берлинском университете имени Гумбольта. Он является автором не только 1500 публикаций и многотомной истории польской литературы, но и двух изданий по истории русской литературы (Лейпциг, 1902 г., и вышедшего в Берлине в 1919 г. двухтомника) на немецком языке. Брикнер был убежденным польским патриотом и вместе с тем лояльным немецким гражданином, ученым в самом центре Пруссии, всю жизнь работавшим над укреплением дружбы польского и немецкого народов (Dolmetscher der Geister — «переводчиком мыслей и идей»), которые для него были «враждующими сиамскими близнецами» в центре цивилизованной Европы. Его непростая деятельность в качестве посредника на линии фронта польского и немецкого национализма никак не отразилась на росте его антироссийского настроя, ставшего второй константой в его жизни. По его представлениям, Россия, принявшая византийское христианство и перенявшая азиатскую автократическую форму правления, отдалилась от сути западного славянства и сама исключила себя из круга западной культуры и цивилизации. Однако это не помешало Брикнеру в независимости от собственных убеждений стать автором стразу двух многотомных монографий, отдавая дань вкладу русской литературы в историю, культуру и нравственность как в России, так и далеко за ее пределами, в особенности в Германии.[①]

Авторами первых историографий русской и советской литературы были, среди прочих, эмигранты, в их числе и Дмитрий Петрович Святополк-Мирский, живший некоторое время в лондонской эмиграции. Его история литературы, переведенная с английского на русский, охватывает период советской литературы до 1925 г.[②] Еще одним заметным русским автором немецкой эмиграции был Всеволод Михайлович Сечкарев (1914 — 1998). В его монографии "Geschichte der russischen Literatur" («История русской литературы», 1962), написанной на немецком языке, древнерусской литературе уделено значительно больше внимания, чем в других подобных работах. Однако рассматриваемый им временной отрезок заканчивается ранним советским периодом.

2) В XX в., особенно в период с 1945 по 1990 гг., в Германии бытовали две версии русской и советской литературы.

В целом после Второй мировой войны было выпущено де-

---

① Kośny, Witold: Aleksander Brückner als Dolmetscher der Geister, in: Amicus Poloniae. Teksty ofiarowane Profesorowi Heinrichowi Kunstmannowi w osiemdziesiątą piątą rocznicę urodzin, Wrocław 2009, P. 215—234.

② Ср. со статьями Майкла Никольсона (Michael Nicholson) и Лю Вэньфэя (Liu Wenfei) о Святополке-Мирском, напечатанными в данном сборнике.

сять изданий по общей истории русской литературы, охватывающих весь период ее существования на момент выхода (начиная со Второй мировой войны и заканчивая 2010 г.).

Из двух важнейших работ по истории русской литературы, изданных в ГДР, одна монография является советской, переведенной с русского языка, другая охватывает период лишь до 1917 г. Следует отметить, что помимо вышеназванных изданий существовало значительное количество работ по истории литературы, посвященных различным эпохам и жанрам, а также довольно большое количество различных справочников и энциклопедий[1].

Таким образом традиция переводных изданий по истории русской литературы в Германии продолжилась и XX веке: их авторами были датские и нидерландские ученые; некоторые работы переводились на немецкий язык с русского.

Среди изданий, посвященных советскому периоду и выпущенных после 1990 г., особого упоминания заслуживают обзоры русской литературы и в особенности посвященный русской литературе XX столетия справочник немецкого слависта Вольфганга Казака — первое и на протяжении длительного периода времени самое полное справочное издание подобного рода, как в Германии, так и в международном масштабе. Поэтому неудивителен тот

---

[1] Kasack, Wolfgang: Enciklopedičeskijslovar' russkojliteraturys 1917 gogoda, London 1988. Труды В. Казака представляют собой ценную подборку энциклопедий и материала по истории литературы: Russische Literatur geschichtenund Lexika der russischen Literatur. Die Handbücher des 20. Jhs. Überblick, Einführung, Wegführer, Konstanz 1997; Ders.: Russian literature 1945—1988, München 1989; Ders.: Russische Autoren in Einzelporträts, 1994; Ders.: Die Klassiker der russischen Literatur. Die grossen Autoren vom 18. bis 20. Jahrhundert, 1986. DDR: Handbuch (Meyer) Literaturen der Völker der Sowjetunion, hg. Harri Jünger, Berlin (Ost) 1967. Lexikon der russischen Schriftsteller, Moskau: Prosveščenie, 1971. Zelinsky, Bodo: 1979—1986 Romane, Novellen, Dramen.

факт, что данная монография в 1989 г. была опубликована на русском языке. Справочник включает в себя как официальную, так и неофициальную — запрещенную и эмигрантскую литературу. Он содержит указатель отдельных произведений, рецензий и научных работ как в России, так и на Западе. Лишь авторы популярной литературы не были охвачены этим в остальном во всех отношениях образцовом справочнике В. Казака.

Два новейших издания по истории русской литературы

После того как мною были изложены проблематика границ и возможностей национальной историографии литературы и факторы, которые в особой мере оказали влияние на изучение и преподавание русской литературы в немецкоязычных странах, мне бы хотелось представить две новейшие работы по истории русской литературы на немецком языке, каждая из которых могла бы служить моделью для современной историографии. Оба издания представляют собой монографии по общей истории литературы, предназначенные для школьников и студентов, т.е. речь идет скорее о справочных изданиях чем об изданиях, предназначенных для постоянного использования в академических целях. Первая монография была составлена одним автором, немецким славистом Райнхардом Лауэром: *Geschichte der russischen Literatur von 1700 bis zur Gegenwart,* Мюнхен: Beck, 2000.(«История русской литературы с 1700 года до настоящего времени»). Второе издание представляет собой коллективную работу нескольких авторов под руководством Клауса Штедтке, слависта из бывшего ГДР, близкого к тартуской семиотической школе — *Russische Literatur geschichte,* 2. Aufl., Stuttgart: Metzler 2011 («История русской литературы»).

Обе монографии вышли в свет после 1990 г., в обеих четко отражены радикальные исторические события эпохи: распад Советского Союза, окончание советского периода русской литературы и, конечно же, завершение долгого XX столетия. Наряду с этим в современном мире происходят и другие эпохальные перемены: глобализация и технологическая революция в сфере средств коммуникации, когда интернет и другие новые СМИ на наших глазах вытесняют традиционную печатную культуру, открывая дверь в новую эпоху — эпоху интернета и инфосферы. Сегодня не только в России и Германии, но и в Китае и во всем мире, растет целое поколение читателей и авторов — digital natives, людей, родившихся в цифровом обществе, вобравших в себя медиальную культуру. Момент огромного значения как для самой литературы, так и для ее историографии.

1) *Райнхард Лауэр* считает русскую литературу «уникальной» и «одной из величайших в мире» и пишет о том, что «читать ее совершенно необходимо». «В конце второго тысячелетия впервые стало возможным прдставить невероятное культурное богатство и ни с чем не сравнимое творческое разнообразие русской литературы.» (19) — отмечает он.

Основной феномен русской литературы заключается для Лауэра в «противостоянии доцивилизационного, даже《азиатского》, мироощущения и европейского, «современного» влияния извне, глубоко проникшего в самую сущность русского народа» (19). В XIX в. шло противостояние западников и славянофилов, в конце XX в., напротив, «евразийцев и поклонников американской рок-культуры».

Монография включает в себя восемь глав и предваряющую их вводную статью под названием «Wurzeln und Charakter der russischen Literatur» («Корни и характер русской литературы»). Хронология историографии начинается с европеизации русской литературы около 1700 г., основной ее фокус — в соответствии со специализацией автора — сосредоточен на XX в., на пушкинской эпохе, на реализме и модернизме. Дальнейшие главы посвящены разделению (главы 5 — 7) и реинтеграции русской литературы (глава 8). Издание охватывает временной период, заканчивающийся серединой 1990-х гг.

Вышедшая из под пера одного автора, данная история литературы, следует концепции традиционной филологии, концентрируется на произведениях и писателях высокой «отечественной» литературы и ориентируется на типологические и генетические связи в мире литературы. В сущности, данная монография представляет собой историю развития стилей, жанров и эстетических форм. В XVIII в. доминирует жанровый принцип, в XIX в. — великие поэты, а в эпоху модернизма, на рубеже веков — «множество конкурирующих между собой течений». XX в. характеризуется процессами разделения и реинтеграции.

Автору история русской литературы представляется «логическим единством», причем древнерусскую литературу он не рассматривает. Истории как таковой уделяется второстепенное значение, она служит в первую очередь для предоставления фоновой информации. Начальные условия для создания монографии определены во вводной главе: лишь современность впервые позволяет составить полную картину русской литературы. Лауэр также принимает во внимание литературно-социальные и компаративистские аспекты, но отводит им второстепенную роль. Поэтому имена некоторых авторов упоминаются несколько раз в зависимости от контекста. Книга содержит подробный глоссарий, включающий в себя именной указатель и данные по отдельным изданиям и соответствующей научной и критической литературе. Иллюстрации в издании отсутствуют.

2) Над историей литературы под редакцией Клауса Штэдтке работала группа из шести авторов, славистов из немецкоязычных стран. Эта работа представляет собой полный обзор русской литературы, начиная с ее зарождения в IX — X вв., когда древнерусская литература была в первую очередь религиозной и не следовала эстетическим принципам функционального связного текста, и заканчивая постсоветской эпохой. Основное внимание при этом сфокусировано на XX в. Новизна данного издания заключается в том, что авторы нс ограничиваются отдельными писателями или выдающимися текстами: напротив, история эстетических форм, развития жанров и переломные моменты в литературе представляются ими в соответствующем социокультурном контексте. Такой подход четко отражает последние тенденции в истории и культу-

рологии, в соответствии с которыми история рассматривается как история восприятия, учитываются различные — как собственные, так и сторонние — позиции толкования истории, уделяется место противоположным взглядам и оценкам.

В типичном для школьного учебника формате издание содержит подробную библиографию, именной указатель, регистр произведений, а также большое количество иллюстраций.

Отправной точкой для К. Штэдтке при составлении истории литературы стала радикальная переоценка социальной и культурной истории России после распада Советского Союза. Историю в таком контексте необходимо вне идеологических или же критикующих идеологию клише и предрассудков, доминировавших биполярную историю 1945 — 1990 гг.

Издание состоит из девяти глав, соответствующих различным эпохам (средние века, XVIII в., конец XVIII-го в. до Крымской войны (1853 г.), реализм и «переходный период» 1880-х гг., эпоха модернизма, от авангарда до огосударвстления (1917 — 1934 гг.), соцреализм (1934 — 1953 гг.), от оттепели до перестройки (1953 — 1990 гг.) и новая русская литература (1991 — 2010 гг.).

Авторы не ставили перед собой задачу произвести радикальный пересмотр всей истории литературы. Их целью, скорее, было представить новый взгляд, перечитать заново русскую литературу, которая в конце XX в. вновь стояла на пороге перемен, нового времени, отстраняясь от существующих традиций и интерпретаций. Их задачей была «реконструкция канона, исходящая из новой перспективы». Авторы стремились представить «взаимосвязь основных литературных и культурно исторических событий, авторов, работ, течений и тенденций» не как устоявшихся и незыблемых констант, а как напряженный и динамичный процесс. При этом в ходе истории выделяются отдельные последовательные линии и темы. Так, стремление к независимости и свободе литературного творчества противопоставляется давлению извне. Одновременно подчеркивается стремление русских писателей активно повлиять на общество.

Следующий принцип коллективной истории литературы под редакцией К. Штэдтке заключается в том, что она содержит комментарии для западного читателя, которые необходимы по нескольким причинам:

— С самого начала русская литература находилась на периферии развития западноевропейской культуры;

— После принятия христианства из византийского цезаропапизма российская история в рамках общеевропейского контекста шла по особенному пути развития.

Рассматривается, например, особая функция древней церковнославянской литературы по сравнению с латинской культурой средневековья, особенный путь развития Восточного христианства, который в результате церковного раскола 1054 г. был ближе к цезаропапизму, чем к римской традиции. Стремительное расширение территории и формирование Российского государства, продолжающееся с XV — XVI вв. в определенной мере нашла свое продолжение в Советском Союзе, когда с одной стороны была создана многонациональная империя с многонациональной литературой, а с другой стороны процесс русификации, развития национального государства протекал иначе, чем в Европе.

Осознание своей непохожести и ощущение принадлежности к европейской истории играли важную роль в поиске национальной культурной идентификации в России начиная с XIX в. Сравнение России с Европой стало центральным топосом дискуссий о национальном самосознании. В том или ином смысле здесь можно было бы говорить о культуре перевода. Под переводом в данном случае понимается не пассивное подражание, а процесс активного преобразования и продуктивного взаимодействия. Соприкасаясь с иностранной культурой, собственная культура обретает иную форму, привнося нечто новое. Русская культура видит себя порой «радикально иным Западом»[①] (Борис Гройс).

Заключение

Подводя итоги, мне бы хотелось с позиции переводоведения и межкультурной русистики — научных дисциплин, которые я представляю, вынести на обсуждение вопросы, которые в недостаточной степени рассматриваются современной наукой, хотя и представляют несомненный интерес для историографии литературы:

— Не следует ли пересмотреть саму концепцию истории литературы, как истории в рамкаходной нации? Национальная

① Groys, Boris: Die Erfindung Russlands, München 1995.

историография литературы является продуктом XIX в. Сегодня известно, что переводная литература и диалог собственной и переводной литературы являлись важной составляющей при создании национальной литературы. Тем не менее, переводная литература и ее роль сегодня почти не находят упоминания в работах по истории литературы;

— С начала 20 в. и по сегодняшний день имеет место процесс трансформации канона национальной литературы, который с 1990-х гг. протекает в гораздо более радикальном ключе. Между тем сегодня существуют, например, не только модели для электронной публикации, но и самостоятельная сетевая литература, не предназначенная для читателей печатных изданий;[1]

— Можно ли, исходя из упомянутого языкового и культурного синтеза транснациональной или международной историографии русской литературы, говорить о национальной — немецкой историографии русской литературы? Если да, то в какой степени?

— Когда станет возможным тот факт, что литература, написанная не на родном языке (который до сих пор является важный критерием при составлении историографий), т. е. переводная литература будет учитываться в изданиях по истории и современной литературе? Когда история литературы начнет принимать всерьез реального читателя и должным образом отражать наличие огромного пласта популярной литературы?

«Традиция является непременным условием для любой исто-

---

① Schmidt, Henrieke: Russische Literatur im Internet: Zwischen digitaler Folklore und politischer Propaganda, Bielefeld 2011. Vgl. auch die Online-Zeitschrift Digitalicons http://www.digitalicons.org/

риографии. Одновременно она является источником и наибольшей для нее угрозы», отмечает германист Вильфрид Барнер.[1] Против традиционной концепции национальной историографии можно привести сразу несколько аргументов: национальные традиции всегда являются частью общеевропейского контекста. В XX в. в особой степени проявился факт существования различных традиций славистики в западноевропейских странах, не говоря уже о странах неевропейских. На Западе в литературный дискурс вовлечены представители эмиграции. Дискуссии, которые велись в Советском Союзе и которые подвергаются переосмыслению в сегодняшней России, также оказали влияние на исследовательские традиции. Поэтому следует критично рассмотреть перспективы, на основании которых история русской литературы представляется немецкоязычной публике: русская, эмигрантская, внутренняя советская или перспектива ГДР. В какой степени можно говорить о влиянии внешних перспектив?

Представленное выше позволяет утверждать, что историография литературы сама по себе является открытым, гибридным жанром. Исходя из этого хотелось бы встать на защиту «плюрализма традиций», который предусматривает место в проекте национальной истории литературы как для высокой, так и для популярной литературы, литературы народной и транснациональной, то есть и для переводной, иноязычной, эмигрантской. Национальная литература будет, по всей вероятности, в первую очередь

---

① Barner, Wilfried: Tradition als Kategorie der Literatur geschichts schreibung, a.a.O.

по причине существования национальных языков, и в обозримом будущем оставаться доминирующей моделью историографии литературы. Место изжившей себя традиционной национальной историографии литературы должна все же занять скорее динамическая концепция «транснациональной историографии». Именно критический подход с элементами саморефлексии представляется наиболее подходящим для будущих работ в рамках данного жанра.①

Ниже приводятся некоторые размышления, касательно вышеназванного критического подхода:

— Составители историографий национальной литературы не должны упускать из виду тот факт, что подобная историография является продуктом Европы XIX в., времени становления национальных государств, которые использовали литературу для собственной легитимации, придав ей особый статус вне временных рамок, как повествованию, не принимающему во внимание реальных признаков упадка и распада;

— Из этого следует, что проблема мультилитературности как проблема написания истории литературы также должна стать предметом обсуждения, что факт ассиметриченого разделения на так называемые большие и малые языки (то есть и на большие

① С 1983 по 2008 гг. немецким издателем Х-Л. Арнольдом выпускался сборник рецензий "Kritische Lexikon zur fremdsprachigen Gegenwarts literatur (im deutsch sprachigen Raum). Данный сборник представляет собой подброку отдельных материалов, которая в настоящее время охватывает более 14 000 страниц. С 2011 г. проект ведется группой издателей. В справочнике представлена систематически упорядоченная информация о литературе и писателях со всего мира, которые имели значительное влияние на родную литературу и культуру и чьи произведения по большей части были переведены на немецкий язык и стали частью немецкой литературы. С 2011 г. справочник находится в открытом доступе в сети интернет и постоянно дополняется.

и малые государства) политически обусловлен; что в крупных государствах, таких, как СССР, существовала смешанная мультинациональная литература и продолжает существовать после его распада в современной России;

— Литература не должна восприниматься как закрытая система. Вместо этого следует подчеркивать пересечение литературного дискурса с дискурсом других общественных и культурных сфер. При подходе критической саморефлексии должен учитываться и тот факт, что литературный канон, например, то, что считается классической литературой, а что нет, не является понятием очевидным, а представляет собой сферу конфликта с теми, кто в этот канон включен не был;

— Представление в контексте истории литературы таких понятий как «развитие» и «процессы» должны восприниматься не как «вечные понятия», как константа, отражающая реальность, а лишь как определенные проекции, конструкции и, в соответствии с этим пониматься условно;

— Современная историография литературы должна учитывать изменение медийного ландшафта, принимать во внимание мультимедийную, мультилингвальную и мультикультурную литературу, а и также растущую детерриториализацию. Литература всегда представляет и удовлетворяет мультифункциональные интересы: она может стать выражением интенсивного поиска коллективных поведенческих паттернов или же сама предложить свои ответы. Она может выполнять образовательную и воспитательную функции, не являясь при этом теологией.

Одной из благороднейших задач историографии литературы, в том числе и русской литературы, в будущем могла бы стать возможность представления традиции литературной историографии посредством самого процесса написания. Задачей такого издания стало бы не предоставление информации о национальной литературе, напротив, она бы скорее заключалась в выявлении культурных формаций, ориентированных в первую очередь не на определенную нацию, а на определенное языковое пространство.

(Перевод с немецкого Марины Рыбалкиной)

Итоги и перспективы обзоров русской литературы в Испании

Энрике Ф. Куеро Хервилья и Наталья Арсентьева

«Со времени великих наполеоновских войн начала нынешнего столетия, Россия, ее политика, ее будущность, ее историческая роль стали, как известно, возбуждать особенное внимание европейцев, но только в последнее время это внимание обратилось на русскую литературу», — писал в 1875 году Иван Тургенев[1]. С тех пор прошло более века, и в каждой европейской стране появились не только переводы, но и исследования творчества русских писателей и поэтов, а также курсы истории русской литературы. Но только в недавнее время история русской литературы за рубежом стала предметом изучения. В настоящей работе перед нами стоит задача выяснить, какими изданиями пользовались испанские любители русской словесности и студенты университетов, изучающие русскую литературу, насколько глубокую и самостоятельную ее концепцию предлагали читателю вышедшие в XX веке

① Тургенев И. С. «О переводе «Демона» на английский язык». Цит. По книге Русские писатели о перводе, Л.,1960, С. 272—273.

в Испании переводные и отечественные курсы истории русской литературы, выдержали ли они испытание временем, какие причины побудили испанцев к созданию новых переводных обзоров и учебников по русской литературе.

Прежде чем приступить к решению этих задач, проведем четкую границу между обзорами русской литературы и учебниками по истории русской литературы. Обзоры представляют собой монографии, написанные для широкой иностранной аудитории в познавательных целях, описывающие в очерковой форме историю русской литературы, начиная с древнейших времен до того или иного этапа ее развития, в свободной творческой манере. Такие обзоры отражают особое видение истории и литературного процесса и характеризуют наиболее характерные для данной художественной традиции топосы и мотивы. Примером может служить «История русской литературы с древнейших времен до 1925 года» Д.С. Мирского, впервые изданная на английском языке и спустя годы переведенная на другие иностранные языки, в том числе и русский[①]. Что касается учебников, то в отличие от обзоров они, как правило, создаются в помощь студентам, которым преподают литературу страны изучаемого языка для решения той или иной методической задачи лингвистического или литературоведческого характера. Сосредоточим наше внимание на истории появления в Испании книг, относящихся к обеим вышеуказанным категориям

---

① Mirski D.S. A History of Russian Literature from its beginnings to 1900. Edited by F.J. Whitfield. Vintage Books, NewYork, 1958. Мирский Д.С. История русской литературы с древнейших времен до 1925 года / Пер. с англ. Р. Зерновой . London: Overseas Publications Interchange Ltd, 1992 .

в период с начала XX века по настоящее время.

Прежде всего проанализируем переводные очерки истории русской литературы с предположением о том, почему выбор пал именно на эти, а не на другие источники, а также попытаемся понять причины, по которым в Испании не оказалось отечественных изданий истории русской литературы, написанных испанцами для испанцев, за исключением очерков об отдельных виднейших ее представителях современного слависта Х.Э. Суньиги.

Знакомство испанских читателей с русской литературой в переводах и обзорах имеет свою историю. Благодаря переводам с французского языка-посредника, целый ряд русских писателей уже в начале XX века пользовался в Испании любовью и признанием. Пьесы Чехова и Андреева играли лучшие актеры мадридских и барселонских театров. О русском художественном наследии писали передовые журналы. Первые обзоры русской литературы появились в Испании во второй половине XIX века. Одним из них можно считать анонимный обзор *Estado actual de la literatura rusa* («Современное состояние русской литературы») 1852 года, опубликованный в журнале *Seminario pintoresco español*[①] («Испанский живописный еженедельник»), который не получил сколько-нибудь заметного резонанса, как и написанный французским дипломатом, горячим сторонником популяризации русской литературы, Эженом-Мельхиором Вогюэ очерк *Le roman Russe* («Русский роман» (1886). Заслуга возникновения в Испа-

① *Estado actual de la literatura rusa* // Semanario pintoresco español. 1852. №17. P. 398—399.

нии интереса к русской литературе в этот период принадлежала писательнице и графине Эмилии Пардо Басан. Благодаря циклу лекций о русской литературе, прочитанному ею в Мадридском Атенее и вышедшей на его основе книге под названием «Революция и роман в России»[1], большой интерес к творчеству русских писателей стали проявлять толстые литературно-художественные журналы конца XIX — начала XX века, которые печатали переводы хорошо известных уже тогда Западной Европе русских писателей[2]. Согласно исследованию, проведенному Иваном Лиссоргесом[3] в период с 1886 — 1887 гг., Россия и русская литература все чаще появляются на страницах испанской прессы, особенно на страницах журналов «Современная Испания» и «Круг чтения». В этот период в Испании возникает настоящий издательский бум, связанный с именами сразу трех крупных русских писателей: Тургенева, Толстого и прежде всего Достоевского[4]. В одном только 1900 году в свет вышли сразу несколько переводов романов Достоевского в издательствах, ранее публиковавших отдельные его рассказы и повести. Этот год был ознаменован и выходом в свет первой переводной «Истории русской литературы» на ис-

---

① Pardo Bazán, E. La Revolución y la novela en Rusia (Lecturas en el Ateneo de Madrid) Madrid, Imprenta y fundación de M. Tello, 1887, переизданная в Мадриде в издательстве Publicaciones españolas, 1961. О ней см.: Багно В.Е. Эмилия Пардо Басан и русская литература, Ленинград, Наука, Ленинградское отд-ние,1882.

② См. об этом: Monforte R. «Las ediciones periódicas como factor clave en la difusión de la literatura rusa durante la segunda mitad del siglo XIX» // Giné, M. & Hibbs, S. (eds.): Traducción y cultura / Translation and Culture: La literatura traducida en la prensa hispánica (1868—1998).

③ Lissorgues, Y. "La novela rusa en España (1886—1910)" / Translated literature in the hispanic press (1868—1998). Alicante: Biblioteca Virtual Miguel de Cervantes, 2012.

④ Полный обзор переводов русской литературы. см. в справочнике Schanzer G.O. Russian Literature in the Hispanic World: a bibliography. Toronto, 1972.

панском языке. Автором ее был польский историк Казимир Валишевский (1849 — 1935). Его научные труды, начатые в 1870 году, отмеченные Французской академией наук, охватывают почти три века русской истории: от Ивана Грозного до конца девятнадцатого века. Несколько его работ были написаны на французском языке, в их числе и История русской литературы в переводе на испанский Луиса де Терана[1], знатока французской культуры, литературы и философии, переводчика Тэна, автора романов в духе Флобера. Его перевод, вышедший в самый разгар интереса к русской литературе в Испании, возможно, был сделан по заказу журнала «Современная Испания». Выбор пал на книгу Казимира Валишевского не случайно. И не только потому, что она была написана на французском, с которого охотнее всего переводили тогда литературно-критические очерки, а скорее всего потому, что в предисловии к своему изданию автор отмечал, что его «История» создана не для русскоязычной аудитории, а для тех, кто русскую литературу не читал или едва с ней знаком. История русской литературы Казимира Валишевского была для своего времени весьма удачной и по замыслу и по содержанию. Преимущество ее заключалось в том, что после краткого очерка об истории восточных славян автор начинал обзор древнейшего периода русской литературы с устной поэзии, эпических песен и лирики, плавно переходя к основным вехам развитя древнерусской словесности, преодолевая тем самым существующий в современных очерках

---

① Waliszewski, K. Historia de la literatura rusa (Trad. por Luis de Terán). Madrid. La España moderna. 1900.

русской литературы разрыв между фольклором и литературой. «История русской литературы» Валишевского замечательна тем, что в ней содержится в известном смысле пересмотр взгляда на средневековую русскую литературу как на отсталую и ученическую в пользу представления о ней как о художественной реальности, наполненной исканиями и противоборством. Кроме того, автор высказывает удивительно свежую и для нашего времени важную мысль, не служила ли Византия посредницей между Азией и Россией в проникновении художественных тенденций из стран Востока, как юго-западные славянские государства между Европой и ближайшими русскими областями. В маленьких и эффектно написанных главах книги отражены самые существенные моменты того исторического пути, который прошла русская литература от раннего средневековья до начала XIX века, и которые во многих последующих «Историях русской литературы» теряются в обилии дат, сведений и имен. Сам Лев Толстой высоко оценил тяготение Валишевского к точным и блестящим афористичным формулировкам, отражающим самую суть исторических явлений: «Валишевский немногими штрихами живо передает главное, характерное». В полной мере это относится и к его Истории русской литературы. Названия подглавок имеют характер набросков, но их отбор ни в коей мере не произволен, а основан на глубоких познаниях автора в области средневековой русской истории и эпохи Просвещения. Подзаголовки отражают целенаправленное стремление автора, возможно, под влиянием Вильгельма Дильтея, к рассмотрению литературно-художественных явлений с точки зрения ценностно-значимого отношения к миру. Такие разделы, как «Церковная риторика против язычества, Борьба византийства с латинством, Традиции религиозной литературы в Московской Руси, Обмирщение русской мысли» и другие в том же духе, коротко и ясно обозначают суть перелома, происходящего в русском национальном сознании в той или иной исторический момент. Из тьмы веков автором словно бы выхвачены и освещены имена, которые знаменуют собой целые этапы в развитии художественной мысли. Таким подзаголовкам может позавидовать любая программа по истории русской литературы, так как они основаны не на предвзятых идеях, а на тридцатилетней работе автора в русском и четырех европейских архивах, которая позволила ему выработать собственное независимое суждение о русской истории и литературе. Но по признанию самого Валишевского, современная ему русская литература XIX века так легко не поддается анализу, как предшествующая. Она «обрушилась», по словам автора, на голову западного читателя, как снежный ком, и в этих обстоятельствах он снимает с себя обязательство давать объективный обзор литературного процесса, равно как и делать отбор наиболее важных произведений при отсутствии четкого представления о картине эволюции новой русской литературы. Выбор произведений для него произволен, а потому, стало быть, он будет избегать обобщений и сосредоточит внимание на тех писателях, которые произвели на него большее впечатление. Заранее предвидя критические замечания по поводу освещения этого новейшего для него периода истории русской литературы, он оговаривается, что не будет давать детальный анализ произведений, так как западному читателю нет смысла говорить о Евгении Онегине то же, что он сказал бы им о Гамлете или о Тартюфе. Только тот, кто взял на себя труд донести до иностранного читателя, далеко отстоящего от тех мест, где эта литература зародилась и возмужала, не боится признаться в том, что не все трудности, встающие перед автором такого издания, были им преодолены. Главная задача, которую он ставит перед собой, — это передать живость впечалений от знакомства с современной ему русской литературой и высказать о ней самостоятельные суждения, что оправдывает его начинание. Завершается обзор очерком о философе и поэте Владимире Соловьеве, без знакомства с которым нельзя понять и уяснить себе поэзию символистов Александра Блока и Андрея Белого.

Что остается у испанского читателя от чтения истории русской литературы Казимира Валишевского? То же, что и от чтения добротного, прекрасно документированного исторического очерка о русских в их историческом бытии, о смене форм национального мышления в области религиозно-философских идей, о политической и литературной борьбе, но главным образом, о состоянии духовной жизни русского народа и русской знати сквозь призму ее литературно-художественного наследия. Несмотря на столь большие достоинства и сделанный автором профессиональный, с исторической точки зрения, хотя и немного тенденциозный обзор многообразных течений русской мысли, книга эта в Испании не переиздавалась с 1900 года и, как нам кажется, должна быть переиздана с некоторыми поправками, комментариями и рекомендована как дополнительное чтение. Язык ее прост, мысли ясны, как велико и стремление преодолеть стереотипы восприятия русской истории, сложившиеся в Европе, и обогатить знание существа предмета собственными суждениями по поводу загадок, которыми так богата история русского искусства и литературы. Это не значит, что книга свободна от недостатков. Ее автор, как историк сформировавшийся в лоне латинского мира, не вполне знаком с религиозной основой и характером византийской словесности, догматического богословия, определившего пути русского национального художественного мышления, что приводит его в ряде случаев к голословным утверждениям о полном застое литературной и художественной мысли в эпоху Московской Руси, тогда как, напротив, в ней закладываются подспудно основы литературного перелома XVII века. Книга Валишевского, как и монография Э. Пардо Басан, закладывала в Испании основы герменевтики русской литературы как феномена религиозно-философской, гуманистической и социально-политической направленности.

Повышение престижа русской литературы к середине XX века стало одной из причин интенсивного развития ее осмысления в странах Западной Европы, США, Латинской Америки и Китая. В Испании же напряженная политическая ситуация в 20-е и 30-е годы, в связи с установившейся в стране диктатурой Франко, надолго затормозила процесс приобщения испанцев к русской словесности. Поэтому в эти годы вслед за переводами русской литературы в Испании 40-х годов не появляются книги по истории русской литературы, как следовало ожидать. Отдельные и очень важные мысли Ортеги и Гассета и Антонио Мачадо о русской литературе были не столь известны широкой публике[1]. Тем временем в Латинской Америке одна за другой выходят новые обзоры русской литературы. Видимо, в противовес политической ориентации Испании, которая стояла на пути возврата к монархической форме правления, в Латинской Америке интерес к русской литературе неотделим от марксистского подхода к истории литературы. Для испаноамериканской рецепции русской литературной критики того времени в высшей степени важны те работы, в которых преобладает социологический подход к оценке литературных явлений. Поэтому не случаен выход в свет таких изданий, как «История русской литературы» П. Кропоткина[2] в испанском переводе, написанная еще в 1901 году. В марте этого года этот русский политический деятель прочел в институте Лоуэлля в Бостоне краткий курс по истории русской литературы XIX века, который стал для него поводом к составлению «Истории русской литературы». В ней автор обещает дать читателю общую широкую идею о русской литературе, сгруппировав вокруг тех писателей, которых считал гигантами русской словесности других, менее крупных, упоминая о них очень коротко. Главы о русских писателях написаны в очерковой форме. Читать их легко, так как автор великолепно владеет стилем. С первых строк мы попадаем в мир писателя, но в скором времени убеждаемся в

① J. Ortega y Gasset. La España invertebrada, 1921.

② P. Kropotkin. La literatura rusa: los ideales y la realidad. Buenos Aires: Claridad, 1943; Madrid: La linterna sorda, 2014.

том, что, хотя метод анализа русской литературы, предложенный Кропоткиным, и увлекателен, но тенденциозен. Прежде всего эта тенденциозность сказывается в его приверженности к реалистической эстетике. В художественной прозе он ценит прежде всего верность отображения действительности. Поэтому он не может быть объективен, например, по отношению к Гоголю, исходящему в своем творчестве из романтического замысла изображения, противоположного реалистическому. Ставя в исторической повести «Тарас Бульба» проблему неоплатонического идеала духовной красоты и разрешая ее через романтическую фабулу любви казака к прекрасной полячке, побудившей его отступить от высоких принципов казачества, Гоголь вызывает нарекания Кропоткина именно со стороны несоответствия его повествования исторической правде. Вся эта история представляется ему сплошным вымыслом, а образы Андрия и польской аристократки неживыми и надуманными. Единственным достоинством повести является для него изображение казацкого военного быта, а также образы старого казака Бульбы и его старшего сына, которые отличаются, по его словам, высоким реализмом и производят иллюзию действительной жизни. Другим критерием художественности становится для Кропоткина *идейность* литературы, и в этом смысле он отдает предпочтение русской литературе перед всеми другими, так как в ней он обнаруживает высокий пафос социального действия, который в других литературах является делом публицистики. Иными словами, в русской литературе его привлекает именно стремление к разрешению общественных проблем, что позволяет ей оказывать большое и непосредственное влияние на интеллектуальное развитие молодого поколения. Исходя из этого критерия, он больше ценит Лермонтова и немецких романтиков — Гете, Байрона или Гейне — озабоченных мировыми проблемами, чем Пушкина, который, по его мнению, отдает дань форме в ущерб содержанию. Признавая в Пушкине «необыкновенное изящество, простоту и выразительность образов», Кропоткин сетует на то, что его поэзию более отличает красота формы, а потому его поэзия не может удовлетворить требованиям людей, которых привлекает красота высоких вдохновений, благородных идей, которые делали бы их лучше. Это происходит потому, что Пушкин, по мнению Кропоткина, был поверхностной натурой, что не давало ему возможности задавать великие вопросы, назревавшие в тогдашней русской жизни. Тем самым как историк литературы он переводит решение проблемы из области эстетики в область психологии. Ему легче сделать Пушкина легковесным, ветреным человеком, чем признать, что этот поэт и писатель столь же далек от романтизма, как и от реализма, так как стоит на иных эстетических позициях, близких к поэтам так называемого «чистого искусства», которые культивировали в своем творчестве античный идеал красоты. Еще одним ярким примером тенденциозности подхода Кропоткина к анализу литературных явлений выступает его стремление к выявлению общественно-политической позиции русских писателей и замалчиванию чуждой ему проблематики религиозно — нравственного характера, вследствие чего представление об идейно-художественном мире Пушкина, Гоголя и Достоевского искажается и оказывается далеким от полноты. Добавим, что мысль Кропоткина об *идейности* и *безыдейности* творчества тех или иных писателей как критерий художественности, его тенденция находить различия в социально-политических воззрениях писателей, характерная для марксистского литературоведения, наложила отпечаток на все последующие «Истории русской литературы», которые издавались в советской России. Поэтому весьма знаменателен не только факт издания этой сильно политизированной книги в Латинской Америке середины XX века, но и ее переиздание в Испании в наши дни.

Следующей по времени выхода в свет в Латинской Америке была «История русской литературы», опубликованная в 1945 году в Буэнос Айресе и написанная на испанском языке графом П. Шостаковским[①], русским эмигрантом, офицером русской армии, членом аргентинского Общества писателей, на основе курса лекций по русской литературе в Свободном институте высших знаний Аргентины. Выдержанная в лучших традициях европейской филологической школы, эта книга тем не менее во многом уступала труду Валишевского и была написана под влиянием уже существующих в России очерков истории русской литературы Льва Рогачевского и Овсянико-Куликовского. Распределив содержание глав по трем частям: С IX по XVIII века, Золотой век русской литературы (XIX) и Зависимость литературы от социальных идей, Шостаковский в пространном прологе останавливается на характеристике русской

---

① Schostakovsky, P. Historia de la literatura rusa des de los orígenes hasta nuestros días. Losada, Buenos Aires, 1945.

литературы как художественного феномена, который во многом отличается от западных литератур своим учительным и пророческим пафосом, тематикой и стилем, который нельзя подогнать под привычные рамки течений и направлений. Сознавая себя русским по рождению и аргентинцем по воле судьбы, Шостаковский берет на себя роль миссионера в передаче основ русского художественного наследия аргентинцам, поясняя что русская литература — особенная, как литература страны, находящейся между Европой и Азией, и скорее иррациональна, чем рациональна, имея собственные средства художественного выражения. Задачей, которую автор ставил перед собой, было преодоление сложившегося в западном мышлении стереотипа восприятия русской литературы, знакомой аргентинцам по переводам, далеким от совершенства, а также стремление дать представление не только о литературе, но в самых общих чертах также о культуре и образе мыслей русского народа. Через несколько лет в Аргентине переведут более профессионально написанную Историю русской литературы Ло Гатто[1], итальянского переводчика и пропагандиста славянских литератур, профессора университетов Рима и Неаполя, и о Шостаковском забудут. Ровно десять лет спустя там же выйдет перевод книги политика, журналиста и писателя Марка Слонима «Русская литература»[2], которая, как и книга Шостаковского, существенно расширяла круг авторов, включая в него символистов и ранних

---

① Lo Gatto, E. Historia de la Literatura Rusa. Barcelona, 1952. См. О нем: Кириллова М., Лекции итальянского литературоведа о русской литературе, «Вопросы литературы», 1957, №4.

② Slonim, M. La literatura rusa. México-Buenos Aires. Fondo de cultura económica. (FCE), 1962.

представителей революционной литературы в России, но ограничивалась очерками об отдельных русских писателях без претензий на создание широкой литературной панорамы. Написанная на основе опыта преподавания русской литературы в США, книга М. Слонима «История русской литературы», вышедшая на английском языке в двух томах (свыше 800 страниц), как и очерк Ло Гатто, содержала глубокие наблюдения над содержанием и формой произведений классиков русской литературы. Это главный литературно-критический труд М. Слонима. Первый том охватывает область древней русской письменности и фольклора, а также литературу XVIII и XIX вв. до Л. Толстого включительно (вышел в 1950 году), а второй — от Чехова до наших дней — в 1953 году в издательстве Оксфордского университета. На испанский язык это труд переведен в сокращении одним томом, который начинается кратким обзором средневекового периода, петровской эпохи и завершается анализом литературы периода русской революции. Хотя автор пытался создать свой особый подход к описанию художественных явлений, синтезируя различные составляющие его ракурсы, он был признан неудачным и эклектичным. Заметим, однако, отдав должное справедливости, что на данный момент в отношении отдельных писателей этот метод описания выгодно отличается от прочих.

Перейдем к рассмотрению того, как своеобразно пишут об одном и том же писателе три разных автора переводных обзоров русской литературы: Шостаковский, Валишевский и Слоним. Глава «Сознание Достоевского» у Шостаковского начинается с доказательства той мысли, что мировая слава этого писателя несомненна и заслуженна. Говоря о его самобытности в попытке еще раз напомнить о его оригинальности, автор доходит до крайности, отрицая всякое влияние на Достоевского западноевропейской литературы, а в сопоставлении с Толстым, изображающим, как правило, здоровых людей, отмечает склонность Достоевского к анализу психических отклонений. Этим и ограничиваются его собственные суждения о писателе. Переходя в дальнейшем к изложению биографических фактов в сочетании с анализом наиболее известных за рубежом произведений писателя, Шостаковский делает акцент на политических пристрастиях писателя и его критике революционного террора. Как человеку, сформировавшемуся в эмигрантской среде, ему, безусловно, была более близка социально-политическая позиция Достоевского, чем его метафизика. Он ценит его как писателя прежде всего за пророческий дар, историческое прогнозирование, позволившее предвидеть отблески грядущих катастроф, связанных с отходом России от монархии и религии.

В противоположность Шостаковскому, Валишевский пишет о Достоевском с позиций знатока человеческой души. Погружая с первых строк в атмосферу его жизни, он запечатлевает душевные состояния писателя в ключевые моменты его биографии, когда он со смущением слушает первые восторженные отзывы о своем первом сочинении, когда переживает страх смерти в момент зачтения приговора к смертной казни и, спустя годы, полный сил и физически окрепший после Сибири, возвращается к литературной работе. Что касается отражения внутренней эволюции Достоевского — писателя, Валишевский отмечает его резкий переход после каторги от либеральных юношеских идей к апологии монархии. Столь же оригинальна и его герменевтика произведений русского гения. Заранее извиняясь за особый, субъективный взгляд на содержание и форму романов Достоевского, Валишевский не просто со стороны оценивает героев писателя, но проникает в их внутренний мир, раскрывая творческий замысел их создателя. В небольшом предисловии автор говорит о разнице в читательском и критическом восприятии Достоевского, переходя далее к страницам его биографии и характеристике трех периодов творчества в последовательной смене философско-эстетических и социально политических идей и пристрастий писателя. Такой подход кажется нам очень продуктивным. Но какой бы разумной ни казалась нам эта периодизация творчества Достоевского Слонимом, она основана не на доскональном знании источников его вдохновения, а на личных впечатлениях, а потому необъективна и в отдельных случаях ошибочна. Так, ранний период творчества Достоевского Слоним связывает с ученичеством сначала у Гоголя, а потом у романтиков, характеризуя его как внимание к психопатологии. В действительности в том же Двойнике явно ощущается влияние древнерусских двойнических повестей с одной стороны и неоплатонизма с другой, что придает его проникновению в мир личности религиозно-философский характер. Недооценка этой метафизической ориентации романов писателя заводит Слонима в тупик, когда он говорит о внезапном обращении Достоевского из либерала раннего периода в защитника религии и монархии в поздний период творчества, считая его иррациональным и необъяснимым.

Испанская оттепель 70-х годов, вызванная падением франкистского режима, возродила интерес испанцев к русской литератруре. В деле ее дальнейшей пропаганды и изучения огромную роль сыграла литературная деятельность испанского слависта Хуана Эдуардо Суньиги. Имея возможность знакомства с русской литературой в оригинале и работы в парижских архивах, Х.Э. Суньига внес неоценимый вклад в изучение метода и стиля русских писателей и прежде всего Ивана Тургенева, о котором написал биографический очерк под названием «Небывалая любовь Тургенева»[①] в 1977 году, переизданный в 1996 году под заглавием «Странные привязанности Ивана Тургенева»[②]. В отличие от других исследователей русской литературы в Испании Суньига останавливался на вопросах автобиографизма, глубоко проникая в ткань произведений писателя, в тайники творческого воображения. Достоверный в фактическом отношении, этот этюд-исследование о взаимоотношениях Тургенева и Полины Виардо требовал от автора смелости и такта, не переходящего границ эстетически дозволенного. Кроме того, перу Суньиги принадлежит серия очерков о русской литературе, объединенных в цикл *El anillo de Pushkin* («Пушкинское кольцо») (1977 и 1994[③]), недавно переизданое под

---

① Zúñiga, J.E. Los imposibles afectos de Iván Tutguéniev. Madrid, Alfaguara, 1977.

② Zúñiga, J.E. Las inciertas pasiones de Ivan Turgueniev. Madrid, Alfaguara, 1996.

③ Zúñiga, J.E. El anillo de Pushkin. Lectura romántica de escritores y paisajes rusos. Madrid, Biblioteeca de Vascello, 1994.

заглавием Des delosbosquesnevados. Memoriadeescritoresrusos//Из страны заснеженных лесов. Воспоминания о русских писателях (2010). Эта беллетризованная серия психологических очерков о русских писателях для знатоков современной испанской литературы является составной частью так называемого «славянского цикла» рассказов, созданных под влиянием тематики и стиля русских писателей Золотого века русской литературы и повлиявшего на возрождение мистического течения в современной испанской литературе, как считает профессор кафедры теории литературы из Сарагосы Луис Бельтран, написавший специальное литературоведческое исследование о Суньиге[①]. Для специалистов в области русистики она интересна с точки зрения изучения истории рецепции русской литературы в Испании, так как в творчестве Суньиги впервые русская литература предстает перед испанским читателем не только как литература социального заказа, но чаще всего как мистика. В творческом сознании этого писателя и критика русская литература есть отражение противоречивой и сложной славянской души, загадки которой остаются до сих пор неразгаданными. Как славист, Суньига не стремился к созданию общей картины русской литературы. Его очерки во многом импрессионистичны, созданы под влиянием мимолетного порыва, субъективны, но исполнены глубокого лиризма. Они рассчитаны на эмоциональное восприятие, а не на изучение русской литературы, но заслуга автора в том, что он пробудил у испанских читателей

① Beltrán Almería, L. El simbolismo de Juan Eduardo Zúñiga. Edicions Vitel, 2008.

и деятелей культуры середины и конца XX века живой интерес к ней. Многие испанские пропагандисты русской литературы 70-х и 80-х годов были коммунистами, получившими свободу слова после долгих лет молчания. Поэтому изучение русской литературы в Испании в этот период имеет ярко выраженную тенденцию к политизации. Впервые появляются переводы классиков советской литературы, но она не становится предметом систематического изучения.

В 90-е г. XX века благодаря все более тесным русско-испанским культурным связям все чаще в предисловиях, очерках, обзорах в периодической печати и статьях по русской литературе происходит перенос акцента с идеологических к эстетическим аспектам творчества русских писателей. На данном этапе важным вкладом в дело пропаганды литературного наследия России в Испании становится перевод набоковского курса истории русской литературы[1], лишенного идеологизированного взгляда на ее предмет, характерного для многих русскоязычных историков литературы. Именно с этого времени открываются курсы русского языка и славянские отделения университетов, для которых требуется более специализированная и новая по форме и содержанию критическая литература.

Перейдем к краткой характеристике испанских учебных пособий по истории русской литературы как взятой в отдельности, так и в общеславянском контексте. С 70-х годов в Испании появ-

① Nabokov, V. Cursode literatura Rusa. Barcelona. Ediciones Grupo Zeta, 1997.

ляются солидные переводные учебники по отдельным периодам истории русской литературы. Такова концептуальная история древнерусской литературы итальянского лингвиста и слависта Р. Пиккио в переводе на испанский, которая до выхода в свет была основным пособием для студентов славистики в итальянских университетах. Его «История древнерусской литературы»[①]несет на себе печать творческой личности своего создателя, специалиста в области старославянского языка, который правомочно рассматривает средневековый период развития русской литературы как часть той великой общности, которую он назвал «Slavia Orthodoxa». Поэтому его история выгодно отличается от всех предыдущих очерков русской литературы строго филологическим подходом к анализу литературных явлений. Однако это не совсем учебник, а некий переходный жанр от общеобразовательной к учебной литературе. Приведем в качестве примера мнение о нем студентки, изучающей русскую литературу в Испании: «Это как бы большой рассказ об истории рождения русской литературы и ее развитии до XVII века, который имеет те преимущества, что читается легко и имеет разделы благодаря которым можно быстро найти необходимую студенту информацию, конкретного автора. Зачастую студентам это сделать невозможно в связи с отсутствием предметного указателя». Более соответствует в этом смысле целям и задачам учебника по истории современной русской литературы переводной учебник Ло Гатто[②]. Однако подлинным со-

---

① Picchio, R. La literatura rusa antigua. Buenos Aires, Losada, 1976 (y sucesivas).

② Lo Gatto, E. Literatura rusa moderna, Buenos Aires, Losada, 1971.

бытием для испанцев стал выход в свет уже в 2003 году «Истории русской литературы»[1] немецкого слависта Вэгманса, которая привлекла внимание тем, что, начиная обзор русской литературы с эпохи Петра I, охватывала не только малоизвестный период Серебряного века русской литератры, но и весь советский и даже постсоветский период. История литературы для Вэгманса есть часть истории русской цивилизации, поэтому в его оглавлении при описании литературных явлений по периодам подглавки, отражающие этапы исторического развития России, чередуются с чисто литературоведческими, или же с разбивкой на направления, течения, жанры и главки, посвященные отдельным писателям по выбору. По замыслу эта книга более похожа на учебник как компилятивное исследование характера и судеб современного периода русской литературы. Добросовестно отражая в ней тот уровень изучения русской литературы, который бытует в современных русскоязычных историях русской литературы, учебник четко и последовательно знакомит с основными этапами развития русской культуры и литературы. Главы, посвященные отдельным писателям, содержат биографическую информацию в хронологическом порядке. Для студентов книга Вэгманса стала надежным путеводителем по малознакомым лабиринтам русской словесности XX века, но в теоретическом отношении еще слаба. Так, к одному и тому же методу реализма отнесены писатели весьма далекие от этой эстетики. Не вполне освоен автором учебника

---

① Waegemans, E. Historia de la literatura rusa desde el tiempo de Pedro el Grande. Madrid, EIU, 2003.

и возобладавший в последние годы философско-эстетический подход к анализу художественного мышления русских писателей. Так, на стр. 282 встречаем такое высказывание: «Для Достоевского зло есть проблема метафизическая, для Толстого религиозная, а для Горького виной всему соцальные структуры». Помимо того, что метафизика как философское понятие включает в себя религиозное отношение к миру, преждевременно, на наш взгляд, исключать Горького, занимавшегося темой богоискательства, из числа писателей, ставящих метафизические проблемы. Напротив, именно Горький был тем, кто, порвав с традиционным христианским сознанием, не встал на путь отрицания религии, а находился в постоянном поиске новых истин в попытке создать собственное религиозное мировоззрение, за что стал объектом критики социал-демократов. Так или иначе, монография Вэгманса отвечает требованиям, предъявляемым к зарубежным учебным пособиям, воссоздавая биографическую канву писателей и тематику их произведений в исторической перспективе.

Становление испанской славистики и открытие кафедр по изучению целого ряда славянских языков и литератур в конце XIX — начале XX века, побудили испанских филологов перевести на испанский язык для студентов университетов учебник Д. Чижевского[①], появившийся в России в начале XX[②] века. Особо

① Chizhevski, D. Historia comparada de las literaturas eslavas. Madrid, Gredos, 1983.

② Попутнозаметим, что традиция восходит к Колю G. Коля: Introducción a la historia y la literatura de los eslavos (написанная налатыни) и таким фундаментальным работам века, как Histoire de la langue et de la littérature des Slaves de F.G. Eichhoff 1837 года издания, «Очерк и из истории славянских литератур» А. Степовича, Киев,1895 и более современные, см.: Jakobson, R. Premesse di Storia Letteraria Slava, Mi, Il Saggiatore, 1975.

отметим выход в свет после этого переводного учебника Истории славянских литератур, коллективного труда испанских славистов под редакцией Фернандо Пресы Гонсалеса[1], профессора мадридского университета Комплутенсе. Это фундаментальное издание положило начало созданию учебной литературы компаративного характера, но не могло полностью ее исчерпать. В настоящее время мы приходим к созданию собственного, непереводного корпуса учебников и пособий по русской литературе. В Испании сейчас есть три университета, где преподается русская литература как учебный предмет, два журнала по славистике и сотни специалистов, изучающих русскую литературу. Это научные сотрудники, преподаватели вузов, переводчики, испанские литературоведы и писатели, знающие русский язык, которые неустанно трудятся на ниве испанской русистики, уделяя особое внимание самым разнообразным аспектам изучения русской литературы в тесном контакте со своими коллегами из России и других зарубежных университетов. Перед преподавателями славянских отделений университетов встала задача восполнить общую нехватку учебников по славянским литературам в Испании с различными методическими и содержательными уклонами. В значительной мере ее решает вышедший в 2012 году в издательстве университета Гранады учебник под названием В горниле славянских литератур. Это коллективный труд преподавателей кафедры Греческой и славянской филологии нашего университета под редакцией

---

① Presa González, F. Historia de las literaturas eslavas. Madrid, Cátedra, 1997.

Елены Миронеско Беловой[1], написанный на испанском языке для целенаправленного обучения чтению произведений славянских писателей в оригинале с литературоведческим комментарием для совершенствовния навыков изучения славянских языков в рамках общефилологической подготовки. Авторы пособия ставят перед собой задачу выработки у студентов навыков компаративного мышления, в чем они идут по стопам авторов учебника под редакцией Фернандо Пресы, с той разницей, что ими предложена иная методика организации учебного материала. Книга открывается вводной главой, написанной специалистом в области сравнительного литературоведения профессором кафедры теории литературы Султаной Вахнон Бенсусан. С опорой на таких известных филологов — компаративистов, как Эрнст Курциус, автор книги «Европейская литература и латинское Средневековье», она не только вводит в курс проблем современной компаративистики, но и обосновывает теорию единства всех славянских литератур как принадлежащих европейской литературной традиции, отмечая вместе с тем национальное своеобразие каждой из них в историко-культурном контексте. Не ставя перед собой задачу делать полномасштабный обзор основных славянских литератур, как это имеет место в учебнике под редакцией Фернандо Пресы, авторы учебника сосредоточивают свое внимание на решение вполне конкретных проблем обучения русской, польской и чешской литературам путем комментированного чтения. Особенность замысла

---

① AA.VV. El crisol de las literaturas eslavas (Coordinador Elena Mironesco Bielova). Granada, Universidad de Granada, 2012.

этого внушительного по объему пособия по изучению славянских литератур, которое относится к категории специальных учебников, состоит в том, что студент, изучающий русскую литературу на языке оригинала, имеет возможность познакомиться в рамках одного издания с ходом исторического развития другой славянской литераутры, язык которой он выбрал для изучения, а также с аналогичным по жанру и стилю произведением польской и чешской литературы, заглянув в соответствующие разделы учебника. Это вырабатывает у учащихся при умелом пользовании учебником преподавателем навыки сравнительного анализа той или иной славянской литературы. Таким образом, компаративный подход, положенный в основу учебника, полностью себя оправдывает, так же как и методика обучения литературе студентов, уже владеющих русским языком на уровне, достаточном для понимания оригинальных текстов. Главы учебника, содержащие информацию о древнерусской литературе и начальном периоде истории литературы западных славян до XIX века, выдержаны в едином ключе: текстовым фрагментам предпослан историко-литературный очерк с анализом наиболее значительных, по мнению авторов учебника, произведений, относящихся к тому или иному периоду развития каждой из литератур, ознакомившись с которым студент, согласно предложенной методике обучения, должен прочесть текст или фрагмент текста, снабженный лингвистическим комментарием в оригинале и ответить на вопросы по содержанию и по анализу стилевых особенностей произведения. Отметим качественный отбор произведений для анализа, полноту и языковую точность составленных к текстам лингвистических комментариев, и в целом высокий научно-методический уровень этого пособия, способствующий не только формированию навыков чтения и понимания иноязычного текста студентом-иностранцем, но и филолога, приобретающего знания в области истории славянских литератур и компаративистики.

Что касается отечественных, созданных в Испании курсов русской литературы, то их пока заменяют отдельные очерки о русских писателях и поэтах, написанные разными авторами и входящие в состав монографий по мировой литературе. Таким капитальным изданием является книга «100 писателей XX века» под редакцией Доминго Роденаса[1], выдержавшая с 2008 года несколько изданий, последнее 2012 года, опубликованное в барселонском издательстве РБА. В нее входят очерки, написанные Хавьером Апарисио Майдеу (Набоков) и Натальей Арсентьевой (Бабель, Булгаков, Маяковский и Шолохов). Отсутствие обзорных учебников по русской литературе в нашей стране сказывается на качестве преподавания русской литературы, осложняет преподавание этого предмета в вузе, что со всей остротой побуждает нас поставить вопрос о создании стабильного учебника, отвечающего современным требованиям к содержанию курса русской литературы и делает работу по его созданию особенно актуальной.

Завершают наше исследование «методические рекоменда-

---

① AA.VV. 100 escritores del siglo XX. Ámbito internacional. Ed. Domingo Ródenas de Moya, RBA 2012. Это издание продолжает сложившуюся в Испании традицию изданий монографий, посвященных классикам мировой литературы.

ции» по созданию пробного учебника по истории русской литературы в Испании, предназначенного для студентов испанских университетов. Сделав обзор большинства изданий, можно заключить, что наибольшую трудность у всех зарубежных историков русской литературы вызывает ее периодизация: «В сложной ткани истории невозможно проводить резкие и твердые линии раздела», — замечает Д.С. Мирский по поводу структуры своей «Истории русской литературы» и отбору произведений для анализа, поэтому линия раздела между двумя томами у него не является строго хронологической. Некоторые авторы, лучшие произведения которых появились до 1880 г., но были нетипичны для того времени, были включены им в «Современную русскую литературу». Так произошло с Лесковым, Леонтьевым, Случевским. Толстого пришлось разделить между обоими томами. Иногда случаются неизбежные повторения[1]. Заметим по этому поводу, что затруднительность положения историка русской литературы, о которой говорит Мирский, вызвана отсутствием сугубо эстетического критерия творчества, по которому, как он интуитивно ощущает, и должен проводиться отбор произведений и их отнесение к тому или иному периоду и направлению. Но им руководит необходимость соблюдения традиционного историографического принципа и, соответственно, возникает противоречие. В подобных случаях авторы обзоров и учебников поступают так: главы, посвященные отдельным течениям и авторам, перемежают с заголовками из об-

---

① Мирский, Д.С. Op. cit.

ласти историографии, что придает структуре учебника сумбурный и эклектический характер. Проиллюстрируем это на одном примере из древнерусской литературы.

В средневековый период ее становление на основе византийской традиции было обособленным, и только с конца XVII века она вливается в общее русло развития европейских литератур, когда уровень ее развития начинает им соответствовать. Особенности этого процесса еще достаточно не изучены, что приводит:

а) к исключению этого периода из истории русской литературы;

б) к обозначению его заголовками типа «Эпоха петровских реформ» или просто «Литература XVII века», что, как мы понимаем, ненаучно.

Преодолеть трудности в выделении этапов развития древнерусской литературы может помочь, с нашей точки зрения, ориентация в классификации литературных явлений не на латинскую, а на византийкую традицию, которая в свое время положила начало письменному периоду истории древнерусской литературы. Считаем необходимым сосредоточить основное внимание в его трактовке на восприятие средневековой русской литературой проникших в Киевскую Русь художественных традиций Македонского Ренессанса византийской литературы X — XI века как периода повышенного интереса христианского искусства к античности и эллинизму, к возрождению этой тенденции после кризиса XIII века в литературе Московской Руси XV — XVI века и его перерождению в течение барокко, возникшее на русской почве, а не заимствованное из латинского запада и второстепенное, как считает тот же Чижевский[1]. Пересмотр значимости древнерусского этапа русской литературы для дальнейших ее судеб даст ключ к пониманию ее поступательного движения к Золотому веку как периоду борьбы византинизма в эстетике художественного творчества с западными влияниями, их пересечения и взаимовлияния, в ходе которого русские писатели будут искать новые неповторимо оригинальные способы художественного самовыражения на национальной почве, тесно связанной также с народной культурой и фольклором.

Таким образом, перед испанской русистикой встает насущная задача создать цельную картину истории русской литературы как эстетического феномена, проследив динамику ее развития, раскрыв характерные черты эпох и индивидуальный стиль авторов на основе эстетических критериев творчества, по возможности не смешивая их с другими подходами к анализу литературных явлений, а также на ясном и доступном учащимся языке разъяснить им, с учетом специфики иноязычной аудитории и с научной точки зрения, основы русской литературы в соответствии с новейшими теориями в области истории литературного процесса, творческих методов и направлений, теории литературы.

---

① Chizevski D. Op. cit., p.131.

Русская литература во время «сжатой модернизации». Мета-история русской литературы в Корее

Ким Джин-Йонг

Среди современных историков и социологов принято обозначать явления, характерные для сегодняшнего корейского общества, как «сжатое развитие», «сжатая экономическая демократизация», «сжатая модернизация», туда же можно отнести еще одну — это «сжатая научность».

Научной модернизации в Корее — чуть более ста лет. Она началась параллельно с европеизацией, которая открыла в стране абсолютно новую эру образования и культуры. История и историография русской литературы в Корее не что иное, как побочный результат сжатого процесса модернизации. Корее суждено было охватить и освоить целую тысячелетнюю, или, если начинать отсчет с 18-го века, минимум, 300-летнюю историю русской литературы своей короткой, сжатой научной историей.

История русской литературы в Корее началась с перевода морализаторской сказки Льва Толстого «Вражье лепко, а божье крепко» в 1909 году. Переведена сказка либо с японского, либо с китайского, точно не установлено, девятнадцатилетним просветителем Че Нам-Сон(崔南善 , 1890 — 1957), будущим историком, сказка была опубликована в его собственном журнале «Юность»(少 年), в самом первом номере которого было помещено короткое жизнеописание Петра Великого с фотографией Медного всадника. В конце текста биографии Петра I имелась приписка: совсем короткое описание России информационного характера с объявлением будущей рубрики. Объявление выглядело следующим образом: «В России есть известный добрый человек по имени Толстой, к которому мы скоро обратимся.»

Петр I и Лев Толстой — два героя и два символа идеала для корейского народа в период просвещения. Следуя живому примеру России, которая, под руководством Петра I, превратилась из дикой в цивилизованную страну, Корее пришлось преодолеть свою отсталость в кратчайший срок. Но, чтобы осуществить грандиозную историческую задачу, одной человеческой воли Петра I было бы недостаточно; к тому же, требовалась бы и человеческая доброта, отсюда и упоминание «доброго человека по имени Толстой». Человеческая воля и человеческая доброта — две доминанты, которые составляли образ России, и в направлении которых разворачивалась история русской литературы в Корее в течение прошлого столетия.

Русская литература была одной из самых популярных иностранных литератур в 20-х и 30-х годах. Подобно тому, как Япония одно время считала русскую литературу своей собственной литературой,[1] так и для корейского народа русская литература стала почти родной.[2] Поскольку Корея в то время была японской колонией, корейская интеллигенция получала японское образование, читая и изучая русскую литературу сквозь призму японской культуры. Русская литература воспринималась под огромным японским влиянием, но явно под своим, особым углом. Например, в отличие от Японии, Толстой был, и до сих пор остается, популярнее Достоевского на массовом уровне: первое переведенное произведение Достоевского — «Бедные люди»(1919), первоначальное заглавие «Любимому приятелю», тогда как в Японии впервые было переведено, правда, частично, «Преступление и наказание»(1892). В Корее Достоевского, скорее всего, воспринимали как литератора, обратившегося к описанию жизни бедных, страдающих людей, и его произведения, которые отнесли к жанру «литература о бедноте», считали моделью пролетарской литературы, в Японии же Достоевский воспринимался как писатель «душевных мук».

Корейский народ читал Толстого, Достоевского, Пушкина, Тургенева, Горького, Андреева, Чехова, Арцыбашева, всех их одновременно и с одинаковым энтузиазмом, пренебрегая индивидуальными художественными особенностями каждого из них. Романтизм, реализм, модернизм как бы смешивались в одну громаду великой русской литературы, которая притягивала корей-

---

① См. Wada H. Japanese-Russian Relations and the United States, 1855-1930 // Rimer J. T. ed. A Hidden Fire: Russian and Japanese Cultural Encounter, 1868-1926. Stanford, 1995, P. 210.

② Об этом см. Ким Д.Е. По поводу 1-го поколения корейских русистов // Russian Studies. 25:1. С. 1—32. (корейский язык)

ских читателей того времени своей «глубиной, меланхолией, и страданием». (Ким Донг-Ин, 金东仁 , 1900 — 1951). «В то время наш идеализм был одержим тем нигилизмом, тревогой, и разочарованием, которые переживало молодое поколение в России в конце 19-ого века. [...] У нас идеал казался разрушенным, реальность казалась сверх нашей силы, но все-таки душа горела идеализмом.» (Хам Дэ-Хун, 咸大勋 , 1907 — 1949) «Рассказы Чехова, нигилизм Базарова, тоскливые слезы, которые я лил с Оленькой, Лидочкой, Катей — все это, сильнее, чем любая музыка, любое искусство или поэзия, произвело на мою жизнь самое глубокое впечатление.» (Ли Тэ-Джун, 李泰俊，1904 — 1970?)

Время было славное и русскую литературу читали всей душой и сердцем. Историографической работой еще не занимались всерьез, потому что саму историю, если нужно, могли бы прочитать в японских книгах на японском языке, который был тогдашним официальным языком в кругах корейской интеллигенции.

Первый трактат по истории русской литературы был написан в 1927 Ли Сон-Кыном (李瑄根 , 1905 — 1983). Будучи студентом исторического факультета университета Васеда, он до этого занимался русским языком и перевел некоторые произведения с языка оригинала. Он был членом студенческого литературного движения «Иностранная литература», которое создали корейские студенты в Токио, чтобы, серьезно занимаясь иностранной литературой, внести свой вклад в развитие отечественной литературы.

«Мы жаждой томимся по России. Ее новое общество, новую политику, новую литературу — по всем областям мы у нее хотим учиться. Но мы по ней томимся одной эмоцией, не посвящая ей академический труд и критическую работу. Лишь слепо следуя за Россией по поверхности, никто из нас не берется изучать ее историческую сущность.»[①]

Исходя из научно-исторического подхода, Ли Сон-Кын в своем коротком трактате изложил «период рассвета», т. е., допушкинскую историю русской литературы. Изучение первоначального этапа русской литературы было ему важно именно потому, что оно являло собой полезный образец для корейской литературы, которая только что начала развиваться. Как жизнеописание Петра I подавало хороший пример модернизирующейся Корее, ранняя история русской литературы так же играла моделизирующую роль.

Но, к сожалению, опыт Ли Сон-Кына не нашел продолжения, и подобный осознанный историографический очерк еще долго не появлялся. Еще до провозглашения независимости от японской империи, Корея страдала от внутреннего идеологического конфликта, который привел страну к катастрофическому разделению; подобно тому, как русская литература также разделилась на две части, в известном смысле. В Южной Корее советская литература попала в опалу, в Северной Корее, наоборот, многое было заклеймлено как буржуазная литература, и после 1956-го года, как итог «идеологии самобытности», также известной как «идея чучхе», даже советская литература исчезла с культурной арены.

---

① Ли С.К. Слово о периоде рассвета русской литературы // Иностранная литература. 2. 1927:7. С. 6. (корейский язык)

Здесь следует упомянуть один из первых историографических опытов, в котором, впервые после Корейской войны, обращались к русской литературе. Это книга «История мировой литературы» (Хонг Унг-Сон, 1953)[1]; она состоит из 13 глав, расположенных в хронологическом порядке, начиная с древнегреческой литературы и кончая с американской. О русской литературе говорится в предпоследней, 12-ой главе, на протяжении всего девяти страниц. Приведем отрывок:

«Культура обеих стран [России и Америки] еще молода; их же литература начала свой отсчет всего полтора века назад. [...] Но история русской литературы опровергает то, что литературе обязательно нужна долгая культурная традиция, чтобы процветать.»

Автор пишет: «Россия поспешно старалась впитать в себя всю западную цивилизацию за короткий срок; в конце 19-ого века Россия изо всех сил стремилась догнать европейскую цивилизацию, но безуспешно. Россия впала в отчаяние от своей беспомощности, о чем именно писал Чехов в своих произведениях.» По мнению автора-составителя книги, стремление России к европейской цивилизации закончилось на этой стадии исторического развития; и этим завершалась его история русской литературы. Еще в другой «Истории мировой литературы», составленной в то время (Ю Жонг, 1955),[2] автор пишет в послесловии: «О советской и китайской современной литературе еще нельзя с уверенностью

---

① Хонг У.С. История мировой литературы. Сеул, 1953. (洪雄善 ,《概观世界文学史》)

② Ю Ж. ред. и перевод. История мировой литературы. Сеул, 1955. (柳呈 ,《世界文学大观》)

сказать, являются ли они литературой (или художественном искусством) в строгом смысле слова, так что в эту книгу их не включил.»

Холодная война и оттепель тоже повлияли на судьбу русской литературы. В 70-х и ранних 80-х годах диссидентская литература привлекла внимание за пределами СССР. Во второй половине 80-х годов ситуация поменялась, благодаря двум стимулам: во-первых, молодые русисты, в основном студенты и аспиранты университета Корьё, начали серьезно заниматься переводами и исследованиями. Первая русская кафедра открылась в Институте иностранных языков(韩国外国语大学校) в 1954-ом году, 20 лет спустя, в 1974-ом году, Университет Корье(高丽大学校) также открыл свою кафедру. На кафедре Института иностранных языков придавали больше значения практическим навыкам владения языком, а в университете Корье делали акцент, в основном, на литературе, особенно на литературе реалистического и демократического направлений.

Второй стимул исходил из самого духа времени. Вторая половина 80-ых годов в Корее была периодом общественных сдвигов. Студенты активно занимались политическим движением за демократизацию, поддерживая революционные силы в народе. Разумеется, что студенты-активисты заинтересовались революционной русской литературой, особенно теорией советской литературы, социалистическим реализмом, историей революционной пропаганды и т.д. Таким образом, хоть и на короткое время, советской литературе пришлось играть моделизирующую роль.

До этого студенты изучали историю русской литературы по книгам, написанным такими известными эмигрантами как Марк Слоним (его «Outine of Literature» переведена в 1980), Дмитрий Мирский («A History of Literature» переведена в 1984, потом переиздана в 1988, 1995, 2001, 2008), и Дмитрий Чижевский (его «Vergleichende Geschichteder Slavischen literature I, II»переведена в 1984, переиздана в 1992). А те студенты, которые придерживались демократических настроений того времени, начали искать другой подход к русской литературе, то есть, вне общепринятого западного взгляда. В таком духе времени родилась первая историографическая книга как таковая с названием «Очерк истории русской литературы», написанная двумя аспирантами университета Корье, Ли Канг-Ын и Ли Бьенг Хун[①]: первый был специалистом по творчеству Горького; другой по Белинскому. Основной характер книги легко передается в названиях ее 5 глав: 1. Народность и партийность русской литературы; 2. Рождение русской литературы и ее революционная традиция; 3. Эпоха великого реализма; 4. Литературные теории во время Революции; 5. Литературные споры пролетариата и победа социалистического реализма. В предисловии авторы четко выразили свою позицию такими словами:

«Мы избегали односторонней модернистической точки зрения. Это значит, что мы понимаем русскую литературу в качестве идеи продолжающегося процесса развития, проявляющего здоровую народность. В условиях мрачной реальности 19-го века в

① Ли К.Ы. и Ли Б. Х. Очерк истории русской литературы. Сеул, 1989. (李康殷、李丙勋,《俄罗斯文学史概说》)

России литература была важным способом изображения надежд русского народа; она и была социальной формой, с помощью которой искали будущее русской истории. В данной книге мы обращаем внимание на традицию социальности и народности русской литературы и смотрим на советскую литературу как на продолжение этой традиции.»

В словах авторов явно чувствуется советский дух историзма. Можно с полным правом сказать, что в этом предисловии, описывая историю русской литературы, они, на самом деле, говорили о корейской литературе: о ее современном направлении и принципах, которые требовались в это время. Всего за два года — 1988 и 1989 года — в Корее появилось довольно много переводов теорий и материалов по советской литературе: «Sowjetische Literaturtheorie»(H. Siegel), «Хрестоматия пролетарских литературных теорий», «Литература и Революция»(Л. Троцкий), «Советская русская литература»(М. Слоним), «Поэтика русского реализма»(Г. Фридлендер), «Советские литературные теории 1917 — 1934»(Г. Ермолаев), «Документы первого Всесоюзного конгресса советских писателей»; «Советская литературная критика»(В. Щербина и другие).

Парадокс в том, что именно в то время, когда в Корее процветала советская пролетарская литература (например, довольно большой популярностью пользовались «Как закалялась сталь» А. Островского и «Мать» М. Горького), началась перестройка, а чуть позже последовал распад Советского Союза. Молодые активисты были потрясены: им казалось, что Советский Союз их предал, и их жизнь была разрушена одним махом.

В Советском Союзе и в Корее почти одновременно шел процесс демократизации и гласности, но в литературной истории в каждой стране процесс проявлялся по-разному: казалось, будто корейский народ следовал за тем, от чего уже давно отказался русский народ. Но, в сущности, и то, и другое вместе соответствовали главному принципу исторической инерции того времени: освободить русскую литературу от узд идеологии.

Таким образом, историографическая работа в Корее начала приобретать многообразие и расширять свои границы. В последние 15 лет непрерывно издаются книги по истории и очерки: «Русская литература по писателям»(Чонг Мьенг-Джа, 2000), «Читая русскую литературу: от Карамзина до Набокова»(Ким Мун-Хванг и Ли Су-Кьонг, 2002), «Гипертекст русской литературы: русская литература по темам»(Чо Жу-Кван, 2003), «Современные русские писатели»(Чье Хэнг-Кью *et als*., 2012), «Русская литература по кодам вкуса: от Пушкина до Солженицына»(Сок Енг-Джунг, 2013), «Родя читает лекции по русской литературе»(Ли Хьен-У, 2014) и прочее. Заменяя прямое, немножко старомодно звучащее слово «история» разнообразными выражениями, русскую литературу оценивают и анализируют, привлекая более оригинальные историографические системы и подходы.

История русской литературы в Корее шла и продолжает развиваться в русле непрерывного процесса ревизии, переоценки и переосмысления. Из-за не такого уж долгого периода изучения и сложных обстоятельств ее научной истории, объем историографической литературы сам по себе небольшой: около 60 книг, включая переводы. Все-таки, история русской литературы в Корее, именно благодаря ее научной сжатости, вероятно, дает более четкую картину развития современной социальной истории обеих наших стран.

Maurice Baring, D. S. Mirsky, and the Anglo-American History of Russian Literature

Michael Nicholson

One hundred years ago, in 1915, an English writer and Russophile offered the following bleak summary of his fellow-countrymen's view of Russian literature:

"There is in England no complete translation of Pushkin. [...] There is no translation of Saltykov, the greatest of Russian satirists; there is no complete translation of Leskov, one of her greatest novelists, while Russian criticism and philosophy, as well as almost the whole of Russian poetry, is completely beyond the ken of England. The knowledge of what Russian civilization, with its glorious fruits of literature, consists in, is still a sealed book so far as England is concerned."[①]

Echoes of this lament would become a familiar feature of Anglo-American literary histories in the century that followed. The wording itself is drawn, however, from a book by Maurice Baring which,

---

① Maurice Baring, An Outline of Russian Literature, in the series 'Home University Library of Modern Knowledge'. London: Williams & Norgate, 1915, p.vi.

together with its precursor of 1910,[1] has a strong claim to be the first indigenous English history of Russian literature. By the late 1920s Baring's achievement would be superseded by the dazzling efforts of a London-based Russian émigré, writing in English and consciously engaging with the perspective and prejudices of an Englishspeaking readership. Between them, these two deeply cultured aristocratic authors bestride a period when one can still cautiously speak of an English or Anglo-American version of Russia's literary history, constrained by the paucity of translations and driven in some measure by a proselytizing zeal to pierce the Anglo-Saxon armour of ignorance and fashionable myth. In the intervening eighty years, the many Anglophone histories of Russian literature have been marked by the rise of collective, cosmopolitan authorship, sensitive to supra-national theory and scholarship, and by the inevitable commensurate dwindling of the single national perspective and individual authorial voice. The following pages will focus on those beginnings and discuss the subsequent course of events in summary.

The Honourable Maurice Baring was born into the wealthy merchant-banking family, Baring Brothers. He was educated at Eton and Cambridge. His title marked him out as the son of a Baron and he would often use it on the title pages of his publications. But "The Hon". Maurice Baring was much more than a wealthy aristocratic dilettante. His talents, though aided by the benefits of a privileged upbringing, were not reducible to it. Baring was speaking French

① Maurice Baring, Landmarks in Russian Literature, London: Methuen, 1910.

almost before his mother tongue, and would go on to acquire various degrees of facility in German, Italian, Danish, Modern Greek, as well, of course, as the obligatory Latin and Ancient Greek. To this list would in due course be added (characteristically, at his own initiative) a further language — Russian. But, importantly in that age of distinguished polyglots, Baring's linguistic gifts were invariably complemented by familiarity with the associated literatures. Though he became thoroughly at home with his own literary heritage, he recalls having loved French poetry before ever being introduced to its English counterpart.[1] He would go on to become a prolific novelist, poet, essayist, with a deeper grounding in European culture than most of his generation, and he combined a measure of almost anarchic eccentricity and ironic playfulness with a later reputation as one of the finest and most effective staff officers to serve in the Royal Flying Corps. As for his command of Russian, we should be wary of assertions that it was so complete that native speakers would turn to him for adjudication on points of their own grammar, but, in the early years of the Twentieth Century, when few of his compatriots had progressed beyond reading Turgenev and Tolstoy in Constance Garnett's translations, Baring was promoting the underrated and little-known Dostoevsky, the largely undiscovered plays of Chekhov, and avidly grappling with Russian verse in the original and reflecting on its peculiarities.

Nor was this a detached, desk-bound infatuation. After studies in Germany and a brief, somewhat lacklustre career as a diplomat, Bar-

---

① Baring, Landmarks, p.x.

ing turned to journalism and in 1904 went to Manchuria to cover the Russo-Japanese war, which he experienced at often grisly close quarters. There followed a year spent living and travelling inside Russia as a correspondent. By the time his Outline of Russian Literature came out in 1915, Baring was already known as author of *With the Russians in Manchuria* (1905), *A Year in Russia* (1907), *The Russsian People* (1911) and *The Mainsprings of Russia* (1914). Apart from being a welcome guest in the homes of ambassadors and ministers, Baring was one of those who, at least in his foreign travels, love to mingle with the most ordinary of people and who actively sought out their company wherever he might find it. This may smack of aristocratic affectation, of hob-nobbing with the hoi polloi, but a close friend saw it very differently:

"I cannot but believe that at the General Resurrection Maurice Baring, of all men now living, will be the most warmly greeted by the greatest number and variety of his fellow-creatures from every country and continent, and from every walk of life. Russian peasants, German students, old women in China ..."①

The claim that Baring had "a good knowledge of Chinese"② may be exaggerated, but he certainly turned his linguistic skills to this new task before and during his travels in Manchuria. Already in Summer

---

① Edward Marsh, A Number of People. London: Heineman, 1939. https://www.facebook.com/notes/maurice-baring/4-from-eddie-marshs-a-number-of-people-maurice-baring/10151014909421507. Cconsulted 02/09/15. Emma Letley uses Marsh's accolade as epigraph to her biography, Maurice Baring: A Citizen of Europe. London: Constable, 1991.

② J. Hillgarth & J. Jeffs (eds.) Maurice Baring: Letters, Wilby, Norwich: Michael Russell, 2007, preface.

1904 he mentions in a letter that: "I have learnt a little Chinese".①

An Outline of Russian Literature is a 'history' in that its first chapter is called 'Origins' and it is followed by others such as "The New Age — Pushkin", "The Age of Prose", "The Epoch of Reform". But quite apart from the severe constraints of space, Baring does not aspire to systematic scholarship. He shows little interest in Russian literature before the 19th Century, and is happy to refer his readers to Melchior de Vogüé's classic study, Le roman russe (1886) or Aleksander Brückner's recent Literary History of Russia for a deeper or more methodical investigation than he can offer.② Baring's own aim was of a different order. As he wrote in Landmarks:

"I have tried to put myself into the skin of a Russian, and to look at the literature of Russia with his eyes, and then to explain to my fellow-countrymen as clearly as possible what I have seen."③

He thus comes to his duties as literary historian with a strong sense of mission, digressing readily to explain the paradoxical features of the Russian national character and to root them in his own first-hand encounters with individual Russsians.④ It is worth bearing in mind when approaching Baring at this cultural remove that the perceived qualities of the Russian character that animated his understanding of Russia and its literature were not imposed in deference to some

---

① Baring, letter to Vernon Lee, 17 July 1904, ibid, p. 58. For Baring's (very positive) opinion of the ordinary Chinese he met in Manchuria, see the examples in Letley, Maurice Baring, pp.93—95.

② De Vogue had been first translated into English in1887. A translation of Dr A Brückner, Geschichte der russischen Literatur (Leipzig: C F Amelangs, 1905) was published in 1908. London & Leipzig: T Fisher/ Unwin.

③ Baring, Landmarks, p.11.

④ For examples, see his Landmarks, Chapter 1 "Russian Characteristics".

remote, abstract cult of the 'Russian soul', however much they may seem at times to echo it. They undoubtedly answered to his own deep psychological-spiritual needs, but were grounded in a substantial body of real experiences and encounters, often in circumstances of shared hardship, and, too, in his independent efforts to make sense of the books he admired.

Later generations might wince at his division of Russians into the 'Lucifer' or 'Ivan Durak' type, his tendency to see in Russia and its narod the repositories of a spiritual capacity that the enervated West has lost, and his insistence upon the value of Russian literature's "contribution to the soul of mankind".[①] That gift, he concludes at the end of one of his books, is:

"an expression of... the grief and wisdom which comes from a great heart, a heart that is large enough to embrace the world and to drown all the sorrows therein with the immensity of its sympathy, its fraternity, its pity, its charity, and its love."[②]

Baring would later acknowledge a serious attraction to Russian Orthodox and attributed his own conversion to Roman Catholicism to the effects of his encounter with Russia and the Russians.[③] On one occasion he seems almost to urge his fellow-countrymen to undertake its own vicarious khozhdenie v narod: English ignorance about all things Russian, he fears, "will always remain until English people go to Russia and learn to know the Russian people at first hand".[④]

---

① Baring, Outline, p. 25.

② Ibid, p. 250.

③ Letley, Maurice Baring, pp. 143—45.

④ Baring, Outline, p.v.

On the other hand, Baring's infatuation with Russia grew slowly and from direct contact with the country and its people. On his first trip in 1901, the monotonous 'brown immensity' of the land and naturalness of the people he met did not confirm some bookish vision of the barbaric, exotic yet saintly East, but, rather, confounded the assumptions he had brought with him. Only later would the country begin to get under his skin:

> Why does the burden of your mystery
> …
> Call like the message of a friend to me?
> Why do I love your vasts of corn or snow,
> The tears and laughter of your sleepless woe,
> The murmur of your brown immensity.[1]

Nor are Baring's books awash with mystical effusions. Their tenor is often clear and reasoned and their focus closer to the earth and to the page. To take a very specific example, Baring will work hard to explain to an audience that has barely, if ever, heard of Lermontov or Krylov just why the tone of the poem «Завещание» or of a particular line («Бывало грустно им, а скучно не бывало») is untranslatable into English. He will patiently marshal examples from English, French and German poetry in guiding the English reader towards a sense of the "curious matter-of-fact quality" which he values so highly in

---

[1] Poem cit. in Letley, Maurice Baring, p. 81, and drawn from Baring's novel Tinker's Leave, which includes a fictional representation of its author's 'infection' with the Russian 'microbe'.

the Russian poetical temperament.[①] Baring's passion in promoting Chekhov was not a second-hand fad, but grew from the experience of watching the Moscow Arts Theatre in action in Moscow. In fact, he claims that his newspaper article, describing a performance of Dyadya Vanya he had seen there in 1904 was the first discussion of Chekhov as a playwright ever to appear in the English press.[②] As for Dostoevsky, Baring's urge to see him adequately recognized in England did more than merely ape the Dostoevsky revival headed in Russia by Merezhkovsky, Rozanov and others at the end of the previous century. As early as 1903 Baring had been so frustrated that there were still essentially no decent translations available to English readers apart from Crime and Punishment, that he attempted to rectify the situation single-handed:

"I approached a publisher with the proposal of translating all Dostoevsky's novels, or those of Gogol. But he said there would be no market for such books in England. Dostoevsky had not yet been discovered... Gogol had not been discovered and only one of his books had been adequately translated."[③]

But what really fired Baring's passion for Dostoevsky seems to have been his direct experience of reading two of Dostoevsky's novels in Russian while he was in China reporting on the Russo-Japanese

---

① Baring, Landmarks, Ch.2 "Realism of Russian Literature".

② Baring, letter to Naomi Royde-Smith, 10 July 1925, in Maurice Baring: Letters, pp. 138—139. He published his account at the second attempt, since the Saturday Review had rejected it on the grounds that the play was "uninteresting and incoherent".

③ Maurice Baring, The Puppet Show of Memory. London: Cassell 1987, p. 261, originally published by Heinemann, London, 1922. The indefatigable Constance Garnett would eventually fill the translation gap.

campaign. During the calm before the battle of Mukden (Shenyang) Baring had been staying for a week with a Russian Cavalry Brigade on the Russians' Western flank near Xinmin:

"Someone here had two long books of Dostoievsky: The Idiot and The Brothers Karamazov. I remember devouring them both. I had only read Crime and Punishment up till then, and these two books were a revelation."①

The Idiot, in particular, he would describe as "the most astonishing book I have ever read in my life".②

For years Baring courted unpopularity in Britain with his attempts to make room for his favoured authors by dislodging the sacred cow of Turgenev, one of the more entrenched impediments to any reappraisal and re-ordering of Russian literature:

"The English reader has, as a general rule, never got farther than Tourgeniev. [...] when it is said that there are others greater than he — Dostoievsky and Gogol, for instance — the English reader thinks an attempt is being made to break a cherished and holy image.[...] There is, I think, an exaggerated cult of Tourgeniev among intellectual Englishmen."③

By the time of the First World War and Baring's Outline of Russian Literature, the battle for Dostoevsky as well as for Chekhov the dramatist was being won — even in England. Slow as the process of widening British awareness of Russian literature had been, compared

---

① Baring, The Puppet Show of Memory, p. 293.

② Baring, Letter to Vernon Lee from St Petersburg, 31 January 1906, in Letters, p. 63.

③ Baring, Landmarks, p. 75

with corresponding developments in Germany and France, Maurice Baring's contribution stands out as a consistent and honourable one. He had been an enthusiast and Kulturträger in the best sense and, though his books were not uncritically received, they undoubtedly attenuated the scant and selective British understanding of Russian literature in his day. Now war and revolution were set to change the cultural landscape fundamentally.

* * *

A curious adumbration of things to come occurs in the first of Maurice Baring's books on Russian literature. In it he recalls visiting the home of a former Russian minister in 1907[①] and sitting in on a discussion of the relative merits of Tolstoy and Dostoevsky. He was particularly struck by a vigorous and assured intervention by the son of his host, still a schoolboy: "only seventeen years of age, yet familiar with the literature of seven languages, a writer, moreover, of both English and Russian verse." Baring, himself, as we have seen, a man of polyglot flair and wide reading, was deeply impressed and recalled the thrust of the boy's argument as follows:

"In fifty years' time we Russians shall blush with shame to think that we gave Tolstoy such fulsome admiration, when we had at that time a genius like Dostoievsky, the latchet of whose shoes Tolstoy is

---

① In Landmarks, p. 80, Baring mistakenly gives the date as 1897.

not worthy to unloose."[①]

The young man is not named, but this was Baring's recollection of his first meeting with the future Prince Dimitrii Petrovich Svyatopolk-Mirsky, scion of a family which traced its lineage back to Prince Ryurik of Kievan Russia. Years later, 'D. S. Mirsky', as he came to be known in the West, would thank Baring for this anonymous walk-on part in his book, but for more than 12 years after this chance encounter there appears to have been little or no contact between them. If Baring had "learnt a little Chinese" as a war correspondent, Mirsky, after leaving school, went on to a more serious study of Chinese, Classics and History at St Petersburg University. He also served as an officer in the Guards, even while involving himself deeply in the contemporary Russian literary scene as both observer and exponent. Caught up in the whirl of war, revolution and civil war, he eventually found himself fighting with Denikin's White Army and forced into emigration after its collapse. In 1920 while stranded in Athens, in gloomy spirits and straitened circumstances, Mirsky wrote a letter to Baring after coming across literary journalism by him in The London Mercury.

Thus it was that, more than a decade after their first meeting, Baring, who moved easily in London literary circles and was particularly close to Hilaire Belloc and G K Chesterton, found himself helping the erstwhile precocious polyglot to get to England and support himself by literary work in London journals. This moral and material support

---

① Baring, Landmarks, pp. 80—81. Some doubt has been raised as to whether Baring accurately conveys Mirsky's sentiment. See G S Smith, D. S. Mirsky: A Russian-English Life 1890—1939 (OUP, 2000), pp. 33—34.

continued after, in 1922, Mirsky was appointed Lecturer in Russian Literature at London University's School of Slavonic and East European Studies. Mirsky's was the only permanent post for a specialist in Russian literature anywhere in the British university system at that time, and he held down the job for some ten years — though without marked enthusiasm. For him academic duties were, at best, a necessary evil in a life of intense literary and intellectual activity. In London literary circles he established an immediate reputation for erudition, just as he would in Paris, writing and reviewing widely in several languages, and both participating in and holding his own in the celebrated 'décades', the annual intellectual colloquia at Pontigny. Though he felt intellectually more at home in Paris, whither he would flee once term was over, and though he regarded the British intelligentsia as 'second-rate', it was in the middle of this hugely productive, predominantly London-based decade that Mirsky wrote, in English, a history of Russian literature in two volumes that is far and away the most widely acclaimed such work in the English language.[①] Barely five years later, in 1932, a reconfigured and bolshevised Mirsky would follow Maksim Gorky's lead and return to Stalin's Russia, only to find himself rapidly embroiled there in the potentially lethal literary-politics of the time. Arrested at the height of the 1937 purges, he died in 1939 in the hospital of a Gulag transit camp in Kolyma, leaving practically none of his Western acquaintances aware of his fate.

---

① Prince D. S. Mirsky, A History of Russian Literature: From the Earliest Times to the Death of Dostoeyevsky [1881] (London: Routledge, 1927) and Contemporary Russian Literature 1881—1925 (London: Routledge, 1926).

In the last years of the 1920s relations between Mirsky and Baring appear to have ceased; Baring was no intellectual 'fellow traveller' of Stalin's Russia's, but his actual views on Mirsky's later political evolution have not survived. On the other hand, the renewal of his acquaintance with Mirsky from 1920 on appears, initially, at least, to have been a stimulating force, and not simply a question of one-sided generosity towards the younger man. Baring had been deeply affected by the personal losses of the war years and the fading of the world he had once known left him feeling that his "main spring" was broken.① His enthusiastic involvement with things Russian belonged to an era before those recent traumata. But in the twenties Mirsky not only collaborates with Baring, providing the annotation to his Oxford Book of Russian Verse (1924), but, as Lavroukine has shown, Baring also draws Mirsky into the more private sphere of his literary spoofs and mystifications, suggesting a deeper bond than might have been supposed.② Mirsky, by no means an effusive or sentimental man, dedicates one volume of his History to Maurice Baring in the mid-twenties, and in one of his bibliographies states that Baring's books, like that of de Vogüé, may be termed 'classics'.③Indeed, he elsewhere praises them as 'the only valuable books written in English about Russian literature'.④ In particular, Mirsky is consistently flattering about Baring's efforts to introduce the English reader to Russian poetry, and

① Letter to George Graham in 1921, cit. in Letley, Maurice Baring, p. 206.

② Nina Lavroukine, "Maurice Baring and D.S. Mirsky: A Literary Relationship." Slavonic & East European Review (London), 62 (January 1984), pp. 25—35.

③ Mirsky, A History of Russian Literature, p. 371.

④ Letley, Maurice Baring, p. 247, note 33 (italics added).

Lavroukine is probably right in speculating that it was their shared sense of the primacy of poetry that underpinned such literary affinity as grew up between them. As for Baring's championing of unfashionable Russian authors (a very real achievement in the British context), it essentially followed Russian developments familiar to Mirsky and now passé, while Baring's affinity with the British cult of the Russian soul, his delicate novels set in late-Victorian upper-class society ,① or his private pilgrimage towards Catholicism — would have attracted Mirsky not at all. The years following Mirsky's dramatic geopolitical shift to the Left and to Moscow necessitated swiftly severing old ties and forging new credentials. Mirsky duly rounded upon his former British literary acquaintances in a contemptuous survey entitled «Интеллидженция» (1934).② His scathing pen seemingly spared none, with one exception — an honourable silence in respect of Maurice Baring.

Mirsky's own History of Russian Literature towers above Baring's early efforts in the genre, and is remarkable from many points of view.3 While in emigration he had written about Russian literature in Russian for émigré journals, yet his History was not a translation or adaptation of existing work in Russian, but an original enterprise, composed in English from the outset. Mirsky's English was not flaw-

---

① For an example of Mirsky's criticism of Baring's novels, see Baring's letter to Cyril Connolly of 21 June 1927 in Lavroukine, "Baring and Mirsky", p. 31.

② The Russian title imitates the English pronunciation of 'intelligentsia'. English translation entitled The Intelligentsia of Great Britain, London, 1935.

③ Ettore lo Gatto, born in the same year as Mirsky, also began publishing his monumental Storia della letteratura russica in the late 1920s. He and perhaps other rival candidates fall outside the Anglophone limitations of this survey.

lessly native, but was more vigorous, supple and lexically rich than that of most of his English and American readers, and he could bend it seemingly effortlessly to the subtleties of his argument.[①] Though a prolific writer, who returned at different times to the same author or text, Mirsky as a rule avoided recycling his own work, preferring to come at the same author anew, armed with his own evolving views and conscious of the needs and limitations of his target audience. For the two volumes of his History he produced extensive appendices listing translations to help the English reader, which were excised from later abridgements. The balance Mirsky achieves between questions of style and composition, in his evaluation and comparison of individual figures, or when tracing the evolution of genres, social, political and philosophical background is unparalleled. He is happy to split his treatment even of a Tolstoy or Dostoevsky in two in order to retain the historical momentum of his narrative. Some of his individual literary analogies may seem recherché to the point of mischievousness, but more typically he has clear and pertinent associations in mind. Moreover, he retains a superb eye for the detail that will bring to life the essence of a writer or text, and his pages abound in trenchant observations, some of them decidedly caustic. Maurice Baring's respect for Brückner's, History of Russian Literature was mentioned earlier. Mirsky by contrast is casually dismissive: "Translated from the German; the author a Pole, strongly anti-Russian, erudite, but with no

① The broader generalizations concerning Mirsky's achievement contained in this article could not have been made so confidently without the weight of G S Smith's scholarship, as deployed in his fine study, D. S. Mirsky: A Russian-English Life (OUP 2000). Chinese readers are well-served by Liu Wenfei's translation: 米尔斯基：《俄国文学史》，上下卷，人民出版社，北京，2013。

sense of literary values."[①] And much as he admires Belinsky, Mirsky does not hesitate to describe his style as 'execrable', marked by 'dreadful diffuseness and untidiness'.[②] This rarely smacks of épatage, and Mirsky denied that his overall literary evaluations departed greatly from the consensus among cultured Russians. In particular, he claimed to have "kept my literary conscience free from political bias, and to have spoken with equal critical integrity of the reactionary Leontiev, of the liberal Soloviev and of the Bolshevik Gorky[...]".[③]

The breadth of Mirsky's coverage is demonstrated by vigorous examples and apercus, never by deadening lists of names and titles, yet the roll of authors whom he introduced to the English reader almost single-handed is imposingly long. Mirsky was well aware that he was addressing a public almost comprehensively ignorant of present-day Russian literature, especially verse, and it was primarily from him that English-speaking contemporaries in the 1920s learnt about Blok, Gumilyov, Voloshin, Mayakovsky. He consistently championed Akhmatova, Pasternak, Tsvetaeva, and Mandelshtam, long before it became fashionable to do so. "For the English-speaking world," writes G. S. Smith, Mirsky "placed [these writers] firmly on the map, and they stayed there",[④] even when the reputations of some of them were later warped or extinguished during the Soviet period.

The longevity and appeal of Mirsky's history are surprising when

---

① Mirsky, History of Russian Literature, p. 371.

② D. S. Mirsky, A History of Russian Literature, ed. and abridged by F J Whitefield, London: Routledge & Kegan Paul, 1949, p. 169.

③ Mirsky, Contemporary Russian Literature, p. ix.

④ G S Smith, D. S. Mirsky, p. 111.

one thinks of the sheer bulk of material, information and scholarship that has accumulated around his subject in the interevening time. In England and America the two volumes of Mirsky's History, far from being swiftly superseded, were re-released in 1949 in the form of Francis Whitfield's single-volume abridgement, published simultaneously in both countries. When Whitfield himself died almost fifty years later, his obituary noted his contribution to what it described as "still the most accessible single-volume introduction to the history of Russian literature." In the meantime there had been another edition and various reprintings of Mirsky's work, which would continue to serve generations of Slavists in the English-speaking world throughout the remainder of the century. The first French, German and Italian translations appeared in the 1960s, and the first tiny émigré edition in Russian translation – in 1992, by which time Mirsky had already been dead more than half a century. Eventually, in 2008, a central publishing house in Moscow, EKSMO, brought out a substantial and accessible Russian-language edition – 80 years after Mirsky's books first saw the light of day in London.

The innumerable accolades bestowed upon Mirsky's History reflect the intriguing durability of his achievement. For Neal Ascherson it is "Mirsky's sparkling, lucid English prose, the reckless confidence of his judgments and the oceanic scale of his reading and learning" that prove irresistible.① Pavel Kuznetsov admires his skill at weaving

① Neal Ascherson, "Baleful Smile of the Crocodile", London Review of Books, vol.23, № 5 (8 March 2001), pp. 9—10. http://www.lrb.co.uk/v23/n05/neal-ascherson/baleful-smile-of-the-crocodile. Consulted13/05/2016.

an irresistible narrative. The History is "a work simply without compare, either in the context of its own age or that of the present day... [Mirsky] tells his Anglo-Saxon readers about writers and their works, as if he had known them in person. Hence his success in presenting Russian literature and culture as a gripping intellectual novel [...] this polyphony — the spirit of variousepochs, of literature, philosophy, essay-writing, literary criticism, political polemics merges into one taut narrative[...] The 'Red Prince's' erudition is staggering".①

Writing at the turn of the century, Gerald Smith reminds us of the perhaps unprecedented, continuing and formative effect of Mirsky's books upon the scholarly community:

"His History was thoroughly assimilated by the first generation of professional Russianists in Britain and the USA after the Second World War, and formed the basis of the teaching given to the generation of academics now occupying senior posts in these countries. It was internalized by them largely unattributed; partly as a result of this Mirsky's wheels are still constantly being re-invented and elaborated."②

And Vladimir Nabokov, who was not lavish in his praise of rival critics, sums up simply and unequivocally: "Yes — I am a great admirer of Mirsky's work. In fact, I consider it the best history of Russian

---

① "[Мирскому] удалось написать работу, которую попросту не с чем сравнить ни в те времена, ни сегодня. [...] он рассказывает англосаксам о писателях и их творениях, которых он словно бы хорошо знал лично. Потому ему удалось представить русскую литературу и культуру как захватывающий интеллектуальный роман[...] Это многоголосие — дух различных эпох, словесность, философия, эссеистика, критика, политические споры — слито в напряженном повествовании.[...] Эрудиция "красного князя" поразительна." Павел Кузнецов, «Последний князь и русская словесность», Звезда, 2011, № 2.http://magazines.russ.ru/zvezda/2011/2/ku14.html.Consulted 13/10/2016.

② G S Smith, D. S. Mirsky, p. xvii.

literature in any language, including Russian."①

Exceptional as were Mirsky's talents, energy and flair, his task was kept within the bounds of the possible by the receptive but largely uninformed contemporary audience that awaited it, by shared assumptions about the nature of his undertaking, and by the substantial, but at least still broadly assimilable volume of existing textual, biographical and historical materials, as well as of scholarly and theoretical explorations of the subject matter. Mirsky did not, for example, have to agonize over what constitutes the canon of Russian literature. The object of his attention was printed 'serious' literature and it would hardly have occurred to him to defend his own judgements and assumptions at such a basic level. Nowadays, what constitutes the canon of a national literature is to a much greater extent open to dispute, while further hurdles are posed by the explosive growth of secondary literature, and literary/culturological theory:

"When Mirsky started writing for the English-speaking reader, the amount of worthwhile secondary literature in his subject was disappearingly small. In the years since his death [1939], this secondary literature has become monstrously large, many times more than any single individual can encompass."②

Valery Parshin writing in 2007 tries to imagine a latter-day Mirsky emulating his precursor's feat in this day and age — and fails, concluding that: "in our day the only way a comparable task could

---

① Letter to Rober M Glauber, in Dimitri Nabokov & M J Bruccoli, Vladimir Nabokov. Selected Letters 1940—1977 (London: 1990), p.91, cit. in G S Smith, D. S. Mirsky, p.295.

② Ibid., pp. xvi& 119.

possibly be achieved would be as a result of the concerted efforts of an entire collective of scholars, eminent yet still in their prime."[①] And, of course, such concerted efforts were not long in coming.

The very ambition, assurance, and monumentalism of Mirsky's achievement is redolent of a bygone age. For Andrew Kahn:

"The whole notion of literary history has changed as its two main pillars, chronology and biography have been destabilized. Deeply unfashionable and methodologically suspect, histories of literature are now packaged under the guise of handbooks and reference works, less offensively monumental to the current reader."[②]

As we recognize with hindsight, when Mirsky was writing his History, the days of the large-scale, single-author, magisterial history of a foreign literature were already numbered. Perhaps no less imperilled was the very sense of representing or moulding a specifically national (in this case English or Anglo-American) perspective on the target foreign literature. To speak of the role of literary history in establishing a particular national image of Russian literature may, as we have seen, make sense when discussing Maurice Baring's writings or even, with intriguing complications, Mirsky's 'English' writings on Russia. However, the tendency towards globalization or at least internationalization in one shape or form, blurs the outline of any 'national' history of Russian literature. In the present day an Anglophone (or

---

① «…в наше время подобный труд был бы возможен только как результат слаженной работы целого коллектива самых маститых, но еще не заплесневелых ученых.» Валерий Паршин, «Живая классика в ожившей современности», 22 May 2007. http://prochtenie.ru/texts/23434. Consulted 13/05/2016.

② Andrew Kahn, "The Uses and Abuses of Literary History", Slavic and East European Journal Vol. 39, №1 (Spring, 1995), p. 115.

French, or Italian) history of literature not only may, but most likely is one edited by a collective of scholars, sometimes themselves of different nationalities and patterns of residence, with contributions from a numbers of specialists, who would often be no easier to classify by national perspective or allegiance than their editors.

To illustrate these tendencies, I have entirely disregarded the many books first published in English where a writer or editor confines himself to one period, category or genre (the novel, the Soviet period, émigré literature, etc.). The list of single-author histories published since Mirsky and attempting a comprehensive, or at least more inclusive compass would include those by Richard Hare (1945), Marc Slonim (1950 — 1964), Thaïs Lindstrom (1967 & 1968) and Victor Terras (1991).[①] Yet the last of these authors is not only author of his own History of Russian Literature, but also the editor of one of those 'handbooks and reference works' which Andrew Kahn saw as tending to oust the traditional history of literature.[②] Terras's Handbook of Russian Literature of 1985 is a largely American undertaking with over a hundred contributors. But a second example of the 'handbook' genre, Neil Cornwall's Reference Guide to Russian Literature (1998),[③] not only boasts almost twice as many contributors, but draws them from

---

① Richard Hare, Russian Literature from Pushkin to the Present Day (London: Methuen, 1945). Marc Slonim, The Epic of Russian Literature From Its Origins Through Tolstoy (OUP, 1950); From Chekhov to the Revolution: Russian Literature 1900—1917 (OUP, 1962); and Soviet Russian Literature: Writers and Problems, 1917—1967 (OUP, 1964). Thaïs Lindstrom, A Concise History of Russian Literature (London UP/ NY UP: 1966 & 1978); Janko Lavrin, The Panorama of Russian Literature (London UP/ NY: Barnes & Noble, 1973). Victor Terras, A History of Russian Literature (New Haven: Yale UP, 1991).

② Victor Terras (ed.), A Handbook of Russian Literature (New Haven & London: Yale UP, 1985).

③ Neil Cornwell (ed.), Reference Guide to Russian Literature (London & Chicago: Fitzroy Dearborn, 1998).

the USA, Europe (including the UK), Russia and Australasia, thereby conveniently illustrating the move away from single-author narrative history towards collective and international projects.

Thus, in 1989 Charles Moser edited The Cambridge History of Russian Literature. But the fact that this work was published in English by a British publisher does not entitle us to view it in some kind of Anglo-Saxon vacuum. Moser's list of collaborators begins with Jostein Børtnes, Ilya Serman and Mark Altshuller, in other words with Norwegian and Russian as well as American and British contributors.[①] Moreover, more than a decade before his volume came out, Michele Colucci and Riccardo Picchio, had edited their Italian-language History of the Literary Culture of Russia, which includes a fine international cast of contributors from Yurii Lotman and Boris Uspensky, through Michel Aucouturier and Jacques Catteau, to Rene Wellek and David Bethea, Maria Pljuchanova and others,[②] while, just two years before Moser's Cambridge History saw the light of day, there began to appear, in both French and Italian. the colossal seven-volume History of Russian Literature edited by Efim Etkind, Georges Nivat, Ilya Serman and Vittorio Strada, whose imminent final volume is expected to list over a hundred contributors as varied in provenance as its editorial board.[③]

It may be theoretically possible that collective literary histories of

---

① Charles Moser (ed.), The Cambridge History of Russian Literature (Cambridge University Press, 1989 revised edn.1992)

② Michele Colucci & Riccardo Picchio (eds.), Storia della civiltà litteraria russa in 3 vols. (Torino, UTET, 1973).

③ Efim Etkind, Georges Nivat, Ilya Serman & Vittorio Strada (eds.), Histoire de la littérature russe, in 7 vols. (Paris: Fayard, vols.1-6 1987—2005; Also published in Italian by Giulio Einaudi editore).

this kind could bear the stamp of perceptions and traditions inherently characteristic of one nation, but even these few examples of the range of national representation and 'recycling' of contributors and editors indicate that this would be a thankless, if not pointless search, at least as far as Anglo-Russian histories are concerned.

"In an age when national literatures seem even more interdependent and when cultural boundaries are so permeable, how can national literary histories be written? What are the special challenges of writing Russia's literary history? … And what counts as literature?"[①]

By a felicitous coincidence the Beijing conference on which the present volume is based coincided with a round-table discussion on "How to Write A History of Russian Literature", held on the other side of the world at the annual conference of the American ASEES (Association for Slavic, East European and Eurasian Studies) in Philadelphia (on 20 November 2015). The quotation I have just given was taken from the description of that roundtable and the questions it asked were, of course, shared concerns of both our conferences.

The scheduled speakers at the American roundtable in a sense bring this brief survey up to date. All were or are involved in publishing recent varieties of Anglophone Russian literary history. The first two were intended primarily as undergraduate introductions, and both to a greater or lesser extent depart from traditional chronological or ge-

① http://convention2.allacademic.com/one/aseees/aseees15/index.php?cmd=Online+Program+View+Session&selected_session_id=1014262&PHPSESSID=sv4oohmh9s9njhbveckchjbg00. Consulted 13/05/2016.

neric accounts. Caryl Emerson of Princeton author of The Cambridge Introduction to Russian Literature (Cambridge University Press, 2008) does cover a selection of canonical authors in some detail, but her approach to the literary tradition "weaves a narrative of recurring themes and fascinations".① Ilya Vinitsky of the University of Pennsylvania, together with his co-author Andrew Wachtel (Northwestern), attempted a more daring "labyrinth of links", providing an introduction to each of ten historical periods, but following each introduction with case studies of one significant biography, one literary or cultural event, and single literary work. They depend heavily upon establishing intertwining and associative features in a bid to evoke "the central mytho-poetic conceptions that have driven the development of Russian literature and simultaneously to provide a conceptually challenging history."②

And 'a conceptually challenging history' is very much the aim of the authors of the forthcoming Short History of Russian Literature, under contract with Oxford University Press. Three of them participated in the Philadelphia roundtable — Andrew Kahn (Oxford), Stephanie Sandler (Harvard) and Irina Reyfman (Columbia) — and their co-author is Mark Lipovetsky (Colorado). It should be emphasized that this 'short' history is likely to run to 700 pages or more,3 and it is certainly not intended as a beginner's manual, nor primarily a reference work. Instead it aims to present "a new and challenging synthesis that takes

---

① Caryl Emerson, The Cambridge Introduction to Russian Literature. Cambridge, UK: CUP, 2008, p.i (publisher's prefatory summary).

② Andrew Baruch Wachtel & Ilya Vinitsky, Russian Literature. Cambridge, Mass.: Polity, 2009, p.6.

③ The full title of the roundtable included an ironic question: "How to Write a History of Russian Literature, and Does Anybody Need it Short?"

a broad view of the relation of literature and national identity based on the specialist discoveries of the past twenty years", including: "advances in methodologies (Structuralism, semiotics, Bakhtin, Prosaics), increasing availability of digital resources and revisionist accounts of cultural history, and much new research on the interrelation of culture and writing." Thus an essential part of this new literary history will be the primacy and density of its preoccupation with conceptual history, and it is not least in this regard that it aspires to distinguish itself from the 7-volume Histoire of Nivat, Strada, Etkind and Serman.[①]

* * *

'Short' or not, the new Oxford History of Russian Literature, in its very conception, embraces and incorporates many of those conceptual and theoretical innovations, and addresses those methodological challenges, which so strikingly distance the age of Baring's and Mirsky's authorship from our own. Baring — a twentieth-century pioneer of the history of Russian literature for the English-speaking world, the Gentleman Amateur of the tradition, who threw himself with passion and no considerable literary sensibility into his selfappointed task. And Mirsky — "a supremely intelligent, perceptive, well-informed, polyglot interpreter of printed literary texts who had a clear sense of priorities and values and a fearless directness in expressing them,"[②] whose version of Russian literature can still engage

① Summary and quotations based on unpublished materials generously provided by Andrew Kahn.

② G S Smith, D. S. Mirsky, p.xvii.

and infect the English-speaking reader long after any notion of literary history as a one-man-band, a magisterial tour de force, has faded into anachronism and nostalgia.

Д. С. Мирский и его «История русской литературы»

Лю Вэньфэй

Очень известны два изложения о «Истории русской литературы»[1] Д. С. Мирского. Первое принадлежит Владимиру Набокову, который ответил письмом в 40-х годах XX века американскому редактору, желающему переиздавать «Историю» Мирского и просящему Набокова написать рекомендацию: «Да, я очень ценю книгу Мирского. На самом деле, я считаю, что это лучшая история русской литературы на любом языке, включая русский.»[2]

---

① «История русской литературы» имеется виду две отдельные книги: D. S. Mirsky, A History of Russian Literature from the Earliest Times to the Death of Dostoyevsky. NY, Alfred A. Knopf, Inc., 1927, и D. S. Mirsky, Contemporary Russian Literature. 1881—1925. London, George Routledge & Sons, Limited, 1926.Две книги много раз переиздавались и самое популярное издание—однотомная «История русской литературы», сокращенная профессором Фрэнсисом Уайтфилдоми изданная в 1949 г. (D. S. Mirsky, A History of Russian Literature, ed. and abridged by Francis J. Whitefield, London, 1949). «История» Мирского была переведена на немецкий (Geschichte der russischen Literatur, trans. by Georg Mayer, Munich, 1964), итальянский (Storia della letteratura russa, trans. by Silvio Bernardini, Milan, 1965) и французский (Histoire de la littérature russe, trans. by Véronique Lossky, Paris, 1969). У «Истории» два издания на русском языке: Д. Святополк-Мирский, История русской литературы с древнейших времен до 1925 года, trans. by Ruf' Zernova, Overseas Publications Interchange Ltd, London, 1992 и Д. Святополк-Мирский, История русской литературы с древнейших времен по 1925 год, пер. с англ. Р. Зерновой, Издательство «Свиньин и сыновья», Новосибирск, 2009. Китайский перевод «Истории русской литературы» Святополка-Мирского в 2 т. вышла в 2013 (Д. С. Мирский, 《俄国文学史》, Изд. Жэньминь, Пекин, 2013) и ее переводчиком является автор данной статьи.

② Vladimir Nabokov, Selected Letters. 1940—1977. Ed. Dimitri Nabokov & M. J. Bruccoli. London, 1990. P. 91.

Второе изложение высказал профессор Оксфордского университета Г. Шмит в своей книге Д. С. Мирский: русско-английская жизнь. 1890 — 1939: «Все любители русской литературы и профессиональные исследователи за рубежом России хорошо знают Мирского, потому что его История русской литературы с древнейшего времени по 1925 году считается наилучшей историей русской литературы 〈...〉 Книга эта занимает свое видное место в англоязычном мире более 70 лет и это, может быть, совершило мировой рекорт среди подобных книг.»[①]

Святополк-Мирский начал писать свою «Историю» в 1924 г. и у него, главное, три побуждения: 1) готовить лекции по русской литературы в Институте славистики Лондонского университета; 2) выполнить договор с издательством Кнопф и 3) знакомить русскую литературу с ее западными читателями и распространить ее в англоязычном мире и на Западе в целом. «История» Мирского является не первой историей русской литературы на Западе и подробная «Литература» в конце его книги сама доказывает, что изучение русской литературы у занадных славистов уже имеет свою традицию и свои богатые опыты. Условия работы для Мирского не так благополучные. Во-первых, живя за рубежом, он не имеет достаточных материалов и новейших книг, изданных на русском языке. Он жалуется в «Предисловии» к «Современной русской литературе. 1881 — 1925»: «Моя самая большая трудность была

---

① G. S. Smith, D. S. Mirsky: A Russian-English Life, 1890—1939. Oxford, 2000. P. xi.

с книгами, опубликованными в 1914 — 1918 гг. Из-за войны эти книги оказались редкими в библиотеках Западной Европы. С другой стороны, советские власти предельно затрудняли вывоз из России книг, напечатанных до Революции. Поэтому мне не удалось воспользоваться некоторыми важным справочниками (в том числе такие необходимые книги, как «Новая энциклопедия» Брокгауза и Ефрона и «История русской литературы девятнадцатого века» Венгрова).»[1] Во-вторых, Мирскому пришлось писать свою «Историю» на английском языке. Его английский язык прекрасный и хотя, выражая свою благодарность миссу Джейн Е. Харрисону, он сам скромно упомянул о своем «плохом английском»[2], но на самом деле, по определенению Шмита, его английский «лучше всех русских писателей кроме одного Набокова»[3]. Но все равно, он другим языком описывает и интерпретирует историю русской литературы и ему нужно, по крайней мере, переводить многочисленные понятия, названия произведений и цитаты с русского языка на английский. При таких неудобных условиях, Мирский написал две большие книги о истории русской литературы в течении только двух лет!

Шмит очень высоко ценит «Историю» Мирского и щедро употребляет некоторые выражения превосходной степени, как «пожизненное достижение» (a lifetime's achievment)[4], «пик» (the

---

① D. S. Mirsky, Contemporary Russian Literature. 1881—1925. London, George Routledge & Sons, Limited, 1926. P. x.

② Там же. P. xi.

③ Ed. G. S. Smith, D. S. Mirsky: Unvollected Writings on Russian Literature. Berkeley, 1989. P. 20.

④ G. S. Smith, D. S. Mirsky: A Russian-English Life, 1890—1939. P. 109.

peak)[1] и «верховная слава» (the crowning glory)[2] в творчестве Мирского. Шмит пишет: «Эти две книги стали стандартом даже с дня своего издания и воспитали поколения англоязычных исследователей русской литературы.»[3] Он дальше цитирует слова известного английского поэта и ученого Доналда Давие: «Эти две книги являются образцами писания истории литературы: они острые и резкие, но в то же время милосердные по вкусу; прежде всего, они великолепно организованны и в них были ясность и пропорция. У нас нет еще ни одной истории английской литературы, многотомной или однотомной, которая смогла бы быть равным с Историей русской литературы Мирского — украшением английского языка.»[4] История русской литературы, написанная русским по-английски, даже стала «украшением английского языка»! В чем же сохраняется «секрет удачи» Истории русской литературы Мирского?

Мирский пишет свою «Историю русской литературы» в особенном историко-социальном контексте. Во-первых, после Первой мировой войны и Октябрьской революции, из-за своей геополитической заботы и дипломатического интереса, западные державы обращали небывального внимания на Россию и русские вопросы. Но в то же время, Россия и русская культура для некоторых западных стран — еще малоизвестная целина. Англичане того времени знают о Франции и Германии граздо больше, чем о

---

① G. S. Smith, D. S. Mirsky: A Russian-English Life, 1890—1939. P. 79.

② Ed. G. S. Smith, D. S. Mirsky: Unvollected Writings on Russian Literature. P. 35.

③ Там же.

④ Там же.

России. И поэтому, знание и понимание о России, в том числе и о русской литературе, является очень актуальной задачей перед западными державиями. Во-вторых, многочисленные русские покинули Россию после Октября и заселили еврапейские страны, где русские эмигранты, особенно русские интеллигенты и культурные люди, устроили «Карпатскую Русь» вне России. Общество русских эмигрантов удивляет и даже пораждает европейцев своим оживлением и расцветом литературы и культуры. В-третьих, именно тогда, когда Мирский начал писать свою «Историю русской литературы», русская литература второй половины XIX уже имеет свое влияние на европейское общество. Читатели Запада много читают произведения русских писателей и уже не плохо знают Пушкина, Гоголя, Тургенева, Достоевского, Льва Толстого и Чехова; а писатели и ученые уже немало писали о русской литературе, например, «Русский роман» (*Le roman russe*, 1886) француйского писателя де Вогюэ (Eugène-MelchiordeVogüé), «Революция и романы в России» (*La revolucion de la novela en Rusia*, 1887) испанской писательницы Э. Пардо Басан (E. Pardo Bazán), «История русской литературы» (*A History of Russian Literature*, 1908) немецкого профессора А. Брукнера (A. Brückner) и труды по русской литературе и культуре английских коллег Мирского — М. Баринга (Maurice Baring), Б. Пареса (Bernard Pares) и других. Академик Багно отметил, что примерно в 1881 году произошло изменение взгляда Запада на Россию, а великая русская литература играет решаюшую роль в процессе «мирного» завоевания Запада

Россией.[①] (Кстать, Мирский тоже выбрал 1881 г. как конец «Истории русской литературы с древнейших времен до смерти Достоевского»[②] и начало «Современной русской литературе. 1881 — 1925)». Словом, Мирский пишет свою «Историю» именно тогда, когда целая Европа имеет интерес к России, но еще не достаточно понимает ее, когда европейские читатели уже читают русских писателей, но еще не достаточно понимают ее историю и характер. Можно сказать, что «История русской литературы» Мирского родилась не раньше и не позже своего времени.

Но «История русской литературы» Мирского выделяется прежде всего характером и эрудицией своего автора. Происходя из княжеского рода, Д. Святополк-Мирский, как большиство членов его класса, несет некоторую ответственность перед Россией и всегда гордится ее великой культурой; в то же время, он считает себя одним из представителей нововозвышающейся русской литературы. Будучи эмигрантом, потерявшим свой родной дом, и «лектор» зарубежного университета, он перед «мещанским» обществом Запада чувствует не робкости или самоунижения, а только духовное и культурное превосходство, как его предшественники Герцен, Достоевский, Л. Толстой и другие. Мирский получил отличное домашнее образование и с детства овладел несколько иностранными языками. Он знает историю и характер западной литературы и культуры граздо лучше, чем его западные коллеги

---

① В. Е. Багно, Русская идея Запада (К постановке проблемы). См. Под ред. В. Е. Багно и М. Э. Маликоваой, К истории идей на Западе: «Русская идея». СПб., 2010. С. 5—25.

② D. S. Mirsky, A History of Russian Literature from the Earliest Times to the Death of Dostoyevsky. NY, Alfred A. Knopf, Inc., 1927.

— русскую, из-за этого вышла бы какая-то его самоуверенность. Итогом, традиционое «мессианское» сознание русского культурного деятеля, свежая гордость русского литератора и глубокое верование ученого в свое академическое знание и спасобность — эти элементы соединяют и совместно даруют автору «Истории русской литературы» долг и право знакомить западных читателей со своей родной литературой.

Мирский в своей «Истории» охотно употребляет слово «интонация» (intonation) для того, чтобы определить стиль какого-то писателя. Косается «интонацию» самой «Истории» Мирского, мы смогли бы определить ее как самоуверенность и индивидуальность. Исайя Берлин заметил эту «интонацию»: «Суждения Мирского опрометчиво индивидуальные, его факты и даты иногда неточные. Он не жалеет своих великоленых прославлений авторам, которые почему-то принесут ему наслаждение или возбужнение, и швыряет свои неистовые нападения писателям большими или маленькими, талантливыми или забытыми литературными поденщиками, которые случайно ему надоедают или его раздражают〈...〉 Он является не систематическим критиком и у него в трудах были большие и прихотливые пробелы; но его уверенность в свою литературную проницательность была неограниченной, и вооруженный с этой уверенностью, он удачно спасает разных писателей от незаслуженного забвения, познакомил с нами людей, кого до сих пор мало знают за рубежом России, и своим чудесным образом обратил внимание западных читателей на великую и неизменную полезность русских писателей.»[1] «Суждение» самого И. Берлина не так справедливые, когда он сказал, что Мирский «является не систематическим критиком» и «его факты и даты иногда неточные». Шмит был не согласен с этим и сказал острием против острия, что «его факты почти всегда совсем точны и его чувство приоритета очень остры, он всегда дарит что-то своим читателям, специалитам или начинающим, чтобы они потом сами думают и строют свое здание».[2] Шмит вроде бы нарочно указал личное влияние Мирского на самого И. Берлига: «Анализ герценского просвещенного либерализма, сделанный Мирским, несомненно играл свою роль в формировании своей интерпретации Герцена у самого Берлина и является краеукольным каменем берлиновской интерпретации русской мысли.»[3] И. Берлин не достоточно оценил «Историю» Мирского, зато он правильно определил ее стиль и ценность, то есть «опрометчиво индивидуальные» (recklessly personal) суждения и «уверенность в свою литературную проницательность» (confidence in his own literary insight).

Совпадение некоторых объективных и субъективных элементов сделало Мирского самым подходящим «пропагандистом» русской литературы в историко-социальном положении Европы того времени, а этот самоуверенный и индивидуальный русский литератор, являясь на Западе во время возвышения русской литературы, считает своим долгом познакомить эту новую великую лите-

---

① Isaiah Berlin, A View of Russian Literaure // Partisan Review, 17(6), 1950. P. 617—618.

② G. S. Smith, D. S. Mirsky: A Russian-English Life, 1890—1939. P. 113.

③ Там же.

ратуру с европейскими читателями и определяет таким образом «интонацию» принятия и распространения русской литературы на Западе. ««История русской литературы» поставила Мирского на место, которое он потом никогда не потерял, то есть главный посредник между русской литературой и англоязычным миром.»①

* * *

Определяя взгляд Мирского на историю литературы, мы смогли бы поставить понятие «эклектизм», что означает смещение или соединение разных, иногда даже противоположных летературных и эстетических подходов.

Во-первых, это совмещение социальной критики и эстетической критики. Русская литература, по крайней мере русская литература со второй половины XIX века, считается литературой с социальным и политическим оттенком, и интерпретация ее, следовательно, иногда не избегает описания об определененных историко-социальных фактах и культурологического повествования. Писая свою «Историю», Мирский тоже «испытывал большой соблазн расширить историческую и общекультурную тему»② и упомянул в своей книге о «крещении Руси», развитии русской журналистики, конфликтс между западничеством и славянофильством, русской религиозной философии, евразийстве, «Мире искусства»

① G. S. Smith, D. S. Mirsky: A Russian-English Life, 1890—1939. C. 114.

② D. S. Mirsky, A History of Russian Literature from the Earliest Times to the Death of Dostoyevsky. P. vii.

и т. п. Он даже специально написал две «прожежуточные» главы с названиями «Первая революция» и «Вторая революция». Но, отметив большую роль политического и социального элементов в развитии русской литературы, Мирский категорически возражает попытке отождествить историю литературы с историей мысли: «История идей, господствующих среди интеллигенции, неоднократно описана, и историки интеллигенции часто пытались отождествить историю этих идей с историей русской литературы. Это грубая фальсификация.»[①] Мирский отводил специальные главы Чаадаеву, В. Соловьеву, Леотьеву, Шестову и другими мыслителям-писателям, но отказал подробно описать о творчестве С. Булгакова и Бердяева, потому что он считает: «С. Булгаков и Бердяев скорее принадлежат к истории мысли, чем к истории литературы. Оба они не были сильными литераторами.»[②] Иначе говоря, что Мирский мечтает написать «чистую» историю литературы или историю «художественной» литературы. Он так сказал в вышеупомянутом предисловии: «Западные историки русской литературы привыкли с самого начала оповещать своих читателей о том, что русская литература отличается от всех других литератур мира своей тесной связью с политикой и историей общества. Это просто неправда. Русская литература, особенно после 1905 г., кажется удивительно аполитичной, если вспомнить, каких колоссальных политических катаклизмов она была свидетельницей.»[③] «Я не-

---

① D. S. Mirsky, Contemporary Russian Literature. 1881—1925. P. 43.

② Там же. P. 175.

③ Там же. P. viii.

пытался скрыть свои политические симпатии, и люди, знакомые с русскими реалиями, легко их обнаружат. Но я берусь утверждать, что моя *литературная* совесть свободна от политических пристрастий, что я своей критикой одинаково честно отношусь к реакционому Леотьеву, либеральному Соловьеву и большевитстскому Горькому, к «белогвардейцу» Бунину и коммунисту Бабелю. Мои оценки и критика могут быть «субъективными» и личными, но они являются результатами литературных и «эстетических» пристрастий, а не политических и партийных чувств.»[①]

Мирский такими словами напомнил нас, что в русской литературе тоже аполитичные периоды и стороны, что, стоя перед политизированной и социализированной русской литературой, он опирается прежде всего на свою «литературную совесть» и свои «эстетические пристрастия». В «Истории» два эпизода, в которых характерно выразились попытки автора держить баланс между социальной и эстетической критиками. Первый эпизод был в связи с Белинским. Мирскому явно не нравится Белинский и его критика: «Именно Белинский, а не кто иной, отравил русскую литературу жаждой выражения идей, которая просуществовал так долго и все еще существует среди людей старшего поколения. 〈...〉 Белинский (не как гражданственный, а как романтический критик) в большой степени ответственен за пренебрежение в форме и ремеслу, которое чуть-чуть не убило русскую литературу в

① D. S. Mirsky, Contemporary Russian Literature. 1881—1925. P. ix.

шестидесятые и семидесятые годы.»[1] Но в то же время, Мирский справедливо назвал Белинского «провозвестником новой литературы»[2] и «настоящим отцом интеллигенции»[3], хотя теперь, по мнению Мирского, «репутация Белинского сильно пострадала»[4]. Мирский отвратился от социальной критики Белинского, но он не недооценил значение Белинского на историю русской мысли и русской литературы; Мирский с гордостью провозгласил, что эпоха Белинского в истории русской критики уже прошла и выходит на сцену «новая» критика, которая обращает внимание прежде всего на литературу самую и эстетическую сторону литературы и одним из представителей которой Мирский самого себя считал. («Я пологаю, что мой вкус до некоторой степени отражает вкусы моего литературного поколения.»[5])

Второй эпизод в связи с «советской литературой». Отношение Мирского к советской литературе является в некоторой степени отражением его политической позиции, как сын министера Временного правительства, бывший белогвардеец и сегодняйший эмигрант, он проявил или был вынужден проявить враждебность к советской власти, но с другой стороны, Октябрьская революция и новая реалия после революция все больше и больше притягивает Мирского, романтического деятеля по натуре, и в конце концов сделала его «красным князем» и «товарищем-князем». Но

---

① D. S. Mirsky, A History of Russian Literature from the Earliest Times to the Death of Dostoyevsky. P. 215.

② Там же. P. 212.

③ Там же. P. 213.

④ Там же.

⑤ D. S. Mirsky, Contemporary Russian Literature. 1881—1925. P. ix.

к счастью, писая свою «Историю», Мирский все же не позвонил, чтобы «идеологический элемент» играл бы роль в его суждениях. Он сильно высмеивал Троцкого, Бедного и Луначарского: язык Троцкого «только русский язык в самом широком смысле слова»①, «бедный» Демьян «вовсе не поэт, а более или менее ловкий рифмоплет»②, как и Луначарский, «не имеет никакого отношения к литературе»③; но одновременно, он очень высоко оценивает Горького, Блока, Маяковского и других «советских писателей»: Горький «играл избранную им роль защитника культуры и цивилизации в полную меру своих возможностей»④, а Блок, хотя «он был мертв задолго до своей смерти», но его стихи, в том числе и «Двенадцать», «несомненно является самым крупным из того, что было создано русским поэтом за последние восемьдесять лет»⑤, иначе говоря, Блок — величайший русский поэт только после Пушкина! В общем, Мирский смотрит советскую литературу, точнее, русскую литературу советского времени, прежде всего со стороны литературности и эстетичности, то есть «поверх барьеров», такого подхода вряд ли смогли держать современные ему западные славитвы и советские литературоведы.

Во-вторых, «История» Мирского является единством субъективной и объективной критики. Мирский так сказал: «Представляя англоязычным читателям современную русскую литературу,

---

① D. S. Mirsky, Contemporary Russian Literature. 1881—1925. P. 243.

② Там же. P. 277.

③ Там же.

④ Там же. P. 111.

⑤ Там же. P. 217—218.

я стремился максимально придерживаться фактов, немеренно избегая обобщений.»① Главным содержанием «Истории» Мирского действительно стали разные «факты», например, литературные движения и события, биографии писателей и сюжеты произведений, процесс истории литературы и детали литературной жизни, цитаты, комментарии и другие материалы. Но характерно, что в «Истории» Мирского было немало живописательных рассказов или правдоподобных анекдотов. Мирский так пишет о конце жизни Фета: «Под сильным влиянием Шопенгауэра Фет стал убежденным атеистом и антихристианином. И поэтому, когда на семьдесят втором году жизни его страдания от астмы стали невыносимыми, он, естественно, задумался о самоубийстве. Разумеется, родные делали все, чтобы он не исполнил своего намерения, и следили за ним очень внимательно. Но Фет проявил свое незаурядное упорство. Однажды, на мгновение оставшись один, он завладел тупым ножом, но прежде чем ему удалось совершить дело, он вдруг умер от разрыва сердца (1892).»② Мирский так сказал о счастье и несчастье брака Розанова: «Он не смог официально жениться из-за несговорчивости первой жены, и этим отчасти объясняется горечь во всех его произведениях на тему развода. Этот второй, «неофициальный» брак был настолько же счастливым, насколько несчастливым был первый.»③ Мы читали в главе о Лескове: «Говорят, назадолго до смерти Лесков сказал: «Теперь

① D. S. Mirsky, Contemporary Russian Literature. 1881—1925. P. viii.

② D. S. Mirsky, A History of Russian Literature from the Earliest Times to the Death of Dostoyevsky. P. 291.

③ D. S. Mirsky, Contemporary Russian Literature. 1881—1925. P. 164.

меня читают за красоту моих выдумок, но через пятьдасят лет красота поблекнет, и мои книги будут читать только ради идей, которые там содердатся.»[①] Слово «говорят» (be said, be reported, be declared), которое Мирский часто положил перед такими «анекдотами», не только не ослабляет достоверности его исторического повествования, но и даже дает читателям возможность прощупывать своими руками живой организм русской литературы.

«Объективность» Мирского отразилась в том, что он говорит со всей прямотой, не скрывая «отрицательные» речи или поведения описаемых им писателей. Он назвал стихи Фета «самым драгоценным бриллиантам нашей поэзии», но и прямо отметил, что «в своих отношениях с царской семьей Фет был прицнпиальным и бесстыдным подхалимом и лизоблюдом»[②]; Мирский признал Некрасова «гениальным редактором», но и писал, что Некрасов «жесткий и жадный», «он не доплачивал своим сотрудникам, пользуясь их бескорыстием», «его личная жизнь тоже не отвечала требованиям радикального пуританства. Он постоянно крупко играл. Он тратил много денег на свой стол и своих любовниц. Он был не чужд снобизма и любил общество людей вышестоящих».[③] История литературы обычно представляет собой как пантеон великих писателей и священное место культов, и с такими «объективными» суждениями мы редко бы встретились в «академическом» издании истории русской литературы. Но как историк

---

① D. S. Mirsky, Contemporary Russian Literature. 1881—1925. P. 32.

② D. S. Mirsky, A History of Russian Literature from the Earliest Times to the Death of Dostoyevsky. P. 291.

③ Там же. PP. 296—297.

литературы, Мирский иногда поступал очень «субъективно» и даже капризно, как его душе угодно. Мирский одним из первых заметил величайший поэтический талант Цветаевой, но он неожиданно нам сказал, что «ее проза — самая претенциозная, неряшливая, истерическая и вообще самая плохая проза, когда-либо написанная на русском языке»[1]. Словосочетание «самый плохой» он и неоднократно употреблял, например, когда он писал о прозе А. Толстого и пьесах Луначарского. «Аэлита» А. Толстого и пьесы Луначарского были бы не хорошими произведениями, но оценка Мирского о прозе Цветаевой безусловно ошибочно. В принципе, «самых плохих» писателей не надо вписать в историю и «самые плохие» произведения совсем не должны быть упомянутыми историками литературы.

Касается сосуществования объективности и субъективности в «Истории» Мирского, мы обраруживаем и интеревное явление, то есть влияние объекта критики на субъекта критики. Говоря о насмешливом Гоголе и насмешках Гоголя, Мирский, похоже, несознательно становился насмешливее: «Смерть Пушкина произвела на Гоголя сильнейшее впечатление, утвердив его в мысли, что теперь *он* уже глава русской литературы и от него ждут великих свершений.» Вторая часть «Мертвых душ» была «явным падением» и ее автору «удалось лишь надорвать свои силы». «В приступе самоунижения он уничтожил часть своих рукописей, в том числе и вторую часть «Мервых душ». Он потом объяснил, что

---

[1] D. S. Mirsky, Contemporary Russian Literature. 1881—1925. P. 263.

это сделало по ошибке и это дьявол сыграл с ним шутку.»[1] Стиль повествования Мирского словно изменяется вместе со стилем определенных писателей: у него в «Истории» вдруг появилась тонкая и лирическая интонация, когда речь идет о Тургеневе; в двух главах о Достоевском, Мирский старательно играет в роль философ-критика; а когда Л. Толстой вышел на сцену, у Мирского тут же вытекает эпическое повествование.

В-третьих, взгляд на литературу, выраженный Мирским в своей «Истории», представляет собой комплекс традиционности и современности. Эстетическое отношение Мирского к литературе очень традиционное и даже, можно сказать, очень классицистическое. Чувствуется, что под его «Историей» и развивается история тематики и история жанра, и в области тематики он всегда обращает внимание только на «чистую» и «серьезную» литературу, а в области жанра он предпочитает поэзию прозе. Его отвращение к вульгарной критике тоже является в некоторой степени отражением его традиционного познания о литературе и эстетике. Он любит оценить своих любимых писателей и поэтов такими категориями классицизма, как «сдержанность» (restraint), «мера» (measure) и «усовершенствование» (refinement). Берем для примера «сдержанность»: «наилучший урок, что мы смогли бы учимся у Пушкина, это сдержанность» (около десяти раз Мирский употреблял это слово для его определения и восхищания пушкин-

---

① D. S. Mirsky, A History of Russian Literature from the Earliest Times to the Death of Dostoyevsky. PP. 183—198.

ской поэзии)[1]; у Языкова «во всем словесном напоре ощущается сдержанность и рука мастера, доказывающие, что не зря Языков был современником Пушкина и Баратынского»[2]; русская поэзия после Золотой эпохи снижается, по мнению Мирский, именно потому, что «гармония, благородство, сдержанность, непогрешимое мастерство великих поэтов, от Жуковского до Венетинова, вскоре были утрачены»[3]; Мирский отметил, что недостатки в творчестве Андреева, Бунина, Розанова и других заключается в «недостатке сдержанности», и в конце своей «Истории» он печально жалуется, что «сегодня несдержанность стала уже столь обычным достоинством»[4] у русских писателей.

Мирский является «аристократом среди критиков»[5], но он и тоже очень «современный» наблюдатель литературной жизни и чувствительный интерпретатор современности русской литературы. К этому два доказательства. 1) Мирский одним из первых историков русской литературы, кто написал историю литературы русского зарубежья и Серебряного века, иначе говоря, он написал историю исторического периода, в котором он находится и который еще продолжается. Он не только отводил специальные главы почти всем видным «эмигрантам» и мастерам Серебряного века, как Бунину, Мережковскому, Гиппиус, Ходасевичу, Цветаевой, Маяковскому, Пастернаку и многим другим, но и вложил в свою

---

① D. S. Mirsky, A History of Russian Literature from the Earliest Times to the Death of Dostoyevsky. P. 117.

② Там же. P. 135.

③ Там же. P. 157.

④ D. S. Mirsky, Contemporary Russian Literature. 1881—1925. P. 314.

⑤ G. S. Smith, D. S. Mirsky: A Russian-English Life. 1890—1939. P. 318.

книгу такие литературные явления, как религиозную философию, теорию евразийства, группу «Мир искусства», модерниские поэтические течения (символизм, акмеизм и футуризм), русский формализм и т. п. Кончая свою «Современную русскую литературу» в 1925 г., автор уже успел вписать в «Историю» только что изданные произведения, как рассказы Бабеля, стихотворения Мандельштама и «Зараженное семейство» Льва Тольстого. В этом смысле, «История» Мирского действительно «современной». 2) Мирский выразил свою очень «современное» отношение к традиционному явлению литературы. Некрасов и его статус «гражданского поэта», как и его «гражданская» поэзия, были не по вкусу Мирского, но в контексте литературного поворота и эстетического возрождения Мирский усмотрел современное значение в творчестве Некрасова: «Только с пришествием модернизма он по-настоящему вернулся в себя, и его великая оригинальность и новизна оценены по достоинству 〈...〉 Он, на самом деле, восстал против всех условностей поэтического вкуса, всего арсенала «поэтической» поэзии, и смысл его лучших и оригинальнейших произведений именно в том, что он смело создавал новую поэзию, не скованную традиционными нормами вкуса 〈...〉 Главная тема некрасовской поэзии, по его собственному выражению, «страдания народа». Но его вдохновение, в выборе темы гражданственное, в разботке ее становится субъективным и личным, а не общественным.»[①] Таким образом, Некрасов в интерпретации Мирского изменил свою

① D. S. Mirsky, A History of Russian Literature from the Earliest Times to the Death of Dostoyevsky. PP. 298—299.

роль с главы русской критическо-реалистической поэзии в предшественик модерниского поэтического движения!

Мирский жадно искает «единство противоположностей» у каждого объекта своей критики и умело превращает писателя в «двойник». Он заметил, что Погодин — «один из самых любопытных и сложных характеров современной русской истории, соеданяющий в себе самые противоречивые черты»[1], что «впечатление, которое Тургенев производил на иностранцев, разительно отличается от того, которое он производил на русских»[2], что «Фет — типичный поэт, ведущий двойную жизнь»[3], и что «личность Соловьева является необычным комплексом и мы не привыкли видеть в одном человеке такие вариации и контрасты»[4]. Мирский пошутил, что у Мережковского «глава, любящая симметрию», на самом деле, у Мирского тоже такой ум и его «История» является в некоторой степени тоже «двойником» или «единством противоположностей», и он всегда старательно и тщательно держит баланс между политикой и литературой, социальной критикой и эстетической, субъективной критикой и объективной, историческими фактами и личными суждениями, классическами стандартами и модным движением мысли, традицией и современностью...

* * *

---

① D. S. Mirsky, A History of Russian Literature from the Earliest Times to the Death of Dostoyevsky. P. 206.

② Там же. P. 241.

③ Там же. P. 291.

④ D. S. Mirsky, Contemporary Russian Literature. 1881—1925. P. 75.

«История русской литературы» Мирского представляет собой «личную» историю литературы в том смысле, что в ней была выраженна личность автора, и Мирский мог бы справедливо назвать ее «своей» историей русской литературы.

Структура «Истории» Мирского была более свободна по сравнением с обыкновенными трудами по истории литературы. Мирский выбрал более 60 русских писаталей как свои объекты специального описания и он вроде бы сохранял «демократический» принцип в сопоставлении писателей, дает каждому одинаково раздел, чтобы читателям не сразу видна иерархия писателей — кому большая глава, кому специальный раздел, а кому просто упоминание в обзоре. Но под маской «демократии» Мирский явно выразил свои пристрастие и предпочтение: он дал Достоевскому и Л. Толстому два отдельных раздела и больше 50 страниц, а кому-то другому — меньше страницы; он разделил Пушкина, Лермонтова, Тургенева и других «земноводных» писателей на две части, чтобы анализировать их разные жанры. Принцип структуры «Истории» Мирского является прежде всего его личный литературный вкус и эстетический подход.

«История русской литературы» Мирского была написана языком не столько ученого, сколько поэта. Вот ее начало: «С начала XI и до конца XVII века русская литература жила, совершенно не соприкасаясь с происходившим одновременно развитием латинского христианского мира. Как и русское искусство, литература была ответвлением греческого ствола. Первая ее завязь попала в

Россию в конце X из Константинополя, вместе с православным верованием.»[①] Автор так пишет о начале русского символизма: «В воздухе наполнились новые идеи, и первая ласточка появилась в 1890 г. в виде «ницшеанской» книги Минского «При свете совести.»»[②] Подобрые образные обобщения, остроумные открытия и шутливые выражения были повсюду в книге Мирского: «Первым русским романтиком» в сущность был Суворов, потому что «его писания так же отличаются от общепринятой классической прозы, как его тактика — от тактики Фридриха или Мальборо».[③] «Гоголь и Жорж Санд были отцом и матерью русского реализма»[④], и сатира Гоголя на самом деле «субъективная сатира» и «сатира на себя». «В поэзии Кольцова типично русская тоска по свободе, приключению и простолу.»[⑤] В концовке «Анна Каренина», «роман этот умирает, как крик ужаса в пустынном воздухе».[⑥] Мирский заметил в произведениях Гончарова «тенденцию русского романа к «несовершенному виду» (the «imperfective» tendency[⑦])» и обобщил суть русской драмадургии от Островского до Чехова как «детеатрализацию театра (detheatricalizing the theatre)». Он

---

① D. S. Mirsky, A History of Russian Literature from the Earliest Times to the Death of Dostoyevsky. P. 3.

② D. S. Mirsky, Contemporary Russian Literature. 1881—1925. P. 157.

③ D. S. Mirsky, A History of Russian Literature from the Earliest Times to the Death of Dostoyevsky. P.78

④ Там же. P. 217.

⑤ Там же. P. 162.

⑥ Там же. P. 339.

⑦ Мирский заимствовал это понятие у профессора Кембриджского университета (позже Сорбонны) Джейн Е. Харрисон (Jane Ellen Harrison), кому он посвятил свою "ИсториюрусскойлитературысдревнейшихвремендосмертиДостоевского (A History of Russian Literature from the Earliest Times to the Death of Dostoyevsky, 1927).

написал, что произведения Достоевского были «идеологическими романами» (ideologicalnovels) или «романы идей» (novels of ideas), что Достоевский «чувствует идеи», как другие чувствует холод, жар или боль»①.Он отметил, что проза Зайцева «вялая, как устрица»②, «Шестов с замечательным искусством пользуется оружием логики и разума для разрушения логики и разума».③ Изумительный дар Андрея Белого заключается в том, что он умеет «писать музыкально организованную прозу»... Почти в каждом разделе и даже в каждой странице мы встречаем такие очень своеобразные суждениями открытия.

Писая историю русской литературы на русском языке, русские ученые обычно думают только о своих русскоязычных читателях, в то же время, писая свою историю русской литературы на английском языке, английские руссисты думают, главное, о своих англоязычных читателях. Но Мирский, русский литературовед, пишет его «Историю русской литературы» не только не на русском языке, но и не для, по крайней мере, не специально для русского читателя.④ И поэтому ему пришлось принять какой-то сравнительный подход в своей работе для своих потенциальных «международных» читателей. Эрудиция в области западной литературы и дает ему возможность смотреть русскую литературу

---

① D. S. Mirsky, A History of Russian Literature from the Earliest Times to the Death of Dostoyevsky. P. 350.

② D. S. Mirsky, Contemporary Russian Literature. 1881—1925. P. 146.

③ Там же.P . 175.

④ Мирский сам упомянул в своей книге, что его "История" "предназначенная для нерусского читателя". См. D. S. Mirsky, A History of Russian Literature from the Earliest Times to the Death of Dostoyevsky. P. 60.

в контексте всеевропейской культуры. Он был явно недоволен в учености тогдашних западных руссистов и прямо сказал, что «английские и американские интеллектуалы в своих оценках русских писателей отстали лет на двадцать», что «я буду счаслив, если некоторые новые факты или мнения, изложенные на этих страницах, изменят упрощенные и поспешные выводы, сделанные англосаксами (и не только ими) о моей стране».[1] Чтобы «англосаксами (и не только ими)» более понятна русская литература, Мирский постоянно сравнивает русских писателей с их западными коллегами. Говоря о «поисках утраченного времени» С. Аксакова, он естественно вводит Марселя Пруста для сравнения: «Прустовская фраза[2] здесь уместна, потому что чувствительность Аксакова, как ни странно, поразительно напоминает чувствительность французского романиста; разница только в том, что Аксаков был настолько же здоров и нормален, насколько Пруст был извращен и патологичен, и вместо душной атмосферы Осман, в книгах Аксакова веет вольный степный ветер.»[3] Мирский считает Льва Толстого «предшественником» Фрейда в открытии области подсознания и сна, «но поразительная разница между художником и ученым в том, что художник несравненно более прозаичен и уравновешен, чем ученый. По сравнению с Толстым Фрейд — поэт и сказочник. Хваленая толстовская фамильярность в обращении с подсознательным — это фамильярность завоевателя в завоеванной стране,

---

① D. S. Mirsky, Contemporary Russian Literature. 1881—1925.P. viii-ix..

② То есть À la recherche du temps perdu.

③ D. S. Mirsky, A History of Russian Literature from the Earliest Times to the Death of Dostoyevsky. P. 228.

фамильярность охотника и дичью»[1]. И. Бродского в свое время считали русским первооткрывателем английского поэта Джона Донна, которого Бродский назвал «русским Баратынским» и которому он посвятил свою «Большую элегию». Но теперь нам неожиданно, что Мирский несколько десяток лет до Бродского уже сравнил английского метафизического поэта XVII века с русским модернистским поэтом XX века — Пастернаком: «Очень соблазнительно сравнить Пастернака с Джоном Донном: как и стихи Донна, хотя и не так должно, стихи Пастернака оставались ненапечатанными и были известны только поэтам; как и Донн, он «поэт для поэтов», и влияние его на собратьев по мастерству гораздо больше, чем популярность у читателя. С менее внешней стороны можно сказать, что Пастернак напоминает Донна сочетанием громадного эмоционального напора с высшей степенью поэтического «остроумия»; как и у Донна, одно из основных его новшеств — введение технических и низких образов взамен стандартного поэтического словаря; и, как и у Донна, стих Пастернак сознательно избегает сладкозвучия предыдущей эпохи и разрушает «итальянизированную» сладость поэтического языка.»[2] Подобные сравнения, конечно, сближали бы западных читателей с русской литературой, но они в то же время отражают желание автора «Истории русской литературы» изменить или восстановить понятие о русской литературе у читающей публики Европы

① D. S. Mirsky, A History of Russian Literature from the Earliest Times to the Death of Dostoyevsky. P.329.

② D. S. Mirsky, Contemporary Russian Literature. 1881—1925. P. 275—276.

и всего мира. Это неторпливое стремление в некоторой степени усилило личность этой «Истории».

* * *

«Товарищ князь» Д. П. Святополк-Мирский является одним из самых важных фигур в литературной и академической среде Западной Европы и Советского Союза в 20 — 30-е годы XX века. Его необычайная жизнь и неослабевающее творчество представляют собой как легенда в культурной жизни того времени или даже как символ судьбы целого поколения русской интеллигенции. «Он умудрился быть паразитом при трех режимах — князем при царизме, профессором при капитализме и человеком пера при коммунизме.»[1] Судьба его была парадоксальной, как и структура его «Истории русской литературы». Но литература все же является важнейшим делом его жизни и «История русской литературы» все же является важнейшим произведением его литературной работы. Написанная им во время периода роста мирового интереса к русской литературе, «История русской литературы» стала мостом между русской литературой и англоязычными читателями, и даже мостом между Россией и миром. Отличаясь своим «эклектическим» подходом к истории литературы, индивидуальным образом выражения и синтезом объективной критики и субъективной

---

① Г. Прашкевич, Еще раз об авторе этой книги. См. Д. Святополк-Мирский, История русской литературы с древнейших времен по 1925 год, пер. с англ. Р. Зерновой, Издательство «Свиньин и сыновья», Новосибирск, 2009. С. 862.

критики, «История» Мирского положила основание изучению русской литературы на Западе и до сегодняшнего дня непрерывно оказывает свое сильное влияние на современных руссистов всего мира.

Рецензия на учебное пособие «Современная русская литература XX века (1950—1990-е годы)» Н.Л. Лейдермана и М.Н. Липовецкого

Ли Чжицян и С.В. Краснова

Учебное пособие «Современная русская литература XX века (1950 — 1990-е годы): в 2-х томах» Н.Л. Лейдермана и М.Н. Липовецкого, изданное образовательно-издательским центром «Академия» в 2008 году, предназначено для студентов высших учебных заведений, обучающихся по специальности 032900 — «Русский язык и литература». Это учебное издание является составной частью серий «Русская литература XX века » («Русская литература XX века (1917 — 1920-е годы): в 2-х томах» под редакцией Н.Л. Лейдермана, М., Академия, 2011; «Русская литература XX века (1930-е — середина1950-х годов): в 2-х томах» под реакцией Н.Л. Лейдермана, М.Н. Липовецкого и М.А. Литовской, М., Академия, 2014) и имеет практическую значимость: оно может быть широко использовано аспирантами, учителями гуманитарных гимназий, лицеев и школ.

Целью данного издания является организация самостоятельной работы студентов по овладению теоретическим материалом учебной дисциплины «Русская литература», оно полностью выполняет свои функции: мотивационную, информационно-познавательную, справочную, воспитательную, формируя и поддерживая внутреннее побуждение обучаемых к активной и самостоятельной творческой работе.

Актуальность данного пособия не вызывает сомнения, поскольку авторам удалось с научных позиций и в строгой логической последовательности донести до читателей закономерности художественного процесса через анализ основных литературных направлений: традиционного и социалистического реализма, модернизма, постмодернизма и постреализма.

Задачами авторов являются раскрытие содержания курса в форме, удобной для изучения и усвоения: анализ литературного процесса, протекавшего в русской литературе во второй половине XX века; выявление характерных тенденций литературного процесса, его внутренней логики, направлений и динамики движения художественного сознания в анализируемом цикле русской литературы.

Предметной областью учебного пособия является представление трех направлений русской литературы второй половины XX века: легальной советской словесности, литературы эмиграции и андеграунда. Первый том издания посвящен литературе «оттепели» (середине 1950-х — концу 1960-х), второй том — литературе семидесятых годов (концу 1960-х — середине 1980-х) и постсоветскому периоду (середине 1980-х — концу 1990-х гг.).

Несомненной новизной рецензируемого пособия являются методологические подходы, описанные авторами во введении: сочетание исторического описания литературного процесса и теоретического анализа в категориях литературных направлений и течений; описание и анализ единого историко-типологического контекста произведений, принадлежащих к разным разновидностям литературы; исследование литературных направлений в исторической динамике и взаимодействии. Отмечается оригинальность авторского описания культурной атмосферы при анализе каждого направления русской литературы.

Научная значимость данного пособия заключается в том, что современная русская литература рассматривается авторами как историко-литературный феномен в аспекте направлений, течений и художественных потоков. Принципиальным достоинством учебного пособия Н.Л. Лейдермана и М.Н. Липовецкого является анализ основных тенденций русской литературы XX века через призму поэтики и художественной семантики интересных и значительных произведений русских писателей, что является отражением принципа профессиональной направленности, способствуя глубокому пониманию читателями эстетического аспекта художественного феномена. При этом в качестве инструментов эстетического постижения действительности используются творческий метод, стиль и жанр.

При описании тенденций исторического развития русской литературы авторы обращают особое внимание на факторы исторического развития, под влиянием которых осуществляется литературный процесс, прежде всего, на концепцию личности: в ней преломляются социальные, идеологические, политические факторы, и она непосредственно влияет на творческий процесс: образ героя, характер конфликта и поэтику.

Основной текст учебного пособия — это систематизированный и логичный материал, он является главным источником информации и обеспечивает наиболее полное усвоение студентами новых знаний. Его отличают научность и достоверность представленной информации и вместе с тем доступность изложения материала. Соблюдается и принцип преемственности: содержание учебного материала базируется на основе ранее описанных научных терминов и понятий, с постепенным нарастанием сложности излагаемых сведений. В учебном тексте корректно использован понятийный аппарат, учебный материал разумно распределен по темам.

Важное место в содержании издания отведено обзорным, монографическим и аналитическим главам. В обзорных главах Н.Л. Лейдерманом и М.Н. Липовецким описаны основные тенденции литературного процесса через анализ ряда произведений писателей; в монографических проведен всесторонний анализ художественных миров, которыми они обогатили отечественную культуру; в аналитических проведен глубокий и всесторонний разбор произведений. В обоих томах пособия широко представлены 3 рода литературы: эпос, лирика и драма.

Бесспорными достоинствами пособия являются:

1. Осуществление связи теории с практикой: соединение теоретического подхода и подробного анализа художественных текстов с использованием разнообразных методов.

2. Сочетание двух методологических подходов — дескриптивного и историко-литературного при несомненном приори-

тете последнего.

Например, в главе «Кристаллизация новой художественной стратегии "Доктор Живаго" Бориса Пастернака»[1], авторы пособия строят анализ исторического и социально-психологического романа нобелевского лауреата на основе поиска и осмысления отношений и ценностных авторских ориентиров, выявления соотношение исторического и биографического сюжетов, широко используя различные методы и приемы.

Во-первых, авторы пособия выявляют три основные проблемы, которые Пастернак решает в романе: «...как человеку выстоять в столкновении с хаосом и смутой бытия, как сберечь душу среди катастрофы, как победить смерть»[2]. Эти проблемы авторами даются через описание творческой биографии Пастернака, выделив две аксиоматические ценности романиста — жизни человека как чуда, счастья жить в мире и видеть его красоту; человека как самобытного духовного феномена. Секрет бессмертия, по их мнению, Пастернак ищет в связи между чудом жизни и феноменом личности.

Во-вторых, результатом поиска соотношения между историческими явлениями и фактами личной жизни героев является параллелизм исторического и биографического планов, который проводится авторами. Так, в параграфе «Параллелизм образа Юрия Живаго и Иисуса Христа» отмечается, что пастернаковский

---

① Лейдерман Н.Л., Липовецкий М.Н. Современная русская литература: 1950—1990-е годы: учебн. пособие для студ. высш. учебн. завед.: В 2 т. Т. 1. М., Издательский центр «Академия», 2008, С. 51—75.

② Там же. С. 58.

Иисус является воплощенным эстетическим идеалом — идеала личности, поэтому «…с ним, как с авторитетнейшим вечным архетипом личности, Пастернак соотносит деяния и мысли своих героев, и прежде всего главного героя романа — Юрия Живаго»[①]. Авторы убедительно доказывают параллелизм истории Юрия Живаго с библейской историей Иисуса Христа, опираясь на сюжет, мотивы, образы романа.

В-третьих, при анализе образа главного героя Юрия Живаго используется прием противопоставления: Живаго и Стрельников проанализированы как антиподы. Именно любовь, по мнению авторов пособия, стала испытанием для обоих героев, раскрыла их нравственные основы: «В сюжете любви противостояние между естественностью и насильственностью оборачивается тем, что Стрельников ‹…› ломает себя, ломает жизнь Лары, семьи, чтобы доказать свое право на самостоянье ‹…› Живаго, не ломая жизнь, соединяется с Ларой, потому что ‹…› все равно нашли бы друг друга в этом хаосе истории»[②].

В-четвертых, анализ сквозного мотива — «мальчиков и девочек» — дается через анализ мотива «игры», жертвой которой они становятся. На примере художественного текста, описывающего исторические события России (первые месяцы после Февральской революции, Гражданскую войну и др.) авторы анализируют последствия «детской философии» в жизни и результаты игры с

① Лейдерман Н.Л., Липовецкий М.Н.Современная русская литература: 1950—1990-е годы: учебн. пособие для студ. высш. учебн. завед.: В 2 т. Т. 1. М., Издательский центр «Академия», 2008, С. 59.

② Там же. С. 66.

историей: «Детские умозрительные проекты переделки мира превратились в практические эксперименты, и в конечном итоге образовалась та жуткая реальность, которая оказалась враждебной не только жизни духовной, но и самому человеческому существованию»[①] — подмена жизни игрой, игры в людей, по их мнению, имеют серьезные последствия.

В-пятых, антитезой «игре в людей», по мнению авторов пособия, является образ природы, который дается в романе как естественный, ненадуманный. «Чудо» природы и чудо жизни является противопоставлением исторических событий: «Природа в романе контрастирует с мертвечиной пустословия и разрушительным хаосом революции»[②], именно природа вносит смысл в жизнь человека, наполняя его душу покоем и согласием. Таким образом, на примереодной главы из первого тома учебного пособия нами проиллюстрированы несомненные достоинства рецензируемого издания, указанные выше: связь теории с практикой, использование большого количества методов и приемов анализа художественного текста и умелое сочетание дескриптивного и историко-литературного подходов.

Отдельного внимания заслуживает оригинальность идей 3 части второго тома, где авторами проведен глубокий и всесторонний анализ литературы конца XX века — литературных направлений постмодернизма и постреализма (термин предложен авторами

---

① Лейдерман Н.Л., Липовецкий М.Н.Современная русская литература: 1950—1990-е годы: учебн. пособие для студ. высш. учебн. завед.: В 2 т. Т. 1. М., Издательский центр «Академия», 2008, С. 54.

② Там же. С. 57.

настоящего учебного пособия) и художественных произведений их представителей (Т. Толстой, В. Шарова, В. Сорокина; С. Довлатова, Л. Петрушевской, В. Маканина, И. Бродского и др.)[1].

Особый интерес представляет заключение учебного пособия, в котором авторами подводится итог стержневым тенденциям, определившим своеобразие литературы второй половины XX века и придавшим ей целостность историко-литературного этапа. Лейдерман и М.Н. Липовецкий убедительно доказывают, что переходная литературная эпоха, которая в России началась в 90-е годы XIX века, в 90-е годы XX века приходит к своему завершению, и высказывают свои предположения о начале новой культурной эры, которая может предложить новую идею Космоса в третьем тысячелетии.

К положительным сторонам учебного издания можно отнести и наличие, кроме основного теоретического материала, авторских пояснений к тексту и дополнительных материалов в виде подстрочных и послетекстовых примечаний, которые раскрывают и уточняют отдельные положения основного текста. Они имеют безусловную связь с основным текстом, целесообразны в данном контексте, доступны для обучаемых. Включение дополнительных материалов общекультурного, исторического, литературоведческого и иного характера расширяет границы предметной области, расширяя и углубляя знания читателей.

---

① Лейдерман Н.Л., Липовецкий М.Н. Современная русская литература: 1950—1990-е годы: учебн. пособие для студ. высш. учебн. завед.: В 2 т. Т. 2. М., Издательский центр «Академия», 2008, С. 235—413.

Отмечается удобство при работе с пособием: структурированность материала; наличие списка рекомендуемой литературы и предметно-именного указателя в каждой части обоих томов, что облегчает работу с учебным материалом во время самостоятельной подготовки студентов к занятиям; выделение в тексте жирным курсивом ключевых терминов, понятий и фамилий анализируемых авторов.

Итак, учебное пособие Н.Л. Лейдермана и М.Н. Липовецкого «Современная русская литература XX века (1950 — 1990-е годы): в 2-х томах» имеет высокий научный уровень и практическую значимость, несомненную научную новизну, оригинальность и доказательную базу целого ряда авторских идей.

Литература сталинской эпохи: Введение

Марк Липовецкий и Евгений Добренко

Рамки периода, рассматриваемого в данном пособии, можно отметить по-разному. Можно выбрать в качестве вех 1930-й (год самоубийства Маяковского) и 1956-й (год самоубийства Фадеева и XX съезда партии). Можно 1928-й и 1953-й как годы сталинского правления: от отмены НЭПа, начала коллективизации и первой пятилетки — до смерти Сталина. Однако, мы предлагаем 1932-й и 1954-й, поскольку именно эти даты особенно важны для советской литературы как культурно-политического института.

23 апреля 1932 года было принято постановление ЦК ВКП(б) «О перестройке литературно-художественных организаций», которое фактически изменило институциональную структуру советской литературы, обозначив переход от многообразия литературных групп и объединений 1920-х годов к единому Союзу писателей СССР как «министерству литературы», контролирующему все литературные издания и осуществляющему идеологический контроль за литературной продукцией. Логика постановления со-

стояла в следующем: несколько лет назад, когда в литературе «еще налицо было значительное влияние чуждых элементов», партия поощряла разнообразные группы и группировки, теперь же, когда «сложилось ядро пролетарской литературы», когда «преодолены идейные разногласия между писателями» почва для разных группировок исчезла. Они стали тормозом в развитии творческой мысли. Исходя из этого, ЦК ВКП(б) постановлял: «Объединить всех писателей, поддерживающих платформу советской власти и стремящихся участвовать в социалистическом строительстве в единый Союз советских писателей с коммунистической фракцией в нем».[①]

Прямым следствием этого постановления стал Первый съезд советских писателей, проведенный в августе 1934-го года и утвердивший в качестве «основного метода советской литературы» — социалистический реализм (подробнее о Съезде и соцреализме см. ниже). (Примечательно, что из 2000 членов новообразованного Союза писателей 800 всего через несколько лет станут жертвами Большого террора). Второй же съезд Союза писателей состоялся только в 1954-м году, после смерти Сталина, став одной из первых культурных вех «оттепели»: здесь впервые, еще робко, будет подвергнута сомнению доктрина соцреализма, прозвучат имена репрессированных и насильственно обреченных на забвение писателей (в частности, И. Бабеля и М. Булгакова).

---

① Власть и художественная интеллигенция. Документы ЦК РКП(б) — ВКП (б), ВЧК — ОГПУ — НКВД о культурной политике. 1917—1953./ Под ред.А.Н. Яковлева. Сост. А.Н.Артизов, О.В. Наумов. М.: Международный фонд "Демократия", 1999. С. 173.

Между двумя этим датами разместился весь «сталинский период» советской истории и советской культуры. Это период глобальных по масштабу и часто катастрофических событий, таких, как коллективизация и голод 1932 — 1933 годов, индустриализация и «борьба с вредителями», Большой террор, политические процессы, в том числе, и над лидерами большевистской партии, ГУЛАГ; Вторая мировая война и победа в ней, нацистский Холокост на территории СССР и советские «этнические чистки»... Но, прежде всего, это период кристаллизации и утверждения сталинизма как особого типа организации общества, сопрягающего в единую систему политические, идеологические, социальные и культурные механизмы.

1. Историческая характеристика периода

Что такое сталинизм? Остались в прошлом попытки вывести логику советского социально-политического режима из характеристик личности Сталина («сталиноцентризм»). Потерял актуальность господствовавший в западной историографии периода «холодной» войны так называемый тоталитарный подход, интерпретировавший сталинизм (в соответствие с концепцией тоталитаризма, разработанной Х. Арендт) как общество, целиком и полностью подчиненное государственному контролю, превращающее человека в пассивный винтик социального механизма.

На протяжении десятилетий история сталинизма была областью, где безраздельно царила традиционная советология.

Именно на материале этой истории советология сформировалась, в нем обрела свой голос, через него сложился дискурс и система аргументации, которые не просто вписывались в политическую повестку дня эпохи «холодной» войны, но стали ее частью. Когда в 1980-е годы безраздельному владычеству советологии бросили вызов историки-ревизионисты, обозначив сдвиг от политической «истории сверху» — к социальной «истории снизу», на смену устоявшимся политическим и идеологическим советологическим аксиомам пришли куда более сложные ревизионистские теоремы (далеко не все из которых, впрочем, были впоследствии доказаны).

Будем помнить, что за сменой научных школ стоит не только смена методологии, но и смена оптики, *которая фактически и конструирует объект*. Иначе говоря, сталинизм не есть нечто, «данное нам в ощущении», но результат понятийного, дискурсивного, идеологического *конструирования*, которым занимается наука. Разные школы не просто по-разному подходят к «исторической реальности». Говоря «об одном и том же», они нередко имеют в виду различную реальность, и отчасти ее конструируют.

В 1995 году в США вышли две книги — монография Стивена Коткина о Магнитогорске[①] и антология советских дневников эпохи Большого террора, которая стала результатом пионерской работы группы российских историков, но впервые увидела свет

---

① Kotkin Stephen. Magnetic Mountain: Stalinism as a Civilization. Berkeley: University of California Press, 1995.

по-английски[1] (а в России несколькими месяцами позже появилась близкая по методологии книга Н. Козловой «Горизонты повседневности советской эпохи»[2]). Тогда мало кто осознавал, что эти издания ознаменуют радикальное изменение направления исследований в области истории сталинизма. С. Коткин впервые подошел к сталинизму не просто как к феномену политической и социальной истории, но как к «цивилизации», обратив внимание на те аспекты советской повседневности, которые в то время нередко проходили мимо внимания социальных историков. Его рассмотрение «большевистского языка» позволило концептуализировать и по-новому осветить этот материал повседневности, открыв измерение, ранее неизвестное историкам сталинизма. Вышедшие в том же году дневники советских людей разных поколений, происхождения и опыта, представлявших различные слои населения эпохи Большого Террора, напротив, были подчеркнуто лишены какой бы то ни было концептуальной рамки. Но и без нее стало ясно, что как советологическая схема, согласно которой люди умирали от страха, а не ходили в кино, женились, рожали детей, были молоды и счастливы даже в 1937 году, так и ревизионистская социальная история, часто основанная на социологических выкладках, показывающих усредненное состояние общества, упускали нечто-то принципиально важнос. И это важное было, наконец, названо: *советский субъект*.

---

① Garros Veronique, Korenevskaya Natalia, Lahusen Thomas. Intimacy and Terror: Soviet Diaries of the 1930s. New-York: NewPress, 1995.

② Козлова Н. Горизонты повседневности советской эпохи. М., 1996.

Здесь историография пересекается с историей культуры и, конкретнее, литературы: субъект, выражающий себя посредством письма, реализующий себя в тексте, — это уже предмет не столько политической и социальной, сколько именно *культурной истории*. Имеется в виду при этом широкое понимание культуры. Не случайно поэтому представителей так называемой школы «советской субъективности»[1] относят к культурным историкам, хотя они имеют дело с материалом, типичным для социальной истории.

В основе исследований советского субъекта, лежат те же факторы, что способствовали развитию ревизионистской историографии в 1980-е годы, только резко усиленные. Речь идет о введении новой информации: открывшиеся архивы не только расширили представления о происходивших в сталинском обществе процессах, что сыграло ключевую роль в происшедшем в 1980-е гг. пересмотре советологической модели. Расширение источниковедческой базы заставило задуматься о жанровой природе вводимых материалов, в особенности тех из них (как, например, дневники), что вообще ранее не были предметом интереса историков. Для «новых ревизионистов» интерес к форме высказывания стал критически важным. Пришло понимание того, что содержание, сооб-

---

[1] См. дискуссию на эту тему в журнале «Russian Review». 2001. Vol.60. №3. P. 307—359. Рубрика «Советская субъективность» содержит статьи Эрика Наймана («On Soviet Subjects and the Scholars Who Make Them»), Игала Халфина («Looking into Oppositionists' Souls: Inquisition Communist Style») и Йохена Хелльбека («Working, Struggling, Becoming: Stalin-Era Autobiographical Texts»). См. также аналогичную дискуссию в российском журнале «AbImperio» (№3, 2002) под общим названием «Анализ практик субъективизации в раннесталинском обществе» и включающем интервью с И. Халфином и Й. Хелльбеком, а также статьи А. Кустарева, Д. Хоффманна, Дж. Смита, И. Герасимова, А. Сальниковой, Д. Байрау, Я. Матцуи, И. Халфина.

щаемое источником, отнюдь не безразлично к форме, в которой оно дается. Требуется не просто поправка на форму, но полноценный анализ и учет ее специфики.

Вторым важным фактором стал пристальный и плодотворный интерес к методологии смежных наук (например, к антропологии, социологии П. Бурдье, или археологии знания М. Фуко). Если в работах историков-ревизионистов первого призыва он во многом способствовал реконцептуализации подходов, выработанных «тоталитарной» школой, то представители «нового ревизионизма» не только прямо апеллируют к современным культурным теориям, но сделали опору на методологию смежных гуманитарных наук программной.

В результате в «новоревизионистской» историографии советская культура и идеология стали мыслиться как та среда, в которой протекают исторические события и которая в значительной мере их определяет. На смену плоско институционально понятой культурной истории как некоей цепи событий в области культурной и интеллектуальной жизни пришло осознание того, что ни политическая, ни социальная история не могут быть полноценно рассмотренными вне культурной и интеллектуальной истории.

Наконец, речь идет о пересмотре устоявшихся каузальных исторических связей; когда из одной теоретической предпосылки следовали в логической последовательности все остальные, а материал должен был подтверждать «историческую логику». Успех виделся в том, чтобы заставить материал работать на общую модель, чему идеально способствовала тоталитарная конструкция, основанная на «истории сверху». «Новый ревизионизм», напротив, усложнил картину, показав встречные интенции, взаимодействие и трансформацию исходящих снизу и сверху конкретных практик. «Новые ревизионисты» окончательно фрагментировали картину, введя в нее понятие субъекта и приблизившись к тексту на максимально короткое расстояние.

«Консервативная»/ «мобилизационная» модернизация

Суммируя исследования ревизионистской и новоревизионистской историографии, можно охарактеризовать сталинизм как, во многих отношениях, крайний вариант «консервативной» или «мобилизационной» модернизации. Возникающий в ходе этого процесса альтернативный вариант модерности точнее было бы назвать *архаизирующим,* поскольку в этой парадигме *«модернизаторские» цели управляемого прогрессивного развития, рационализации и дисциплинарного* (по М. Фуко) *упорядочивания социального устройства сочетаются с неотрадиционалистскими и квазирелигиозными методами коллективистской социальной интеграции и идентификации.*

В современной историографии сталинизм рассматривается как один из тупиков проекта Просвещения; как двусторонний процесс, в котором «массы» принимают участие наряду с государственным репрессивным аппаратом, а главное, как специфический вариант «догоняющей модернизации», в котором важнейшую роль приобретают террор и неотрадиционалистские формы социальной и культурной организации. Подход к сталинизму и нацизму как предельно-тупиковым воплощениям просветительских тенденций был сформулирован в 1995-м году известным польско-британским социологом З. Бауманом, писавшим в статье «Столетие лагерей?»: «Это столетие научило нас тому, что модерность состоит не только в интенсификации производства, росте благосостояния и возможности быстрее передвигаться. *Она также состоит — и всегда состояла — в быстрых и эффективных методах убийств, в научно организованном и контролируемом геноциде* <...> Разрушение при этом подавалось как *творческий акт,* нечто вроде прополки сорняков, необходимой для претворения в жизнь утопии прекрасного сада. В случае Гитлера таким садом было расово «чистое» общество. В случае Ленина — классово чистое общество. Но в обоих случаях речь шла об эстетически совершенном, прозрачном и гомогенном мире, освобожденном от мучительных неопределенностей, амбивалентности, случайности и поэтому очищенном от всего малоценного, отсталого, необучаемого и неприкасаемого. Но разве не именно такой мир виделся в мечтах и был обещан философами Просвещения, разве не этот идеал предлагался деспотам в процессе их просвещения?»[1]

По мнению одних ученых, культура и социальность сталинского периода представляют собой радикальный отказ от модерности и возвращают советское общество к традиционалистским

---

[1] Bauman Zygmunt. The Century of Camps? (1995) // The Bauman Reader, ed. by Peter Beilharz. Oxford: Blackwell, 2001, P. 269, 272.

социокультурным моделям[1]. По мнению многих «ревизионистов», советский модернизационный проект столкнулся с традиционалистской крестьянской культурой большинства населения страны, и, борясь с ней, парадоксальным образом абсорбировал именно архаические черты крестьянского сознания: коллективизация и индустриализация привели к притоку крестьян в города, служившие основными очагами модернизации[2]. В этом контексте обсуждался вопрос о «двух Советских Россиях» — одной (в крупных городах), отчасти модернизированной — индустриальной и технологичной, другой (деревенской и крестьянской) — радикально архаизированной[3].

С другой стороны, Ш. Фитцпатрик, один из ведущих социальных историков сталинизма, показывала, что социальной основой сталинизма становятся сформировавшиеся в советское время профессионалы — советский «средний класс» инженеров, менеджеров, офицеров, консервативных в культурном отношении, но технически грамотных и политически преданных режиму[4]. А упомянутый выше С. Коткин показывает, как в 1930-е годы в Советском Союзе создается такой важный элемент модерности XX века, как система обеспеченных государством социальных гарантий — то, что в другом виде на Западе получает название welfare

---

① См.: Tucker R. Stalinism: Essays in Historical Interpretation. N.Y.: Oxford University Press, 1985. PP. 90—99.

② См.: Lewin Moshe. The Making of Soviet System: Essays in the Social History of Interwar Russia. N.Y.: Pantheon, 1985.

③ См.: Cohen S. Rethinking Soviet Experience. N.Y.: Oxford University Press, 1985.

④ См.: Fitzpatrick Sheila. The Cultural Front: Power and Culture in Revolutionary Russia. Ithaca: Cornell University Press, 1992.

state (государство всеобщего благоденствия)[1].

Отсюда, из сочетания модернизации с архаическими методами ее осуществления — многие парадоксы сталинского общества, среди которых выделим советскую квазирелигиозность, фактор государственного насилия и структурные экономические проблемы.

Советская квазирелигиозность

С. Коткин обнаруживает глубинное противоречие советского общества в конфликте между процессами модернизации и *теократической* ролью, которую приобретает коммунистическая партия в советском обществе: «Обе составляющие партийного государства были функциональными, но их функции были различны: в то время, как роль государства определялась в терминах компетентного технического и экономического администрирования, роль партии формулировалась в терминах идеологического и политического руководства. Такое раздвоение политической системы, в которой роль партии была аналогична роли церкви, напоминала о теократии особого рода [...] Формирование теократической системы, которая постепенно приобрела соответствующую религиозную ауру, имело фундаментальные последствия, начиная с сакрализации всех видов [партийной] деятельности, и кончая самоуничтожением [субъекта] (self-immolation) перед ли-

---

[1] См.: Kotkin Steven. Magnetic Mountain: Stalinism as a Civilization. Berkeley: University of California Press, 1995. P. 19—22, 72—155.

цом партии»[1].

Теократическая структура сталинского общества с «партией-церковью» в его центре — это лишь одна, хотя и важнейшая составляющая советской квазирелигиозности. «У коммунистов, как у масонов, было множество ритуалов. Они были братьями, и братство их в некотором смысле носило тайный характер. Статус обязывал коммунистов владеть эзотерическим языком. У них были свои особо почитаемые символы, как, например, красное знамя, своя история, в том числе и мартирология, которую должен был знать каждый коммунист. Имелся у них и свод сакральных текстов, включающий произведения Маркса, Энгельса, Ленина и Сталина; кроме того, от них требовалось постоянно изучать новые добавления к этому своду в виде последних речей Сталина и важнейших резолюций Политбюро. Атмосфера тайны окружала партийную манеру общения обиняками, полностью понятными лишь посвященным, принятый в партии эзопов язык», — описывает эту систему Ш. Фицпатрик.[2] Среди важнейших советских ритуалов — съезды с церемониальными здравицами, награждения героев, массовые демонстрации и шествия; показательные процессы, «чистки», проработки. На этой почве рождается мифология Великой семьи (К. Кларк), культ вождей (Н. Тумаркин) и прежде всего, Сталина (новых «богов» и «святых»); постоянное «производство»

---

① Kotkin Steven. MagneticMountain. P. 293. См. также: Рыклин М.К Коммунизм как религия: Интеллектуалы и Октябрьская революция. М.: НЛО; 2009.

② Фицпатрик Ш. Повседневный сталинизм. Социальная история Советской России в 30-е годы. / Пер. с англ. Л. Ю. Пантина. 2-е изд. М.: РОССПЭН; Фонд Первого Президента России Б.Н. Ельцина, 2008. С. 28. Далее цитаты из книги Ш. Фицпатрик приводятся по данному изданию с указанием страницы в скобках после цитаты.

героев войны и труда (новых «праведников») и идущая параллельным курсом демонизация врагов («чертей», дьявольских сил); превращение недавнего опыта в священную историю. Так, «Краткий курс истории ВКП(б)» явно принимал на себя функции сходные с ролью Библии в иудео-христианской культуре[1].

Однако главный смысл советской квазирелигиозности состоял в социальной интеграции рядового советского человека в Великую семью советского народа, в оправдании переносимых страданий и лишений высокими, по существу, трансцендентными идеалами коммунистического будущего. Причем отношение между сталинской квазирелигиозностью и ее потребителями не было односторонним: новая мифология и сопутствующие ей ритуалы были не «навязаны» обществу, а востребованы им; они возникали на пересечении массовых ожиданий и политических манипуляций этими ожиданиями. Сталинизм в этом отношении сходен с другими социокультурными образованиями, неизменно связанными с запаздывающим или догоняющим характером модернизации: итальянским фашизмом, германским нацизмом, китайским маоизмом, кубинским социализмом. Этот путь вызван к жизни, в первую очередь, страхом перед модерностью и ее последствиями — разрывом с традициями, возрастанием роли бюрократии, фрагментацией и атомизацией коллективных тел (конфессиональных, региональных, этнических, цеховых и т.п.). Такая модерная ква-

---

① См.: Гловиньский М. «Не пускать прошлого на самотек»: «Краткий курс ВКП(б)» как мифическое сказание / Вступ. заметка и примеч. В.Щукина; пер. с польск. К.Душенко // Новое литературное обозрение. 1996. № 22. С.142 — 160.

зирелигиозность стремится обуздать возрастающую сложность культуры и социальной жизни, порождающую у «массового человека» сознание бессмысленности и потерянности, заместив ее более или менее убедительными иллюзиями причастности к «народу», «передовому классу», «великому государству», репрезентированному вождем.

Фактор государственного насилия

Широкое использование методов насилия пронизывает всю советскую цивилизацию: за классовым террором 1920-х годов следует сталинская «сплошная коллективизация» 1929 — 1932 гг., когда без малого 2 млн. крестьян были разорены и сосланы на спецпоселения, полмиллиона арестованы, 20 тыс. расстреляно только в 1930-м, плюс спровоцированный коллективизацией голод унес более 5 млн. Жизней. Одновременно (с 1927 г.) начинается борьба с «вредителями» и партийными «уклонами», которая в середине 1930-х перерастает в Большой террор, когда за 1937 — 1938 гг. было арестовано около полутора миллиона человек, из которых более 700 тыс. было расстреляно. Продолжением Большого террора становятся этнические «чистки» (около 2.5 млн. депортированных), начинающиеся в конце 1930-х и длящиеся в течение 1940-х годов.[①]

С. Коткин считает внутреннее противоречие между функциями теократической системы — модернизирующей и квазирели-

---

① Мы опираемся на статистические данные, приведенные в кн.: Верт Н. Террор и беспорядок: Сталинизм как система. / Пер. с франц. А.А.Пешкова. М.: РОССПЭН, 2010. С. 413—431.

гиозной — одним из основных факторов, приведших к террору 1930-х годов, понимаемому им как самоуничтожение советских элит. Он прямо сравнивает Большой террор с *инквизицией*; его факторами также становятся социальная ненависть большинства к «новому классу» советской элиты, пользующемуся многими привилегиями; и мифология врага, внешнего или внутреннего (создаваемая властью и благодарно воспринятая и преумноженная в массовом сознании). Враг воспринимается не только как «козел отпущения», на которого можно списать просчеты и провалы индустриализации, но и становится фундаментом советской идентичности, строящейся как «антикапиталистическая». Немалую роль, по Коткину, играют и формирующиеся на этой основе массовая паранойя и ксенофобия, питающие доносительскую «активность масс».

С другой стороны, насилие понималось в сталинской культуре как *метод модернизации* общества. Не случайно ряд исследователей (Ш. Фитцпатрик, Н. Верт) указывают на сходство между Большим террором и стахановским движением (развивавшимся практически параллельно): и тут и там «плановое» хозяйство — по производству и по террору — предполагало определенные «квоты», спускаемые из центра на места; но и тут, и там рвение местных начальников, стремившихся продемонстрировать свою сверхлояльность центральной власти, проявлялось в соревновательном «превышении» планов, ведущем к пересмотру системы квот и повышению «плановых» требований центра. Причем, и в случае стахановского движения, и в случае Большого террора фальсификации использовались при молчаливом одобрении центральных властей.

В итоге возникал страшный парадокс: «рационально» и даже «научно» обоснованное (с марксистской точки зрения) насилие порождает эффект иррационального произвола. Как замечал известный философ С. Жижек, «сталинские чистки были намного более «иррациональными», чем фашистское насилие… При фашизме, даже в нацистской Германии было возможно выжить, сохраняя видимость «нормального» быта, если не участвовать в какой бы то ни было оппозиционной политической деятельности (и, конечно, не быть евреем…), в то время как при сталинском режиме конце 1930-х никто не может чувствовать себя в полной безопасности, *каждый* может стать жертвой доноса, каждого могут арестовать и расстрелять как предателя»[1].

Экономические проблемы

Противоречия касались не только идеологических установок, но и прежде всего, колоссального разрыва между идеологией и создаваемой ею картиной реальности, с одной стороны, и социальной практикой, с другой. Особенно показательны в этом отношении систематические провалы советской экономики, пытавшейся функционировать вне институтов частной собственности: «С переходом к центральному планированию в конце 1920-х гг. дефицит товаров стал неотъемлемой чертой советской экономи-

---

① ŽižekSlavoj. Did Somebody Say Totalitarianism? Five Interventions in the (Mis)use of a Notion. London, New York: Verso, 2001. P.128.

ки. … Нехватки тех лет, в отличие от послесталинского периода, действительно были вызваны столько же недопроизводством потребительских товаров, сколько и системными проблемами распределения. В первую пятилетку (1929 — 1932 гг.) приоритет отдавался тяжелой промышленности, а производство потребительских товаров занимало хорошо если второе место. Коммунисты приписывали также нехватку продовольствия стремлению кулаков “припрятать” хлеб, а когда кулаков не стало, — объясняли ее антисоветским саботажем в цепи производства и распределения. Однако, какие бы рациональные объяснения ни давались дефициту, игнорировать его было невозможно. Он уже стал центральным фактом экономической и повседневной жизни.»[①] Хлебные карточки были отменены только в 1935-м году, но «перебои с хлебом возникли вновь по всей стране в 1939 — 1940 гг.»[②]. Дефицит многих других потребительских продуктов, трудные жилищные и бытовые условия, порождали, с одной стороны, «вторую экономику», основанную на «блате» и системной коррупции, а с другой — широкую и все более распространяемую систему привилегий: для партийных чиновников, стахановцев, а также интеллигенции — как научно-технической, так и творческой.

Одним словом, советская экономика вступала в радикальное противоречие с основными ценностями социалистической идеологии — прежде всего, равенством и равным распределением материальных благ. Ведь, как напоминает Б. Сарнов, социалисти-

---

① Фитцпатрик Ш. Указ. соч. С. 54—55.

② Там же. С. 55.

ческая идея и в XIX веке, и в начале XX века, и в раннесоветской литературе воспринималась прежде всего как идея коллективистская и материалистическая, подавляющая идеализм и индивидуализм:

Сады и рощи вырубят, соловьев «за бесполезность» истребят, но зато не будет больше в мире голодных: всех накормят.

С этим, в общем, были согласны все отрицатели и разоблачители социалистического идеала. Мир, изображенный Замятиным в его антиутопии, ужасен. Но голода там нет: все сыты. Так же обстоит дело и в «прекрасном новом мире» Олдоса Хаксли. То же и у Маяковского в «Клопе»: карточку любимой девушки приткнопить некуда, с поэзией тоже дело плохо, но деревья «мандаринятся» — срывай и ешь в свое удовольствие.

В романе Юрия Олеши «Зависть» — тот же конфликт, то же противоречие. Поэта Кавалерова автор сталкивает с «колбасником» Бабичевым. Поэт впал в ничтожество, «колбасник» торжествует. Мир будущего — это мир «колбасника», строящего грандиозный мясокомбинат «Четвертак». «Колбасник» бездушен и бездуховен, чужд и даже враждебен поэзии. Но он хочет всех накормить дешевой и вкусной колбасой. И, конечно, накормит!

В этом были согласны все. Как бы ни был ужасен и даже страшен мир торжествующего социализма, но это будет мир не голодных, а сытых людей. Что другое, а уж накормить — накормят!

И вот оказалось, что как раз накормить-то и не смогли! Оказалось, что проклятый капитализм — даже в такой жалкой, ублюдочной, подневольной и подконтрольной форме, как НЭП, — справлялся с этой задачей куда лучше, чем «построенный в боях социализм»[①].

По-видимому, как считает историк Мартин Малия, причиной провалов социалистической экономики стала невозможность полного устранения капиталистических элементов из экономики без полного разрушения всей социоэкономической системы: «Подавление частной собственности, прибыли и рынка равноценны подавлению гражданского общества и индивидуальной автономии… Поэтому, в практическом отношении, социализм предполагает не столько атаку на злоупотребления «капитализма», сколько атаку на реальность как таковую. Он становится, в конечном счете, попыткой подавить реальный мир, а этого никому не удавалось сделать в длительной исторической перспективе. Однако довольно долгое время такая попытка может быть вполне успешной, если она приводит к созданию сюрреального мира, в котором бедность, неэффективность и насилие представлены как высшее общественное благо, и где у общества нет механизмов для разоблачения этого обмана».[②]

2. Особенности идеологической системы сталинизма

С наибольшей отчетливостью неотрадиционалистский харак-

---

① Сарнов Б. Сталин и писатели. Кн. 1. М.: Эксмо, 2009. С. 227—228.

② Malia Martin. The Soviet Tragedy: A History of Socialism in Russia //Stalinism: The Essential Readings. P.78.

тер сталинской модернизации проявился в идеологическом повороте, начинающемся в середине 1930-х и достигающем апогея во время войны и послевоенного десятилетие. Если воспользоваться характеристикой американского историка Д. Бранденбергера, «для партийной верхушки 1930-х годов на передний план вышел своего рода прагматизм; стало ясно, что утопичный пролетарский интернационализм, определявший советскую идеологию в течение первых пятнадцати лет, на самом деле практически свел на нет все попытки мобилизовать общество на индустриализацию и войну. В поисках более сильной вдохновляющей идеи Сталин и узкий круг его приближенных в итоге остановились на *русоцентричной форме этатизма*[1] как на самом действенном способе поддержать государственное строительство и достичь массовой лояльности режиму...»[2].

Сигналами нового идеологического курса было постановление Политбюро ЦК о запрете пьесы Демьяна Бедного «Богатыри» (1936) как дающей «антиисторическое издевательское изображение крещения Руси, являвшегося в действительности положительным этапом в истории русского народа»[3]. Это постановление было весьма позитивно воспринято интеллигенцией: во-первых,

---

① Этатизм (государственничество) (от фр. État — государство) — мировоззрение и идеология, абсолютизирующие роль государства в обществе и пропагандирующая максимальное подчинение интересов личностей и групп интересам государства, которое предполагается стоящим над обществом; политика активного вмешательства государства во все сферы общественной и частной жизни.

② Браденбергер Д. Л. Национал-Большевизм. Сталинская массовая культура и формирование русского национального самосознания (1931—1956). СПб: Академический проект, Изд-во ДНК, 2009. С. 6—7.

③ Власть и художественная интеллигенция. С. 333

как удар по Бедному — любимцу большевистской власти, даже одно время жившему в Кремле; во-вторых, как свидетельство возвращения уважительного отношения к национальной истории: «Этим постановлением реабилитируется русская история, а то все у нас дерьмом называют… С другой стороны, постановление как бы реабилитирует христианство…» (С. Клычков)[1]. Продолжением этого поворота стало широкое празднование юбилея смерти Пушкина в 1937 году, создание таких фильмов, как «Петр Первый» (1937 — 1938, реж. В. Петров), «Александр Невский» (1938, реж. С. Эйзенштейн по сценарию П. Павленко) и «Иван Грозный» (ч.1, 1944, автор сценария и реж. С. Эйзенштейн), а впоследствии и целой серии фильмов, «реабилитирующих» выдающиеся фигуры прошлого («Минин и Пожарский», «Богдан Хмельницкий», «Суворов», «Глинка», «Адмирал Ушаков», «Мусоргский» и др.).

Однако важно отметить, что этот идеологический поворот не приводил к отмене возникших в 20-е годы лозунгов «пролетарского интернационализма» и «дружбы народов», что прославление достижений русского народа как «старшего брата» сочеталось с политикой «позитивной дискриминации» по отношению к представителям республик СССР.[2] Впрочем, «покровительственное отношение к нерусским народам являлось неотъемлемой частью все больше проникающего в общество руссоцентризма. … [И]зменение фокуса высветило экзотические и архаичные аспекты

---

① Власть и художественная интеллигенция. С. 337.

② См.: Martin Terry. The Affirmative Action Empire: Nations and Nationalism in the Soviet Union, 1923—1939, Ithaca and London: Cornell University Press, 2001.

местных культур, таким образом, косвенно усиливая новый статус русского народа как "первого среди равных"»①.

Если в советской культуре 30-х годов *одновременно* развивались националистические и интернационалистские тенденции②, то более радикально идеологический курс изменился в годы войны. Наивысшим воплощением сталинского государственного национализма стали депортации «наций-предателей» до, во время и поле войны, послевоенные кампании по «разоблачению псевдонимов», борьбе с космополитизмом и против «низкопоклонства перед Западом», «дело врачей», свидетельствовавшие о фактическом установлении политики государственного антисемитизма.

Противоречивое сочетание интернационалистской и националистической риторических моделей и в послевоенный период приводит к трагическим парадоксам, когда, например, члены Еврейского антифашистского комитета *одновременно* обвинялись в таких несовместимых «грехах», как «буржуазный национализм» (преступление с точки зрения «пролетарского интернационализма») и «космополитизм» (преступление с точки зрения «национал-большевизма»).

Внутренними противоречиями идеологии, а также разрывом между идеологией и социальной практикой объясняется особая роль, возлагаемая в сталинской культуре на искусство и, прежде всего, на литературу. Отсюда неуклонное возрастание роли цен-

---

① Бранденбергер Д. Указ. соч. С. 106—107.

② См.: Clark K. Moscow, the Fourth Rome. Stalinism, Cosmopolitism, and the Evolution of Soviet Culture, 1931—1941. Cambridge, London, 2011.

зуры: в СССР цензурные функции осуществляла не только собственно цензура (так называемый Главлит — Главное управление по делам литературы и издательств), но и те институции, которые таких функций обычно не выполняют — редакции, отбраковывавшие не только плохие, но и идеологически «неправильные» тексты, литературные студии и Литературный институт, где учили писать «идеологически правильно», и, наконец, учреждение, аналогов которому ни в других странах, ни в дореволюционной России вообще не было — Центральный комитет ВКП(б), функционеры которого решали вопросы о публикации спорных произведений, написанных известными писателями[1].

Однако расширение цензуры приводило только к блокированию обсуждения социальных противоречий. Этого было явно недостаточно: нужен был постоянный (причем контролируемый) культурный институт, *пересоздающий* противоречивую реальность в неомифологическую картину мира, в свою очередь, развивающую и модифицирующую советскую квазирелигиозность. Ради всего этого собственно, и был создан Союз писателей, а с ним и через него введен в культуру «основополагающий метод советской литературы», социалистический реализм — как механизм реализации социализма за счет одновременной мифологизации жизни[2].

---

① См.: «Счастьелитературы». Государство и писатели. 1925—1938 гг. Документы. М., 1997.

② См. подробнее: Добренко Е.А. Политэкономия соцреализма. М.: НЛО, 2007.

3. Первый съезд советских писателей[①]

Вот почему Первый съезд советских писателей в 1934-м году стал ключевым событием в культуре сталинской эпохи. Причина тому, вероятно, кроется в той особой роли, которую литература вообще играла в русской культуре, в традиционно высоком авторитете писателя как голоса правды и понимании литературы как «второго правительства» (А. Герцен). В то же время литература — в отличие от музыки или архитектуры — по своим средствам наиболее функциональна с точки зрения идеологии. Поэтому оформление тотальной мифологии советского мира, мифологии, призванной вытеснить и заместить собою противоречия и провалы «социалистического строительства», должно было стать прежде всего задачей литературы. Таким образом, «реорганизация» литературы задавала параметры для всей советской культуры: недаром социалистический реализм первоначально внедряется в область литературного творчества, официальная формулировка принципов этого «творческого метода» появляется в Уставе Союза писателей, и лишь затем распространяется на другие виды искусства.

В своем докладе на съезде Максим Горький — как «архитектор» и будущий глава Союза писателей — так характеризовал «миссию» советской литературы: «Мы выступаем как судьи мира, обреченного на гибель, и как люди, утверждающие новый гума-

---

① О съезде см. также, гл.1, подраздел 5.

низм, гуманизм революционного пролетариата, гуманизм силы, призванной историей освободить весь мир трудящихся от зависти, подкупа, от всех уродств, которые на протяжении веков искажали людей труда»[1]. В соответствии с этим «гуманизмом силы», определяя ориентиры советской литературы, Горький фактически обесценивал литературу XIX и начала XX веков, характеризуя ее как «буржуазную» и настаивая на том, что «смысл процесса развития культуры никогда не понимался буржуазией как необходимость развития всей массы человечества» (7).

«Критический реализм» XIX века оказался плох тем, что, по утверждению Горького, «возник как индивидуальное творчество «лишних людей», которые, будучи не способны к борьбе за жизнь, не находя себе места в ней и более или менее отчетливо сознавая бесцельность личного бытия, понимали эту бесцельность только как бессмыслие всех явлений социальной жизни и всего исторического процесса» (17). Отсюда Горьким делался вывод о неприложимости реалистической критики к советской эпохе. Отныне критиковать можно только «пережитки прошлого»: «Не отрицая широкой огромной работы критического реализма, высоко оценивая его формальные достижения в искусстве живописи словом, мы должны понять, что этот реализм необходим нам только для освещения пережитков прошлого, для борьбы с ними, вытравливания их» (17). Модернистскую же культуру Горький

---

[1] Первый Всесоюзный съезд советских писателей. Стенографический отчет. М.: Сов.писатель, 1990. Репринт издания 1934 г. С.1. Далее цитаты из материалов съезда приводятся по данному изданию с указанием страницы в скобках после цитаты.

без колебаний определял как проявление деградации и «творческого бессилия». Причем, одним из источников модернистского «деградации» он называл традицию Достоевского: «И особенно сильно было и есть влияние Достоевского, признанное Ницше, идеи которого легли в основание изуверской проповеди и практики фашизма» (11)[①].

Новая советская литература, в понимании Горького, должна была прежде всего ориентироваться на фольклор (о котором у «пролетарского писателя» были довольно фантастические представления, например, он утверждал, что «фольклору совершенно чужд пессимизм»(8), забывая, например, о похоронных плачах и горьких лирических песнях): «Я снова обращаю ваше внимание, товарищи, на тот факт, что наиболее глубокие и яркие, художественно совершенные типы героев созданы фольклором, устным творчеством трудового народа. Совершенство таких образов, как Геркулес, Прометей, Микула Селянинович, Святогор, далее — доктор Фауст, Василиса Премудрая, иронический удачник Иван-дурак и наконец — Петрушка, побеждающий доктора, попа, полицейского, чорта и даже смерть, — все это образы, в создании которых гармонически сочетались рацио и интуицио, мысль и чувство. Такое сочетание возможно лишь при непосредственном участии создателя в творческой работе действительности, в борь-

① «Может быть, Горький был бы осторожнее, если он мог представить, какие постыдные последствия будут вызваны его нападением на Достоевского. С его тяжелой руки Достоевского стали травить в истории литературы. Его объявили прямым союзником Гитлера, вдохновителем фашизма… Да, именно Первый съезд вывел Достоевского из круга русской литературы. Не следует это считать незначительным промахом или заурядной оплошностью» (Каверин В. Эпилог: Мемуары. М.: Аграф, 1997. С. 189)

бе за обновление жизни»(8). Чтобы приблизиться к фольклору советская литература должна «основным героем … избрать труд, т.е. человека, организуемого процессами труда» (13), потому что, в соответствие с марксистским учением, «именно труд масс является основным организатором культуры и создателем всех идей, — тех, которые на протяжении веков понижали решающее значение труда — источника наших знаний, и тех идей Маркса — Ленина — Сталина, которые в наше время воспитывают революционное правосознание пролетариев всех стран и в нашей стране возводят труд на высоту силы, коя служит основой творчества науки, искусства» (13).

«Дурная бесконечность» этого опорного горьковского тезиса не случайна — стать, по существу, анонимным и коллективным, лишенным критики и индивидуального бунта, безоглядно оптимистическим «искусством» советская литература может только под строгим надзором партийного руководства:

«Партийцы в литературе обязаны явиться не только учителями идеологии, организующей энергию пролетариата всех стран на последний бой за его свободу, — партийное руководство должно явить всем своим поведением морально авторитетную силу. Эта сила должна внести в среду литераторов прежде всего сознание ими коллективной их ответственности за все явления в их среде. Советская литература, при всем разнообразии ее талантов и непрерывно растущем количестве новых даровитых писателей, должна быть организована как единое коллективное целое, как мощное орудие социалистической культуры.

«Союз писателей создается не для того, чтоб только физически объединить художников слова, но чтобы профессиональное объединение позволило им понять свою коллективную силу, определить с возможной ясностью разнообразие направлений ее творчества, ее целевые установки и гармонически соединить все цели в том единстве, которое руководит всею трудотворческой энергией страны.» (17)

Надо отметить, что, несмотря на монополию социалистического реализма и террор «партийного руководства литературой», эта программа никогда не была осуществлена полностью и даже никогда в дальнейшем не формулировалась с такой ошеломляющей прямотой. Впрочем, никто на съезде и не вступил с ней в открытый спор. Разве что Карл Радек (возможно, невольно), когда в своем докладе «Современная мировая литература и задачи пролетарского искусства» в разделе «Фашизм и литература» заговорил об эстетических воззрениях Геббельса — и эти воззрения удивительным образом оказались созвучными горьковскому, а точнее, ортодоксально-партийному видения идеальной советской литературы:

«Геббельс обвинял искусство в том, что “оно не видело народа, не видело общности, не чувствовало с ним никакой связи, оно жило рядом с эпохой и позади народа, оно не могло поэтому отобразить душевные переживания этой эпохи и ее проблемы и только удивлялось, когда время шло мимо, не обращая внимания на литературные искания и эксперименты…” <…> Геббельс угрожал литературе: «Было бы наивно думать, что революция пощадит искусство и что оно сможет вести своего рода существования спящей красавицы где-то рядом с эпохой или на ее задворках...» (304)

Более концептуальной — хотя и не объявленной прямо — полемикой с докладом Горького стал доклад Н. Бухарина «О поэзии, поэтике и задачах поэтического творчества». В отличие от других докладчиков Бухарин пытался соотнести «марксистский подход» к литературе с существующими научными теориями, от Гумбольдта до «формалистов» (критикуемых, но не шельмуемых докладчиком). В его обзоре современной поэзии нашлись глубокие и уважительные характеристики для Блока, Есенина, Брюсова, Демьяна Бедного и Маяковского, Светлова, Багрицкого, Пастернака, Тихонова и Сельвинского.

Вместе с тем, доклад Бухарина вызвал бурную полемику на съезде прежде всего критикой поверхностного идеологизма — примерами которого стали Демьян Бедный («он стал элементарен, стал «стареть», и перед ним вплотную выросла опасность простого рифмованного перепева очередных лозунгов», 492) и отчасти Маяковский («время “агитки” в стиле Маяковского уже прошло», 496). Бухарин предлагал взгляд на соцреализм как «синтетическую» литературу, в которой сочетаются реалистическое изображение противоречий эпохи, романтизм, лиризм и универсализм (в качестве образца такого синтеза назывался «Фауст» Гете!). Это, конечно, тоже была утопическая программа, но ее стержнем было противостояние идеологической «элементарности» и поддержка поисков *сложных* художественных форм, адекватных сложности эпохи — что вступало в прямое противоречие с горьковской программой примитивизирующей «фольклоризации» литературы. Бухарин завершил доклад призывом к «повышению поэтической культуры вообще», при этом противопоставив модерниста Верхарна — «классику советской поэзии» (по определению самого Бухарина) Маяковскому: «Нужно сказать прямо: наша поэзия иногда — и как раз у людей, идеологически наиболее нам близких — элементарна. Между тем, одним из признаков значительного произведения является богатство ассоциаций и чувств, мыслей и намеков, которое оно будит. Если вы сравните целый ряд произведений наших поэтов с тем же Верхарном, вы увидите, сколько у последнего мыслей, часто даже философских, сколько проблем, сравнений, образов, сколько культуры. А ведь у нас нередко рифмованный лозунг принимается за поэзию. Могут сослаться на Маяковского. Но печать времени лежит и на нем: ибо жизнь усложнилась до чрезвычайности, и нужно идти вперед. Культура, культура и еще раз культура!» (502). В полемике, возникшей после доклада, Бухарин остроумно отбил все аргументы своих оппонентов (Д. Бедного, А. Безыменского, С. Кирсанова, А. Суркова, А. Жарова), но его вынудили отступить и публично извиняться.

В самой логике съезда все более проступают характерные черты советских мероприятий. В президиуме заседают руководители партии и правительства. При любом, даже незначительном, упоминании имени Сталина делегаты аплодируют стоя. Регулярно звучат приветствия в адрес писателей со стороны колхозного крестьянства, железнодорожников, метростроевцев: «Мы ждем от вас новых ярких произведений, которые ускорили бы нашу борьбу, которые ускорили бы создание нового человека» (347). Партийный диктат ощущается с первых дней съезда. В речи, предваряющей доклад Горького, секретарь ЦК ВКП(б) А. Жданов четко определяет «обязанности», которые накладывает звание советского писателя: «Наша советская литература не боится обвинений в тенденциозности. Да советская литература тенденциозна, ибо нет и не может быть в эпоху классовой борьбы литературы не классовой, нетенденциозной, якобы аполитичной» (4). Механизм контроля над творчеством был заложен уже в представлении о литературе как о форме классовой борьбы. Писатель, чьи мысли расходились с мировоззрением господствующего класса, объявлялся не просто инакомыслящим, а классовым врагом. В жестких императивных конструкциях многих речей на съезде уже в полной мере проявляются черты догматического отношения к литературе: «советская литература должна отражать героику наших будней», «советская литература должна видеть положительное в наших людях», «советская литература должна разоблачать наших врагов» и т.п.

Как впоследствии отмечал В. Каверин, «Союз писателей существовал и до Первого съезда. Административная зависимость от него уже давно выхолащивала живую литературу. Теперь перед новой организацией была поставлена государственная задача: с помощью художественного слова доказать, что на свете нет другой такой благословенной страны, как Советский Союз».[1] Между тем, на съезде ходила листовка (перехваченная агентами НКВД), обращенная к иностранным делегатам и написанная делегатами советскими. В ней, в частности, говорилось:

«Все, что услышите и чему вы будете свидетелями на Всесоюзном писательском съезде, будет отражением…величайшей лжи, которую вам выдают за правду. Не исключается возможность, что многие из нас, принявших участие в составлении этого письма, или полностью его одобрившие, будут на съезде или даже в частной беседе говорить совершенно иначе. Для того, чтобы уяснить это, вы должны… понять, что страна вот уже 17 лет находится в состоянии, абсолютно исключающем какую-либо возможность свободного высказывания. Мы, русские писатели, напоминаем собой проституток публичного дома с той лишь разницей, что они торгуют своим телом, а мы душой; как для них нет выхода из публичного дома, кроме голодной смерти, так и для нас…»[2]

Те же вездесущие агенты НКВД записывали такие высказывания писателей на съезде: «… сознаю отчетливо, что мне в этой лакейской не место» (В. Правдухин), «Наступил период окончательной бюрократизации литературы» (А. Новиков-Прибой), «Отменная скука и бюрократизм, который не оживить никаким барабаном» (П. Романов); «Мы должны демонстрировать миру единодушие литературных сил Союза. А так как все это делается искусственно, из-под палки, то съезд проходит мертво, как цар-

① Каверин В. Указ. соч. С.182.

② Власть и художественная интеллигенция. С. 227.

ский поезд, и этому параду, конечно, никто за границей не верит» (И. Бабель).[1] Даже Горький писал в дни съезда в ЦК партии по поводу состава правления СП: «Таким образом, люди малограмотные будут руководить людьми значительно более грамотными, чем они».[2]

Образование Союза писателей как института, контролирующего все литературные журналы и издательства, а кроме того, обладающего огромными финансовыми возможностями, помещало членов этой организации в ряды советской элиты. Для писателей строились специальные, особо комфортабельные дома, как дом в Лаврушинском переулке в Москве, Союзу принадлежали дома творчества (по сути дела, санатории), в различных точках страны. Члены Союза пользовались многочисленными привилегиями, подобными привилегиям высоких партийных чиновников, включая доступ к спецраспределителям, возможность приобретения машин в частное пользование, участие в поездках за границу и т.п. Гонорары за литературные публикации были также весьма высоки, что обеспечивало высокий уровень жизни многих писателей и их семей. Члены Союза даже освобождались от обязательной военной службы — привилегия, не имевшая прецедентов!

Создаваемая Союзом система привилегий энергично стимулировала конформизм: от члена Союза ожидалась не просто лояльность системе, но ее активная «творческая» поддержка. Вместе с тем, СП выступал как фильтр, отсекавший неугодных и

---

① Власть и художественная интеллигенция. С. 232—233.

② Там же. С. 231.

нелояльных режиму писателей — либо не принимая их в Союз, либо исключая за «идеологические ошибки», чем полностью отрезал для неугодных любую возможность публикации.

4. Социалистический реализм и вокруг

Принятый на съезде Устав Союза писателей определял социалистический реализм так: «Социалистический реализм, являясь основным методом советской художественной литературы и литературной критики, требует от художника правдивого, исторически-конкретного изображения действительности в ее революционном развитии. При этом правдивость и историческая конкретность художественного изображения действительности должны сочетаться с задачей идейной переделки и воспитания трудящихся в духе социализма. Социалистический реализм обеспечивает художественному творчеству исключительную возможность проявления творческой инициативы, выбора разнообразных форм, стилей и жанров.» (712) Эта обтекаемая формулировка первоначально была воспринята многими писателями как достаточно широкая для индивидуального творчества, однако, вскоре оказалось, что неопределенность границ позволяет использовать эту категорию в качестве «универсальной дубинки» — как это стало ясно уже в ходе «дискуссии» (а вернее, серии погромных обсуждений) 1936-го года, одновременно направленных против «формализма» (т.е. модернистских и авангардных форм) и «натурализма» (т.е. якобы «чрезмерного» реализма). Соцреализм стал огромной «теоретической проблемой», вокруг которой в СССР были созданы сотни книг и статей, единообразно апологетически «интерпретирующих» значение соцреализма как высшей ступени развития мировой культуры.

Одной из первых попыток попытаться понять культурное значение соцреализма вне непроницаемых догматических формулировок стала статья А.Д. Синявского (1925 — 1997) «Что такое социалистический реализм», написанная в 1957-м году, в 59-м опубликованная за границей и распространявшаяся в тамиздате под псевдонимом «Абрам Терц». В этой статье Синявский (тогда сотрудник ИМЛИ, занимавшийся творчеством Маяковского и Горького) определял соцреализм как метод телеологичного искусства, освещающего все светом «высшей цели» и в этом отношении куда более близкого классицизму XVIII вв., нежели реализму века XIX. Однако реальная соцреалистическая продукция — за исключением Маяковского — определяется Синявским как «полуклассицистическое полуискусство не слишком социалистического совсем не реализма».[①] А социалистическая «телеологичность» приравнивает соцреализм к религиозному искусству: «По-видимому, в самом названии “социалистический реализм” содержится непреодолимое противоречие. Социалистическое, т. е. целснаправленное, религиозное искусство не может быть создано средствами литературы XIX века, именуемыми “реализмом”»[②].

Отмеченные Синявским парадоксы соцреализма стали пред-

---

① Терц Абрам. Путешествие на Черную речку. М.: Захаров, 1999. С. 166.

② Там же.

метом глубокого научного изучения в литературоведении последних двадцати лет[1], не только вышедшим далеко за рамки советского догматизма, но и советологического подхода к соцреализму как к «неискусству», недостойному научного внимания. В современных исследованиях предлагаются различные подходы к соцреализму: в нем усматривается преемственность по отношению к средневековым и фольклорным методам художественного творчества (К. Кларк) и по отношению к авангардным поискам тотального жизнетворчества (Б. Гройс); он понимается как рожденная XX веком версия особого типа русской культуры, доминирующего в периоды авторитаризма и имперской экспансии (В. Паперный) и как результат тотального «огосударствливания литературы», порождающего «тотальное произведение искусства» (Х. Гюнтер и Б. Гройс); он рассматривается как концентрат семиотики всей советской реальности: идеологической, политической и даже экономической (Е. Добренко).

В «тотальном произведении искусства», создаваемом всей сталинской культурой, при совместном участии государственной идеологии, писателей и читателей (чьи неразвитые вкусы определяли представление о «народности»), авангардный пафос

---

① Среди наиболее важных современных исследований социалистического реализма назовем следующие: Соцреалистический канон/ Под общей ред. Х.Гюнтера и Е.Добренко. СПб: Академический проект, 2000; ClarkKaterina. The Soviet Novel: History as Ritual. Chicago/London, 1981. 2nd ed: Indianapolis and Chicago, Indiana University Press, 2003 (русский перевод: Кларк К. Советский роман: История как ритуал. Екатеринбург, 2002); Гройс Б. Стиль Сталин // Гройс Б. Утопия и обмен. Стиль Сталин. М., 1993. С. 11—244; Паперный В. Культура Два. М., 1996; Добренко Е. Формовка советского писателя: Социальные и эстетические истоки советской литературной культуры. СПб. 1999; Его же. Формовка советского читателя: Социальные и эстетические предпосылки рецепции советской литературы.СПб., 1997; Его же. Политэкономия соцреализма. М., 2007.

жизнестроительства сопрягается с фольклорной формульностью и средневековой «этикетностью». Будучи новым образованием, соцреализм опирался на традиции имперской культуры. Создаваемые таким образом культурные мифологии одновременно функционировали как заместители реальности, т.е. не-искусство, и как сказочно «чистое» искусство, обитающее в пространстве абсолютной утопии (выдаваемой, тем не менее, за глубинную «правду жизни»).

Успех сталинизма как типа культуры, центром которого стала мифология соцреализма, был все же неполным. Прежде всего, потому что спектр литературы 1930-х — 50-х, к счастью, не сводится к исключительно соцреалистической продукции (даже в поле публикуемых произведений). Во-первых, рядом с литературой, выдержавшей советскую цензуру, существовал огромный материк произведений, не предназначенных для печати или отвергнутых советскими изданиями[1]. Во-вторых, и в рамках публикуемой литературы советская субъективность проявляла себя в довольно широком спектре возможностей даже во многих текстах, которые мы относим к соцреалистическим. И если в неподцензурной литературе можно наблюдать прямое сопротивление соцреалистическому дискурсу, то в официально одобренной словесности, наряду с текстами, написанными по лекалам соцреализма, есть и проблематизация официальной мифологии, и скрытое сопротивление, и

---

[1] Аннотированный перечень запрещенных к изданию книг см.: Блюм А. Запрещенные книги русских писателей и литературоведов. 1917—1991. Индекс советской цензуры с комментариями. СПб., 2003.

просто решение своих, не связанных напрямую с политическими задач, часто замаскированные компромиссами с официальным дискурсом.

Учитывая все эти (и многие другие) сложности, структура нашего пособия сочетает хронологический и концептуальный принципы. Первая и третья части пособия сосредоточены на двух важнейших историко-литературных подсистемах периода: литературе “тридцатых годов“ (1932 — 1941) и литературе военных лет и послевоенного десятилетия (1941 — 1954). Каждая из частей предваряется главой о культурной политике периода и включает как монографические главы, посвященные конкретным авторам и произведениям, так и обзоры.

Хотя, по большей части, материал этих двух частей ориентирован на литературу, публиковавшуюся в советской печати, далеко не все художественные феномены, рассматриваемые здесь, укладываются в рамки социалистического реализма. Собственно соцреализму посвящен первый раздел первой части, в котором рассматривается жанровая система соцреалистической прозы и лирика советской субъективности. В этих главах читатель найдет подробные разборы таких произведений, как «Педагогическая поэма» А. Макаренко, коллективный сборник «Беломоро-Балтийский канал им. И.В. Сталина», «Как закалялась сталь» Н. Островского, «Время, вперед!» В. Катаева, «Люди из захолустья» А. Малышкина, «Поднятая целина» М. Шолохова; обзор советской поэзии 1930-х годов, а также монографическую главу о творчестве такого классика соцреализма, как А.Н. Толстой. Дальнейшие трансформации соцреализма прослеживаются в части III, в особенности, в главах о культурной политике периода войны (гл. 28) и послевоенного десятилетия (гл. 33), а также в главе о прозе периода войны (гл. 30).

Вместе с тем, целый ряд явлений, находящихся в поле советской литературы, при ближайшем рассмотрении, не укладываются в представление о соцреализме — и по формальным признакам, и по своей идеологии. Вместо того, чтобы строить и развивать мифологию соцреализма «Тихий Дон» и «плутовская» дилогия Ильфа и Петрова, философские романы Пришвина и лирическая проза К. Паустовского, поэмы и лирика П. Васильева, книги о современности, написанные И. Эренбургом («День второй», в первую очередь) и Л. Леоновым, драматургия Е. Шварца и ряд других произведений этого времени вступали с соцреализмом в неоднозначно-драматические отношения. Не противореча открыто официальным эстетическим и идеологическим доктринам, они скрыто или явно анализировали катастрофизм советской эпохи, проблематизируя ее политические постулаты, подрывая монологизм идеологии полифонией субъективных реакций, создавая параллельные соцреализму (хотя порой похожие на него) мифологии или даже антимифологии, и т.п.

Для обсуждения этих произведений мы выделили раздел «В тени соцреализма», куда, наряду с главами о названных писателях, вошли главы о детской литературе, «промежуточной прозе» (термин Л.Я. Гинзбург) — дневниках этого времени, художественном краеведении Б. Шергина, С. Писахова и П. Бажова и др.

В этот же раздел вошла и глава о подпольной литературе 1930 — 1950-х годов. Несмотря на то, что последняя группа текстов явно не принадлежит полю советской литературы, мы включили такую главу в этот раздел прежде всего по принципу *эстетического* родства с советской литературой — ведь большая часть произведений литературы сопротивления представляет собой «перевернутую» эстетику соцреализма, ее зеркальное — часто трагическое — отражение[1].

Необычным может показаться включение в историю "взрослой" литературы глав о литературе детской. Однако детская литература 30-х годов неотделима от "взрослого" литературного процесса, представляя собой его важную составляющую. Как отмечала М.О. Чудакова, «эволюционная роль детской литературы проявилась в том, что в годы, когда движение литературы замирало, именно в этом жанре возникали и разрабатывались новые формы»[2]. Обычно в детской литературе вторую жизнь переживают эстетические системы, лет десять тому назад сошедшие с авансцены литературного процесса. По этой логике, к тридцатым годам детская литература оказалась готовой ко всему спектру *модернистских и авангардных* эстетических течений, расцветших в 1920-е годы: неоромантизму (Гайдар), абсурдизму (Хармс), гротеску (Чуковский), «серапионству» (Каверин), психологическому

---

① Антрополог С. Ушакин определяет этот феномен как «миметическое сопротивление». См.: Oushakine Serguei. The Terrifying Mimicry of Samizdat// Public Culture, 2001, vol. 13 (2). P. 191—214. Русский вариант см.: http://gefter.ru/archive/6204

② Чудакова М.О. Сквозь звезды к терниям // Чудакова М.О. Избранные работы. Том 1. Литература советского прошлого. М.: Языки русской культуры, 2001. С. 359

гиперпсихологизму в духе Пруста (Фраерман), модернистской критике символизма («Золотой ключик» А. Толстого) и т.п. Однако, это «оседание» новаторских эстетик в детской литературе происходит именно в тот момент, когда «формализм» становится жупелом и модернистская эстетика преследуется как «буржуазное искусство». Иными словами, детская литература превращается в своего рода заповедник модернизма именно тогда, когда модернизм и авангард становятся бранными словами.

Модернизм не исчезает из русской литературы, хотя и изгоняется из советской печати. Более того, именно модернизм *доминирует* в неподцензурной и эмигрантской литературе этого времени. Вот почему вторая часть нашего пособия целиком посвящена модернизму: здесь читатель найдет монографические главы о прозе Бунина 1930 — 1940-х годов, прозе и поэзии М. Кузмина и Д. Хармса, поэзии О. Мандельштама, А. Ахматовой, Б. Пастернака и Н. Заболоцкого, романах А. Платонова и В. Набокова (Сирина), критической прозе В. Шкловского, литературе русского зарубежья и поставангарде 1930 — 1950-х годов (Г. Оболдуев, А. Егунов, А. Ивлин, Я. Сатуновский, Н. Глазков, К. Некрасова и др.), во многом подготовившем поэтический андеграунд 1960 — 1970-х. Модернизм этого периода не только по большей части, находится за пределами «видимого» советскому читателю литературного процесса, но и существенно отличается от модернизма 1920-х годов. Во-первых, почти полностью исчезает из его спектра утопический революционный авангардизм, трансформируясь либо в специфический сюрреализм Хармса и Введенского, либо в предпостмодернистскую проблематизацию культурных языков, как у А. Егунова или А. Ивлина, либо в поиски минималистской «конкретной» поэзии, как у Я. Сатуновского. Спад революционаристского авангарда, несомненно, коррелирует с изменением общей культурной атмосферы, отмеченной наступлением традиционализма, хотя и в «связке» со сталинской модернизацией.

Во-вторых, именно в 30-е годы происходит, отмеченный И.П. Смирновым и Р. Деринг, переход от аналитической фазы модернизма (или «исторического авангарда») к синтетической: «Наступление синтетической стадии в развитии искусства “исторического авангарда” ознаменовалось переосмыслением тех основополагающих оппозиций, которые были утверждены на предшествующем этапе… а также в утрате альтернатив, в потере возможности противопоставить полученному… сложному целому другое целое».[①] Яркой иллюстрацией к этому тезису может послужить интенсивное использование мифологических форм и мотивов в произведениях И. Бунина, М. Булгакова, Б. Пастернака, А. Платонова, О. Мандельштама, А. Ахматовой и др., не в качестве метафор или символов недосягаемо-возвышенного, а в качестве «форм жизни» персонажей и лирических субъектов, которых трагические обстоятельства современности ставят в позицию «вечности», как раз и «застывшую» в мифологических ролях и ситуациях. Однако, и позиция «вечности», и мифологические роли не противопоставлены повседневности, а глубоко и многопланово

---

① Смирнов И.П. Мегаистория. К исторической типологии культуры. М.: Аграф, 2000. С. 157.

вписаны в нее, воплощаясь в повседневных образах и психологических деталях, которые в свою очередь, радикально обновляют традиционные мифологические темы и сюжеты. В процессе этого обновления разнообразные оппозиции, формирующие миф, как правило, перестраиваются, воплощая центральную для синтетической фазы модернизма оппозицию между свободным (или ищущим свою свободу) творческим сознанием и мирозданием (включающим в себя исторические обстоятельства), лишенным свободы и потому убийственным для субъекта.

Русский «синтетический» модернизм 1930 — 1950-х — это, если использовать западную терминологию, «высокий модернизм», радикально противостоит и «легкому» искусству, популярной культуре, китчу — в СССР в этой роли выступает соцреализм как поставщик прямолинейных мифологий для масс. Этим он отличается от раннего (аналитического) этапа развития модернизма, обращавшегося к формам популярной, фольклорной, городской культуры («Мир искусства», «новокрестьянская» поэзия», Маяковский и ЛЕФ). В отличие от соцреализма, модернисты 30-х годов ищут трансцендентные ценности не для масс и вообще не для коллективного пользования: их целью является индивидуальная трансценденция, — нередко негативная — которая позволила бы творческому субъекту (как правило, близкому автору) отстоять свою внутреннюю свободу от посягательств агрессивного социума. Но именно обретенная «точка зрения вечности», погруженная, вместе с тем, в гущу современности, и является главным доказательством победы (часто — трагической) свободного субъекта над террором истории и среды.

Н.Л. Лейдерман в своих работах[1] разработал концепцию постреализма как альтернативы и, одновременно, синтеза модернизма и классического реализма. Он характеризовал постреализм, начала которого он находил у А. Ахматовой, О. Мандельштама, А. Платонова, следующими признаками: 1. «Сочетание детерминизма с поиском внекаузальных (иррациональных) связей» — при изображении современности; 2. «Взаимопроникновение типического и архетипического как принцип структурирования художественного образа»; 3. «Амбивалентность художественной оценки»; 4. «Построение художественного мира как диалога (или даже полилога) между культурными моделями и артикулирующими их языками, прежде всего языком остро современным и языком архаическим».[2] Однако, все выделенные им характеристики постреализма в полной мере относятся к «высокому» модернизму, в том виде, в каком он сложился в русской литературе первой четверти XX века. Мы поэтому предполагаем, что «постреализм» не противоположен модернизму, а является его синтетической фазой (и наблюдается в литературе 1970 — 1990-х годов).

Разумеется, всякое дробление сложной литературной динамики на течения и подсистемы чревато упрощениями, и всегда найдется множество «нарушений» и противоречий: литература не подчиняется никакому «расписанию», и каждый крупный писатель принципиально не похож на своих современников и пред-

---

① См., например: Лейдерман Н.Л. Постреализм: Теоретический очерк. Екатеринбург, 2005.

② Лейдерман Н.Л. Указ. соч. С. 50—51.

шественников. Однако, предлагая такую структуру пособия, мы следовали за литературным процессом, а не за абстрактными схемами, и потому надеемся, что она позволит по-новому прочитать классические тексты и «впишет» в литературный ряд другие, не менее замечательные произведения, выпадавшие из поля зрения — и учебного процесса — при иных подходах к литературе сталинской эпохи.

图书在版编目（CIP）数据

俄国文学史的多语种书写：北京斯拉夫评论. 第1辑:汉、英、俄 / 刘文飞主编. — 北京：东方出版社，2016.12
（阅读俄国）
ISBN 978-7-5060-9432-0

Ⅰ.①俄…　Ⅱ.①刘…　Ⅲ.①俄罗斯文学—文学史研究—汉、英、俄　Ⅳ.①I512.09

中国版本图书馆CIP数据核字（2017）第005807号

俄国文学史的多语种书写：北京斯拉夫评论

主　　编：刘文飞
责任编辑：王　艳　葛灿红
出　　版：东方出版社
发　　行：人民东方出版传媒有限公司
地　　址：北京市东城区东四十条113号
邮　　编：100007
印　　刷：北京京都六环印刷厂
版　　次：2017年7月第1版
印　　次：2017年7月第1次印刷
开　　本：640毫米×960毫米　1/16
印　　张：21.25
字　　数：250千字
书　　号：ISBN 978-7-5060-9432-0
定　　价：48.00元
发行电话：（010）85924663　85924644　85924641